肆客足球

无关枯荣
永不凋谢

Football Notes

颜强足球随笔

颜强 著

序:无关枯荣,永不凋谢

人生由很多瞬间组成。

容志行被担架抬了下去……有些昏暗的房间里,9寸的黑白电视,屏幕前还有一个放大器——应该是放大镜,一群成年人焦躁不安、观看着这场中国队世界杯预选赛,幼年的我,混杂其间,不知所云;大学的最后一个月,毕业年级和大二学弟们,在雨中踢了最后一场球,我打进了一个,而且是过人之后的进球;乔丹闪动身形,晃开拉塞尔,后仰跳投,我还在想刹那间乔丹是否进攻犯规,身后的老周叹了一句:"这就是神啊!"

巴塞罗那的海边,乍暖还寒,春风凛冽,一群加泰罗尼亚孩子在踢球,教练的布置,全都是多打少的快速半场攻防转换,3对2,2对1,传递、换位和渗透;坎帕诺的夜晚,梅老板大部分时间在漫步,尔其静也,并没有体象皎镜,星开碧落的样子,尔其动也,风雨如晦,雷电共作……

这些瞬间如果彼此不相干,只是瞬间,即便灿如星辰,总会是遗落的珠粒。串联在一起,则是一生的财富。

我没有收藏的习惯,不论球衣、签名还是合影什么的,这不意味着我不珍惜来时之路、不向往未来。最好的珍藏,是这些美好的印记。因为体育这条丝缕,串联起了无数的美好。

我也没什么梦想,遑论野心。只希望和高兴的人,一起做些大家都高兴的事。感谢这个世界有体育,有能让我们超脱于平常生活的内容,能无端帮助我们编织出各种梦想幻想和空想。能想象,便是人生乐事。能通过体育,不论身体力行,还只是做个沙发土豆,感受到快乐,这就是高兴的事。

有意无意间,我在寻找同伴,高兴的人也在相互寻找,我们于是有了这样一个团队。产品叫"肆客",最初有点别扭,因为"放肆"是没法注册的。"肆客"音同 score——所有体育竞技,都会有 score 的存在,不论动词名词。也算简单明了,大家都能高兴。

真没想到,不弄巧亦成拙,名称公布后,马上又反应更快的哥们指出,这是阿森纳球迷做的产品……天地良心,不过眼看阿森纳又到了春梦期,不夺冠则谁都不得罪……

这世间最松散的人群,或许就是球迷、体育迷。我们都是散落在凡尘的珠翠或者瓦砾,我们对于体育或者运动本真的爱,本就无关枯荣、无关荣辱,只是因为喜欢,各自高兴。肆客要做的,不论是现在的"肆客足球",还是未来更多服务内容和项目,就是服务你我这样松散却又垂直、爱好相似却可能因为立场不同随时会拍案而起的彼此。拍案之后,再握手言欢,这不就是体育?

热爱体育的心,永不凋谢。

目　录

序：无关枯荣，永不凋谢 —————— 001

大人先生

弗格森是一个品牌 —————————— 002
一个叫穆里尼奥的职业经理人 ———— 005
梅西是谁？ ————————————— 009
红尘隐士 —————————————— 012
C罗，粉丝上亿的品牌 ———————— 015
博格巴与90后 ———————————— 018
是什么人，发什么推 ————————— 021
听不见的荒野呼唤 —————————— 025
亨利，为祖国所遗弃 ————————— 028
兰帕德，绝对励志榜样 ———————— 031
英雄与凡人 ————————————— 034
古典天才 —————————————— 037
圣殿和圣人 ————————————— 040
夜空中最亮的星 ——————————— 043
克鲁伊夫，第一个足球superstar ——— 048
拉涅利，好人总会出头 ———————— 051
西蒙尼，伟大的足球"黑帮" ————— 062

绿茵世相

- 足球照映中的世界 —— 068
- 一城双色 —— 070
- 政治化金球奖 —— 073
- 金球，垄断者游戏 —— 076
- 足球殖民主义 —— 079
- 世界杯，探戈与桑巴 —— 082
- 扩军让足球竞技贬值 —— 086
- 射向布拉特后背的一枪 —— 089
- 欧洲不再垄断 —— 096
- 欧洲国家联赛 —— 099
- 欧洲是平的 —— 102
- 欧盟足球，"曲线救国"？ —— 104
- 英国脱欧，英超完蛋？ —— 107
- 克洛泽，消亡的中锋族群 —— 111
- 前锋去哪儿了？ —— 114
- 过人，越来越稀缺的"美丽意外" —— 116
- 德国，坚持与融合 —— 119
- 套娃俄罗斯 —— 122
- 从"激励一代人"到"消失一代人" —— 125
- 足球与女足 —— 129
- 世外桃源哥斯达黎加 —— 132
- 没有天才，我们都被无趣闷死 —— 135
- 兄弟之根 —— 138
- 冰岛足球启示录 —— 141

C罗之外，谁还有个性？	144
那条叫抑郁的黑狗	147
伤病大数据	150
最后一课？	154
转会伪高潮	157
中国资本，"中土"会战	160
人离政息	162
VR重新定义足球	165
裁判就应该背黑锅……	169
足球大同，个性消弭	172
足球的九品中正	175

金钱足球

一份球员合同的诞生	180
阿内尔卡：一手势毁掉商业赞助	183
球衣色彩经济学	186
国际足联经济学	188
世界杯上必有"假球"？	192
财富滋生足球腐败	195
奖金倒挂，欧冠得主收入不比四强	198
英超：最富有也最负债联赛	200
英超版权奇迹的中超启示	203
英超，极度富有的困扰	206
一桩事先公开的赞助案	209
曼联胸贵，专业使然	213
职业足球，价格未必对等价值	216

欧洲五大联赛生存成本 —————— 220
足球转会经济学 ———————— 224

球迷至上

足球流氓，社会之敌 —————— 230
我们都是伪球迷？ ——————— 233
解说，说解 —————————— 236
我，我，我 —————————— 239
足球从社区走来 ———————— 242
爱人如你，Someone Like You —— 245
You Are Beautiful ——————— 248

主队永恒

十年不变的巴萨故事 —————— 252
生于巴萨 ——————————— 254
拉玛西亚 ——————————— 257
蓝衣三千士 —————————— 259
莱斯特城：浪漫与丑恶 ————— 262
为什么是阿森纳 ———————— 266
与我同行，Stand By Me ———— 269
阳光掩盖的阴影——全球职业球员生态调查 — 272
足球是一层壳 ————————— 276
运动化生活方式 ———————— 280
穿红的总会赢？ ———————— 283
十年 ————————————— 286

"假人"无法控制的真人秀 —————————— 289
为什么支持一支烂队？—————————— 293
集体无意识 ——————————————— 296

大人先生

弗格森是一个品牌

他说他一直都害怕退休。"我在这列车上待的时间太长了,如果一旦离开这列车,我担心我的身体会崩溃掉。"他如是说过。

可是从经营人生的角度看,弗格森虽然从曼联主教练的教职退休,但是他的身体没有崩溃、价值也没有萎缩,他离开了一辆列车,登上了另外一辆。

退休之后的第一件事,是他对自己的臀部做了个小手术,这是长年踢球和执教带来的后遗症,虽然没有对他形成太明显的困扰,但弗格森总是一个未雨绸缪的人,就像他在 2002 年就给自己做了个心脏搭桥手术一样。他必须控制住一切,小小的毛病他也不能放过。这位红魔君王,刚刚度过 72 岁生日,时不时出现在曼联主场甚至客场的比赛,不过他显然过得更加轻松自如。

2013 年年底,在 BBC 的年度体育人物颁奖典礼上,弗格森得到了一个特别的"钻石大奖",用来表彰他对英国体育做出的贡献。事实上,退休之后这大半年,弗格森每个月都会活跃在最受关注的媒体平台或者公众活动上。每周一次的新闻发布会没有了,可弗格森根本没有消失。

大西洋两岸的电视节目里,四处可见老爵爷的身影:苏格兰的杯赛抽签仪式,到在美国接受查理·罗斯的脱口秀采访,再到《谁将成为百万富翁》的名人特别节目演出。他那本充满争议的自传,因为争议,所以销售业绩尤其突出,第一周就超过了 11.5 万册。

所以现在的弗格森,很难用一个"退休老人"的角色来定义他,他更是一种产业。他在球场边的影响力消失了,但是在社会其他领域的影响力却随着他的活动足迹而增加。最后一个赛季，弗格森在曼联的薪资是760万英镑，不过根据他退休之后的活动表现看，退休后的头12个月，老爵爷的收入只怕会更高。

出版的这本新版自传，会成为收入的重要构成来源，预支的定金就超过了200万英镑，随后每多卖出去一本，他的版税收入也会不断上升。这也被认为是弗格森会在书中大胆臧否人物的原因。同时他还继续扮演着曼联俱乐部的重要角色，现在这个角色包含两个部分，一个是曼联董事，另一个叫做"大使"，根据合同规定，每年要在曼联工作20天，曼联为他支付200万英镑的报酬。各种活动参加的出场费、演讲费，弗格森早就攀升到了国际名流的大腕级别——纽约专门经营这些名人走秀活动的哈利·沃克经纪公司，就将弗格森和克林顿、基辛格、安南等列入到最顶级名人行列。

根据一些市场营销业内人士透露，弗格森现在一次演讲的最低价码，为10万英镑，您还别嫌贵，哪怕出到20万英镑，老爵爷还未必一定就来，因为时间和地点，得要符合他的行程。他在美国待的时间比较长，尤其是纽约，毕竟老头在中央公园旁边就有一处豪华公寓。

退休之后的所有经纪业务，都是由儿子杰森·弗格森以及在曼联为他服务了27年的拉芬女士打点，专门成立了一个公司：ACF体育推广有限公司（Alexander Chapman Ferguson）。这公司早在上世纪80年代便已经成立，真正进入全力运营，恰恰在弗格森退休之后。

退休之后，弗格森人如其言，再也没有踏入过老特拉福德的曼联更衣室，不过这半年他还是到现场观看了曼联一半的比赛，并且还在曼联欧冠客场5比0大胜勒沃库森的比赛后进入更衣室祝贺莫耶斯和队员，不过这是在国外的客场。曼联有俱乐部传统，那就是赛后会有俱乐部董事进入更衣室看望队员，不过在老特拉福德，弗格森始终坚持着不进入更衣室,不干扰莫耶斯的执教。

他仍然热爱赛马,偶尔也会去自己习惯的酒吧喝上一杯,偶尔高尔夫。年龄仍然不是阻挠他生活热情的障碍,这个品牌,会在很长时间继续闪耀着。

一个叫穆里尼奥的职业经理人

　　一切从 2015 年 5 月就初现端倪,那是切尔西轻松夺取英超冠军的时候。
　　说是轻松,可是 1 比 0 战胜水晶宫的比赛,一点都不轻松。切尔西在 3 月几乎就确立起了难以动摇的领先优势,英超对手们很难在联赛中追赶,然而随后两个月的时间,切尔西显得疲惫迟缓,甚至有些心不在焉。
　　这是穆里尼奥重归英超之后夺取的第一个联赛冠军,在英格兰,联赛冠军往往要比欧冠冠军还重要,这可能是中国球迷乃至欧陆许多地区的球迷都难以理解的,然而孤悬海外的英国就是如此。自己的东西往往是最重要,最好的。
　　人们见到的是一支疲惫的切尔西,人们都没想到,这其实是一支已经不堪重负的切尔西。穆里尼奥在赛后的表现,很难发现夺冠的喜悦和轻松,反倒是他又一次攻击对手的机会。
　　足球世界里,穆里尼奥有太多敌人,不过他时时不忘的就是两个人:一个他很难战胜的瓜迪奥拉,一个他至今保持不败的温格。
　　夺冠之后的新闻发布会,内容往往类似,无非是夺冠感言,最重要的球员是谁,最重要的关键战役是什么。而穆里尼奥从来都不会为媒体提问所操控,他要说的是,就是他想说的。
　　"我不是那种善于选择联赛国家和俱乐部的最聪明的人,"他说道,看不到太多喜悦,"我完全可以选另外一个国家的另外一个俱乐部,轻松夺冠。我选择了冒险,所以我非常高兴,在我第一次执教英超之后 10 年,我再次夺冠。我在我执教过的每个俱乐部都夺取过联赛冠军,国际米兰、皇马和切尔西。在西甲联赛积分100分,打败史上最强的巴萨,是多么伟大的成就,我十分享受。也许未来我应该聪明一点,选择另外一个国家联赛另外一个俱乐部,谁带队都能夺冠的俱乐部。也许我应该去一个更衣室管理员带队都能夺冠的俱乐部……但我珍惜这些艰难和挑战。我想我做出了正确选择,我会坚守于此,直到阿布拉莫维奇让我走人。"

即便以穆里尼奥的标准,这也是够离奇的夺冠感言。老板听了会觉得膈应,球迷听了也会觉得怪异,媒体听到了,觉得他得多么小肚鸡肠,才会在自己夺冠的大喜之时,惦记的更是攻击对手——穆里尼奥的感言里,没有半个字眼提到2013年去执教拜仁的瓜迪奥拉,可是一个聋子,都能听明白这话里话外的嘲讽。

最后那一句,"直到阿布拉莫维奇让我走人。"2013年回归斯坦福桥时,穆里尼奥说自己是"快乐的那一个",是要来建立一个王朝的。他没能做到,他也无心去做。他要夺取所有的荣誉,但荣誉和奖杯的堆砌,并不是弗格森式的曼联王朝。

这种对瓜迪奥拉的攻击,以及他不间断地攻击和嘲弄温格,成了穆里尼奥的习惯动作。他和瓜迪奥拉一样,都是成长于巴萨+阿贾克斯体系,只是巴萨最终选择了瓜迪奥拉作为传人,穆里尼奥被抛弃。他不是球员出身,作为翻译入行,在博比·罗布森爵士带领下来到巴萨。他的执教思路成形,得益于罗布森和范加尔两位名帅的指点,以及给与的机会,但最终巴萨在2008年选帅时,在毫无执教履历的瓜迪奥拉以及已经名满欧洲的穆里尼奥之间,选择了瓜迪奥拉。

那次选帅的决定者,就是现在曼城两位高管索里亚诺和贝基斯坦,以及巴萨教父克鲁伊夫。他们放弃穆里尼奥的原因,还不仅仅是他的足球略功利保守,更因为他性格乖张中的不确定性。索里亚诺后来回忆说:"我们和穆里尼奥谈了三个小时,90%的时间,他在说自己。"

没有巴萨，他一样成功，一样名满天下。只是这种被拒绝、被抛弃的感觉，是穆里尼奥最不能承受的。

他出身在足球家庭，祖父曾经是塞塔巴尔维多利亚俱乐部主席，父亲是职业守门员，后来当过教练。青少年，穆里尼奥受到的职业足球最深打击，恐怕就是父亲辗转于多家中小俱乐部，不断被解雇、不断寻找工作，在圣诞节当天，都有过被解雇的惨遇。父亲的失败，是他心灵上的阴影，也是驱动他成功的动力。他始终无法成为一名职业球员，24岁时彻底放弃这个梦想，通过念大学、带青训，他逐渐走上职业教练道路，最重要的突破，来自于为博比·罗布森当翻译的机会。

他在巴塞罗那完成了自己职业教练的各种积累，但同样的巴萨＋阿贾克斯足球哲学，结出的果实各不相同。从克鲁伊夫以降，巴萨都追求控球、主动进攻，基于个人技术优势完成的渗透来求胜。这样的传承有过惨痛的失败，但最终在瓜迪奥拉时代集大成。穆里尼奥战术思路大不相同，为了获胜，他愿意放弃控球，放弃对场面华美的追求，重视力量和不犯错。他驾驭这样的战术，在2010年带领国际米兰完成了对巴萨完美复仇，哪怕第二回合比赛，国米控球只有19%。巴尔达诺称之为反足球，而最厌恶穆里尼奥的，则是巴萨＋阿贾克斯哲学的教父，克鲁伊夫。

他和巴萨越走越远，他的个性乖张和侵略性，体现得越来越多。越是在压力环境下，他越会缩回到保护壳中，用自己的方式来应对压力。2015年元旦日，本来进攻行云流水的切尔西，联赛客场在对攻中，3比5惨败给热刺，敲响了穆里尼奥心中警钟。他的战术思维更为保守，切尔西观赏性大降。而在球队管理、人员使用上，他更集中于15人、16人的核心阵容使用，几乎不给年轻人机会。

短期如是用人，战术纯熟、执行得法，当然成绩提升，然而时间一长,球员往往不堪重负。更何况穆里尼奥的战术,对每个球员的战术纪律要求,几乎都是全方位的,进攻上不能过于随性,防守时必须人人投入。他不乏和球员沟通能力,却未必有足够包容性。2015—2016赛季开始,切尔西全队除了威廉一人外,全部状态下滑,与阿扎尔、科斯塔等人的矛盾更是公开化。当球队排名落到第十六位,距离降级区只有一分时,阿布不得不挥起屠刀。

这是性格决定的命运。性格决定了他勤奋、精明和不屈的胜利诉求,而这种求胜,更是源于对失败的惧怕,青少年时代父亲执教命运折堕带来的强烈不安全感。这样的性格,也决定了他往往是立竿见影的短时间高效率好手,一种符合现代商业社会的优秀职业经理人表现,却未必是能在一个俱乐部长久扎根、谋划未来的一派宗师。

穆里尼奥就是这种职业经理人的缩影,优秀、精明、效率,另一面,则是狭隘、偏执和躁动。这是人性的故事。

梅西是谁？

他征服了欧洲,他和巴萨的成就,被视为西班牙足球中兴的代表,可是在阿根廷,梅西依然是那个非常另类的球员。

每年夏天,梅西都会回到故乡罗萨里奥,和他儿时的小伙伴们聚会。一块吃饭之后,大家都会去到熟悉的酒吧,这个时候的梅西,总会缩在酒吧的一角,微笑着喝点东西,根本不是那个一次球场上的闪动就能点亮世界的巨星。他总显得有些局促、有些尴尬羞涩、有些格格不入。

家国在万里之外,即便每年夏天都回来,回来之后,依旧显得如隔关山。他不是一个羁旅倦怠、近乡情怯的游子,他更像是一个少小离去、举家搬迁的路人。

过去9个赛季,梅西带领着巴塞罗那夺取了能夺取的一切荣誉,他个人也在不断刷新着职业足球的各种纪录:2012年,69场俱乐部和国家队比赛他打入91球;过去5年,他4次成为金球奖得主。26岁的他,距离"球王"的称号,只差一座世界杯。

但这是世界杯。26岁的梅西,生命中一半时间在西班牙度过。家国荣耀,使他加冕"球王"的路径中,必须有世界杯的成就,可是在故国家乡,他始终要面对着同胞们怀疑的目光。

在阿根廷,总能听到各种对梅西的怀疑甚至批评,不论评论者高居庙堂还是属于贩夫走卒:梅西12岁就离开了阿根廷;梅西没有在阿根廷的俱乐部和联赛中成长过;梅西在国家队赛前不开口高唱国歌;梅西没有热情没有个性;梅西不能像马拉多纳、特维斯那样激起阿根廷球迷的认同感……于是有过梅西想退出阿根廷队的传闻。

只要梅西开口说话,他还是一个罗萨里奥人,口音不会撒谎,这可能是阿根廷人不能否认的证据,然而阿根廷媒体还是在继续怀疑:"……如果他连口音都西班牙化了、如果他开口说加泰罗尼亚语,他在阿根廷就完了……"

在阿根廷街头巷陌,梅西形象无所不在,但都是出现在各种广告板和大屏上。这样的形象并不真实。他无所不在,他却又根本不存在,因为这些广告形象,不能修正家乡父老的怀疑。一个布宜诺斯艾利斯的出租司机会说:"我们都知道梅西踢球的风格,我们只是不知道他是怎样一个人。"了解并且熟悉梅西,对"南美的欧洲人"阿根廷极其重要。阿根廷人性格沉郁,自尊感强烈,在南美族群中,他们孤独却又孤芳自赏。他们需要的不是一个进球如拾草芥的机器,他们需要一个充满热情的领袖,一个振聋发聩的战士。因此所有阿根廷人都爱马拉多纳,也会喜欢特维斯这样的血勇斗士。他们知道巨星梅西,又不知道梅西是谁。

他很早就进入了阿根廷国家队,世界上没有任何球队会放弃梅西这样15岁就光芒四射的足球天才,所以他2006年就参加了德国世界杯。只是他在阿根廷队的表现,始终无法和他在巴萨的神勇相比。这样的比较差异,更加大了阿根廷人的怀疑。攻击他无心国家队,攻击他无法融入阿根廷文化氛围,攻击他缺乏领袖气质,这样的批评延续多年。直到2012年之后才稍有平息,只是大家仍然无法将"队长梅西"去类比"队长马拉多纳"。

梅西何尝不也是挣扎在这样的孤独中——在巴塞罗那,他是上帝,可他不是加泰罗尼亚人,他与在荷兰成名、成年之后来到巴塞罗那、积极学会加泰罗尼亚语、主动融入这座城市的克鲁伊夫不同。巴萨俱乐部为他注射的高价药剂,让梅西长大成人,但他依旧是一个阿根廷人。

世界杯是每一位"球王"登顶的最后一步,却也是最重要的一步。梅西在向世界杯迈进,倘若 2014 不能成功,2018 他还有一次机会。可是对于故国人心、家乡情缘的征服难度,恐怕尚在夺取世界杯的难度之上。现代社会的交融,有文化聚合的新生,也可能会抹掉许多弥足珍贵的文化痕迹,那一层乡土情思,梅西和梅西的同胞们,在梅西这个问题上,都觉得很陌生。

红尘隐士

巴塞罗那市区往南大约 24 公里,在一片古朴海岸和山林之间,卡斯特利德菲尔斯(Castelldefels)是个宁静而富庶的度假小镇。这是毫不张扬,雅致而低调,充满着睡意的南欧小镇。

只有当你攀上小山丘,视野开阔后,才会觉得那些错落间的大宅,或白色,或陶黄色,布局豁朗,富贵逼人。这里是真正的富豪区。

沿着山坡道向下,经过宅所,总有看门狗的低吼打破宁静。和山坡上的鸟鸣风声,反差颇大。住在这些豪宅的人,未必需要看门狗,因为每座宅子,都有精心布置的安保监视系统。

这里向东向南,便是海滩以及闪耀着蓝光的地中海之波,向北,则是巴塞罗那这座伟大城市。这样的富豪区,符合世界各地依山傍海富豪区的经济规律:住所越高、房价越高。

梅西就住在此地最高处。

2015 年是他再度登上最高峰的一年,个人成就论,因为这一年金球奖太没悬念。这一年他重归巅峰,在参加的七项赛事中都有进球,这七项赛事,只有阿根廷参加的美洲杯最终决赛点球落败。站在足球运动的巅峰,这是梅西从小的梦想,从他 12 岁孤身一人,跨越重洋,来到巴塞罗那开始。

他在西班牙的第一位好友教练略伦斯,仍然能回想起小梅西到来的时候:"他放弃了一切,父母、兄弟姐妹、自己的少年时光。"梅西几乎没有童年和少年,他的目标就是成为最佳球员,却从来不是最大的明星。

卡斯特利德菲尔斯如今是他的家,这不是他最早定居的地方。

来巴萨第二年，父母和家人终于和他会合，大家住在俱乐部安排的拉利耶酒店，离诺坎普很近，后来搬到一所四居室的公寓。

梅西后来购置了很多物业：父母在 Gava Mar 的居所，沿着这海岸线往前不远；他和女友在巴塞罗那最昂贵的佩德拉贝斯有一套四居室公寓，就在美国领事馆对面。不过卡斯特利德菲尔斯是他真正舒适的庇护所。他喜欢这里的"安宁和平静，海滩、山峦，一切……"，他说过他可以在海滩上漫步，看看那些海边运动的人群，"这里吃东西也不错。"他承认自己生活很低调，小镇上的阿根廷移民人群，最让他开心。他也会去小店里买水果，这里就像是他的"小罗萨里奥"。

28 年来，他的生活简单得不能再简单。梅西开的也是豪车，马萨拉蒂或俱乐部赞助商奥迪，他也会偶尔带家人到巴塞罗那最昂贵的牛排屋聚餐，不过明星生活方式，在他身上根本找不到更多痕迹。

PlayStation 和 Xbox 是他的主要玩具，通常都是带巴萨。NBA 他也有兴趣，这是以前的老大小罗传染给他的。他会喜欢昆比亚舞曲，有时间的话，他回去幼稚园接儿子蒂亚戈——蒂亚戈和苏亚雷斯的女儿德尔菲娜同园。他每天都睡午觉，醒来后吃点东西。

让他走出这样生活节奏的，或许只有饮食，因为梅西时不时会带着家人一起去米库诺吃饭，阿根廷餐厅，以及家附近的 Ushuaia 或 Fosbury，都以阿根廷烤肉著称。这两年他对寿司兴趣大增，有和他喜欢的披萨、汉堡并驾齐驱的势头。当然，牛排还是五成熟。不变的还有他的饮料口味，不管吃什么，他都要雪碧伴着。

这些餐厅并没有隔断的包厢，隐秘的单间。梅西一家人安静地享受着食物，老板会提醒其他客人不要打扰他们。吃完之后，要合影要签名，梅西都不会拒绝。

他时不时会出去遛狗，但这更是他留给自己独处的时间。2013 年，当邻居搬家，他立即把那宅子也买了下来。和 12 岁那个严肃的小孩一样,他太知道如何保护自己。

　　然而朋友们也意识到,梅西太孤独,有时难免寂寞。他也不愿意脱离社会,所以他每个月会去一个普通发廊剪发。他永远都不会是一个普通人,但他尽可能想让自己普通。

C罗,粉丝上亿的品牌

平均每场比赛,他能斩获一个进球;差不多每一秒钟,这个世界上就会多出一个C罗的粉丝。他的受欢迎程度,和他无穷无尽的进球势头一样,没有片刻的消减。

2014年的10月14日,C罗在葡萄牙和丹麦的欧洲杯预选赛上,补时第5分钟打进决胜球。同一天,他在社交媒体Facebook上的粉丝数量,增长破亿。

这是一个不可思议的数字,巨星个体的无穷魅力,在社交媒体上被极致放大,团队的吸引力,在Facebook和Twitter这样的社交媒体上,反倒不如巨星个体更能吸引眼球。体育类别的Facebook排行榜,巴塞罗那俱乐部7600万粉丝,赶不上C罗。而C罗所效力的皇家马德里俱乐部,粉丝数量稍稍落后于巴萨。

梅西在Facebook上,粉丝数量7400万。C罗和梅西之间的第一之争,恐怕直到他俩都退役,也得不出一个答案。但是在社交媒体上,C罗已经确立起了对梅西巨大的领先优势。这种现象折射出来的逻辑,和传统社会价值观以及媒体思维,有着很大不同——"社交媒体的大众情感,更倾向于个体化,并且更热衷于对个性化个体的追随。"扎克伯格三年前一段演讲判断,在C罗身上得到了验证。

在Twitter舞台上,C罗的追随者数量超过了3000万,同样是世界体育的第一偶像。红极一时的卡卡,落后C罗超过1000万粉丝。勒布朗·詹姆斯在得到巴菲特指点后,有可能实现他"成为世界上最富有者"的梦想,可是他在Twitter和Facebook上都无法接近C罗。

当C罗在2014年1月13日,第二次获得金球奖,并且发推和粉丝们共享时,单单那一条就得到了11.8万条转发。在一个更大范围范畴,对C罗这条获奖感言,各种媒体和社交工具平台上,各种类型的转发、评论和回复,超过了100万条。如果从新闻价值上进行对比,勒布朗·詹姆斯宣布回归克利弗兰的宣告,应该更具备震撼效应,但那一条集合的各种回馈数据为67.2万。

不同的运动项目,不同的传播方式以及不同的影响力地域,让C罗和詹姆斯这样的北美职业明星对比时,更加具备全球化的优势。有媒体指出,詹姆斯在Facebook和Twitter不存在的中国,有着巨大人气和粉丝群,可C罗在人口基数、社交媒体用户基数巨大无朋的中国,同样拥有着超强人气。谁是社交媒体上的第一运动巨星,答案没有太多疑问。

C罗是一个比贝克汉姆还要更适合移动互联网时代社交媒体的新偶像,这是英国FMMI投资公司董事尼尔·伊弗斯的分析结论。"首先他的外形完美无缺,他的足球成就和个人能力,也达到了世界巅峰,这让他具备了一种大众偶像的基础条件。"伊弗斯分析道,"其次,C罗在公共关系处理和商业合作选择上,没有走错过半步。和他进行合作的品牌,从运动装备到时尚衣装,丰富了他作为一个运动明星的传播形象。他是一个贝克汉姆类型的大众偶像,但他的足球成就要比贝克汉姆还高。最重要的是,他比贝克汉姆更真实,更有个性,这一条,决定了他在社交媒体上,能够吸引更多人的关注。"

仅仅以外形上的优势,认为C罗在社交媒体上要比梅西更红,这不是足够的理由,哪怕这理由在一些体育营销专家和媒体观察者眼中,很有说服力。C罗在足球场上的成就,尤其是在2014年5月帮助皇家马德里夺取第十个欧洲冠军杯,将他的影响力推升到了一个新高度。仔细浏览他在社交媒体上各种发推的成绩,与足球相关的内容,得到的追捧点赞转发最大。当然他最受欢迎的一条推,却是他抱着儿子的合影,340万点赞。

和爆红于社交媒体时代之前的贝克汉姆相比,社交媒体能给C罗带来更大的个人财富。他最近和豪雅表商业合作,在Facebook上发推6条,带来点击量3500万,包括240万个点赞。有市场营销专家直接将这个活动流量影响力,转算成了38万美元的品牌量化升值。点石成金,莫过于此。

公共社交平台,是C罗活跃的第二舞台,这当然需要一个足够专业的团队进行支撑,否则他不可能有稳定的更新和互动时间以及精力。社交媒体之外,Viva Ronaldo,是这个C7R品牌自建的"官方社区",移动互联网的属性,在这个社区提供的移动应用下载就可见一斑。C罗早已经成为了一个集合运动、商业、传媒和风尚于一体的明星品牌。从2013年6月到2014年6月,C罗个人收入超过8000万美元,其中2800万来自于市场合作收入,个性化明星品牌驱动下,亿万家财等闲事。

博格巴与90后

三年前离开曼联时，18岁的保罗·博格巴和弗格森有过一次著名的争吵。当时弗格森对曼联中场实力不满，力劝老将斯科尔斯复出，这让心高气傲的法国少年非常沮丧。博格巴通过经纪人米诺·拉伊奥拉向俱乐部提出续约加薪的要求，弗格森没有同意。

于是这位被广为看好的法国中场天才，毅然放弃曼联，加盟意甲尤文图斯。三年之后，他不仅是欧洲金童奖得主，更已经成为了法国中场的绝对核心。和尼日利亚的八分之一决赛艰苦鏖战，博格巴第78分钟顶进头球，打破僵局。这样的表现，让许多欧洲豪门喜忧参半。

欣喜的球探们，自然觉得对博格巴前途看好的专业判断十分准确；忧虑的俱乐部管理者，在继续权衡着自己的预算和博格巴不断增加的身价——2013年夏天，弗格森已经退休，曼联新上任的CEO伍德沃德尝试和尤文图斯商议回购博格巴，尤文图斯给出的报价已经高达6000万英镑。

博格巴离开老特拉福德时，曼联只收到了80万英镑的培训及转会费。

这是维埃拉之后，最被看好的法国后腰，不过在维埃拉眼中，博格巴不是一个纯防守型后腰。"他技术上要比我更好更全面，他的天赋肯定比我更高。"

十年前的维埃拉，是名满天下的世界第一后腰，如此赞美博格巴，当然有他谦虚并且奖掖后进的因素，只是维埃拉对博格巴的位置分析，相当到位："他比我更全面，因为他参与进攻更多，进球数也更高。他盘带和突前的能力很强,典型的两个禁区都十分活跃的中场。他对比赛的整体影响力,要比我、比马克莱莱都更强。"

维埃拉的分析,在这场八分之一决赛上,得到了验证。虽然法国和尼日利亚的比赛,场面滞塞、双方都失误频频,但博格巴的活力与全面,进一步确立了他在法国中场不可动摇的绝对主力地位,如果现在说他是法国中场核心,还为时尚早的话。

德尚在对尼日利亚打不开局面时,换下吉鲁,让本泽马回到中路担任单前锋,给了博格巴后插更大空间,这也是博格巴最喜欢的进攻方式。他的定位是后腰,他也有着很好的拦截能力,但挑战进攻、承担风险,是博格巴的热爱。小组赛打瑞士,博格巴轮休,最后一战零平厄瓜多尔,博格巴发挥平平,法国媒体口诛笔伐。没想到随后对尼日利亚,博格巴完全控制住中场中路,还有打破僵局的关键进球。

他身高腿长、身材极似维埃拉,英语、意大利语和法语一样流畅。他还远不够完美,例如绝对速度并不快,纵向移动出色,横向移动较传统后腰还有差距,只是这样的 90 后球员,正开始占据世界杯的核心舞台。

比博格巴大一岁的哈梅斯·罗德里格斯,是国际足联官方评选的小组赛最佳球员,前四场场场进球,而且有着优雅洒脱的球风;22 岁的内马尔,承载着巴西要在本土夺冠的希望;比利时有一批 90 后人才:23 岁的阿扎尔,21 岁的卢卡库,19 岁的本届世界杯最年轻进球者奥里吉;博格巴的法国队队友,23 岁的左边锋格里斯曼;荷兰 24 岁的名将之后布林德,22 岁的因迪和德弗里;意大利 23 岁的巴洛特利;还有德国托马斯·穆勒,阿尔及利亚费古利这样 1989 年下半年出生的准 90 后……

时代与环境变化,赋予的性格差异,会在 90 后身上体现得更加明显,因为这是在互联网和社交媒体时代,成长起来的新新人类。

他们自我意识更强,见识也更开阔,成长速度更是惊人的迅疾。随着 90 后逐渐占据世界杯中心舞台,足球的秩序和表现形式,或许又将发生新的变化。

和弗格森发生过激烈冲突的球员,绝少能保持着职业生涯继续上升者,博格巴是一个另类。或者这 90 后的代表,此时另类,未来却会成为主流。

是什么人，发什么推

社交媒体改变了 21 世纪的人类沟通方式，并且正在重新定义着社交关系，不过和过往的沟通社交一样，社会层级乃至三六九等依然存在，明星依然是明星。和以往相比，明星们似乎拥有了社交媒体这种更强大的沟通工具，和他们（她们）的追随者及时互动交流——或者用市场营销者口吻，"品牌延伸"更加成功。

社交媒体，对于过往只能在赛场通过竞技方式，来向公众展现自己的运动明星而言，更是一种媒体化公众化生活的革命。与娱乐明星不同，运动明星的竞技表现，是真人秀，娱乐明星的表演，多为剧本设定好的假人秀。真人秀的出演者，在前社交媒体时代，却是缺乏主动发声渠道的。社交媒体改变了这一切。

他，或者她，只要随手拍一张照片，或者几个 emoji 表情，就能引起万众关注。越细微、越生活化的内容和情绪表达，越能引起大众兴趣。C 罗和儿子拍摄的几张独家照片，能成为 facebook 上浏览量最高；莎娃在大满贯伤退后，用 emoji 表情回复一位为她惋惜的记者 twitter，成为了体育版面头条；宁泽涛的各种形象、刘翔的婚讯，都是微博排行榜热度第一；鲁尼的发线变化会被英国小报连续跟踪；斯诺克球员马克·阿伦，在 twitter 上对中国海口的咒骂："这是一个可怕的地方！今早见到了一只死猫，难怪这里臭不可闻！估计全城到处都是死猫！"这条推，居然变成了斯诺克赛事版权持有者，和中国承办方讨价还价的论据。

这些符合大众窥探明星名人隐私的社交媒体内容，只是运动明星们用来保持自己在公众视线中活跃度的手段，对他们自身而言，社交媒体更大的价值,恐怕还是在于主动传播和发声——传统媒体环境里,媒体能控制住明星形象,让不让你说话,是否采访你,决定着你的声音;哪怕采访了你,报道撰写和主题提炼,依旧是明星们无法控制的。社交媒体改变了这一切。勒布朗·詹姆斯回归克里夫兰,李娜的退役,最近张琳芃和切尔西之间的转会可能,明星们都能用自己的口,说出自己的话,而避免了沟通壁垒以及被操纵可能。

运动明星的影响力和粉丝数量,完全不输于娱乐明星。C罗在twitter上现有3770多万粉丝,是他祖国葡萄牙人口近四倍;哈梅斯罗德里格斯,2014世界杯一炮而红,twitter粉丝859万,如果这些粉丝都决定同一时间来看哈梅斯在皇马的比赛,那么需要107个伯纳乌球场。而且巨星的个人魅力,在社交媒体上被放大,像C罗和梅西在facebook上的点赞数,都远胜皇马巴萨两个俱乐部。李娜在新浪微博上,粉丝2297万。

这样大的影响力和粉丝人群,让粉丝经济成为了事实,让追随他们的各种商业品牌,获得了额外船舶空间。只是和"形象至上"的娱乐明星相比,运动明星在各自社交媒体内容供给以及形象维护上,远不够专业。大家发推的时间不缺,和粉丝互动的时间却几乎不存在,因此和团队人数更大、执行能力更强的娱乐明星相比,绝大多数运动明星,更属于单向输出模式。

从这些明星在公开社交媒体上主动关注的人数,就能发现他们的低交互性。像C罗在twitter上只关注92人,这意味着每409783个关注他的人当中,他只关注其中1个。这还不是最差的,罗纳尔迪尼奥twitter上粉丝1260万人,他只关注12人。

交互性低,或许是运动明星社交媒体属性的一种特点,毕竟大家都有着真人秀主业,社交媒体的维护,如果没有庞大的团队支持,实在招架不过来。但娱乐明星不同,twitter上粉丝数第六的Lady

Gaga,粉丝5040万,她主动关注13.2万人……更可怕的是贾斯汀·比伯,粉丝6720万,他关注23.2万人,发推已经2.92万条……当然还有奥巴马,粉丝6370万人,关注64万人……看过这些数字,我真希望,这些明星大佬们,即刻解散他们的公关社交团队,自己亲身来打理这些社交媒体关系,那会是多么疯狂的场景。

只是在twitter上全球第一的凯特·佩里,主动关注的人数也不多,所以娱乐明星的团队推动力,究竟多大,依然是一个社交媒体研究话题。

在运动项目分类上,足球当然是最受欢迎的领域,twitter运动类别里前10者,8个来自足球。美国芝加哥大学社会学系的伊弗斯博士的研究报告里,对伊涅斯塔、皮克和厄齐尔能排进前10,给出的理由是"他们效力的高影响力豪门俱乐部,为他们增加了社交媒体吸引力。梅西在twitter上没有官方账号,但一个Team Messi的粉丝数都能过百万。体育twitter前10名,内马尔、伊涅斯塔和皮克都来自巴萨,这也被伊弗斯归纳为"豪门效应"。

西班牙报纸《AS》的广告公司Opendorse最近对twitter上运动明星社交媒体商业账号进行评估,排列出了另一种twitter前10,C罗依旧领先,随后是内马尔、勒布朗、鲁尼、杜兰特、厄齐尔、法尔考、阿奎罗、纳达尔和哈梅斯·罗德里格斯。对鲁尼的分析,是他每条推,价值4.462万英镑,而C罗每条推,是鲁尼4倍以上!

这种公开性社交媒体平台,在中国的游戏规则,有着"中国特色"。中国的运动明星,无论姚明李娜刘翔这些退役者,还是宁泽涛林丹孙杨这些现役者,粉丝数量庞大者不少,但真正有内容的不多,甚至发推量上千者都罕见。在新浪微博这个平台上,要和那些时刻卖萌逗逼以保持活跃度的娱乐明星相比,实在是冷得不可思议。缺乏稳定并且有个性的内容产出,是这些中国运动明星社交媒体低活跃度、低交互性的原因，同时也和中国运动明星严重缺乏公关能力培训，不知道如何充分使用社交媒体工具，为己所用。这样的落后，让他们错失的不仅是经济收入，更是"人情味"的缺失。

听不见的荒野呼唤

足球世界里,有两个鲁尼。一个是过去十年,在曼联赢得了所有俱乐部奖杯的鲁尼,另一个是代表英格兰队,刚刚登场百次的鲁尼。

这两个鲁尼,前一个称得上职业足球世界里的巨星,后一个,仍然是一个优秀的球员,不过用布莱恩·格兰维尔的话来说,更是一个"伟大的天才"(great talent),而非"伟大球员"(great player)。

后一个鲁尼,是第九位代表英格兰队上场百次的球员,他创下了布莱恩·罗布森、欧文、斯科尔斯、班克斯们不能企及的纪录。他代表英格兰队进球 44 个,包括百场之战打入的第 44 球,这已经比欧文、汤姆·芬利、洛夫特豪斯和希勒们都要高了。以他 29 岁的年龄,鲁尼完全可能超越博比·查尔顿代表英格兰队 49 球的纪录。

然而他不断刷新的,在格兰维尔们看来,"只是纪录。"这样的纪录,当然会进入史册,却未必有足够高的辉煌。那个俱乐部的鲁尼,光彩照人,这个英格兰队的鲁尼,纪录再夺目,总摆脱不了紧紧包裹住他的失望氛围。

这是一个极为出色的球星,然而两个鲁尼叠加在一起,最好的鲁尼,出现在 10 年前,出现在让他名扬天下的 2004 欧洲杯上,鲁尼连进 4 球,生猛彪悍,遗憾的是,四分之一决赛,他只踢了 27 分钟就受伤下场——那可能是十余年来,英格兰队距离锦标最近的一次。从那以后,天资横溢,依靠本能和野性冲入我们视野的鲁尼,逐渐被驯服,逐渐在各种战术体系和训练要求下,兢兢业业,走上了接近循规蹈矩的道路。那个被期盼着将超越加斯科因,成为查尔顿、基恩之后代表英格兰足球笑傲欧洲的天才,始终无法成为"伟大球员"。

或许永远都不会。

作为鲁尼的队友,通常都是幸运的,从C罗,到现在的范佩西、胡安·马塔和迪马利亚们。因为他是一个真正的团队球员,他可以为了团队牺牲自己。可是第二个鲁尼,为什么不能达到第一个鲁尼的高度?第一个鲁尼,为什么没能达到十年前人们期望中的高度?因为鲁尼被驯服了,因为鲁尼的足球本能,与生俱来的足球野性,在系统化培训中,被驯服了。

所以弗格森说鲁尼是"最后一个街头球员"(street footballer),听上去是赞美,我感觉却有些惋惜。弗格森比任何人都明白鲁尼在潜能、天赋上,他或许不输于C罗,可鲁尼没有C罗那样顽固到坚韧的自我成就心性。鲁尼承继了太多英国足球集体至上的品性,在集体无意识氛围中,个性化的鲁尼终被融合。

鲁尼没能成为鲁尼,哪怕在我看来,他早就是一个"伟大球员",然而传统的英国公众观点,鲁尼在英格兰代表队的成就,是他"伟大"与否的必要条件,就像梅西C罗拿不到世界杯,说他们是"球王"总会被嘲笑。俱乐部职业足球扮演着越来越重要的角色,然而世界杯依旧只有一个。

回想一下十年前那个奔跑在葡萄牙球场里的鲁尼,身形壮硕,并不是C罗那种肌肉如钢条型的完美运动身材,可他奔跑中流露出的自信和快乐,他眼中喷发出的热情与饥渴,展现的都是"街头球员"那种对足球原本的爱。那一个鲁尼是完美的,无敌的。在那之前,我在古迪逊公园球场的更衣室外,见过比赛结束刚换上西装的鲁尼,站在他的偶像邓肯·弗格森身边,有些羞涩。足球场,是他释放自己全部激情的唯一舞台。

他在2004向世界宣布了自己的到来,也成为了英格兰队的核心。2006世界杯,埃里克森围绕他组建球队,然后英国人都学会了

metatarsal(跖骨)这个冷僻单词。在那之后,他的俱乐部队友C罗开始走向成熟,鲁尼由哈姆雷特,变成了哈姆雷特的卫兵。在护卫着一位比他更闪亮的巨星,以及曼联这个弗格森指挥的伟大团队过程中,鲁尼变成了今天这个鲁尼。不会再说错话,不会再和往昔街头伙伴厮混,不会再 once a blue, always a blue。

他的眼神中,也不再会有野性的火花。

于是他成为了一个完美的职业运动员,一个总能达到职业要求满分的运动员。他再不能像十年前在葡萄牙那样,一个人控制住一场比赛,一个人决定比赛的胜负。灵光闪现的瞬间,时常还会出现,像德比当中的倒钩,像对西汉姆联时中圈的吊射。那一种野性,是人们认为他会成为下一个"伟大球员"的原因,可是在高度职业化商业化的足球环境里,天才也必须要戴上枷锁。

荒野的呼唤已经消失,杰克·伦敦还有一篇小说《白狼》,讲述的是和《荒野的呼唤》相反的故事。温格最近谈到智利人桑切斯时,说"街头球员"在欧洲几乎找不到了。一个完美职业球员的背后,是一个天才未能振翅的萧索残影。

亨利,为祖国所遗弃

亨利的退役,在英吉利海峡两岸引发的反响大相径庭。在英国,他被当作神一般的存在,"英超史上最伟大的前锋",哪怕他并不是一个英国人,他的英超进球纪录,距离希勒还有一定距离,而且他离开英超也有了一段时间。

然而在海峡的另一边,没有多少鲜花、掌声以及追忆,媒体的冷漠,公众的平淡,乃至像法国足协这种行业管理机构的视若无事,安静得出奇。

任何一个足球国家,在一个像蒂埃里·亨利这样不世出的运动巨星归隐时,都不应该做如是反应。亨利在法国国家队的成就,包括世界杯和欧洲杯冠军,这是法国足球最高成就。2006年打进决赛,是法国足球70后黄金一代的谢幕演出。职业足球层面,他在阿森纳成为英国足球传奇,在巴塞罗那登顶欧洲,末期在美国足球同样留下巨大影响。但亨利在法国国内得到的认可,别说齐达内和普拉蒂尼,同时代的图拉姆、德尚和利扎拉祖,声望也远在他之上。

很大程度上,亨利是又一个坎通纳式的法国人,国内无人问津,甚至会遭遇白眼。在海峡对岸却博得了巨大名声,足以让他长久定居下去。

退役之后,亨利选择的职业,便是去英国电视台担任足球评述工作,其人际遇可见一斑。

还是有人呼吁,法国国家队应该组织一场纪念赛来送别37岁的亨利,可是回应者寥寥。他的前队友,同样是1998年世界杯冠军队成员的珀蒂愤然抨击道:"……如此的薄情,对待自己的英雄居然能凉薄至此……像法国这样的国家,就该被德国侵略,还应该被德国占领更长时间才对!"

珀蒂当然会事后为自己失言而道歉,只是这一切,发生在法国,不正常又正常。

因为法国人根本就不认同亨利,甚至不觉得他是一个标准的法国人,不论他在竞技场上为法国赢得了多少殊荣。亨利在法国遭到冷遇的最根本原因,就是他太英国化了。

法国能接受一个英雄的各种毛病,齐达内在 2006 年世界杯决赛上的头槌击倒马特拉齐,间接影响到法国的世界杯冠军希望,但齐达内声望在法国一时无两。亨利的职业生涯并没有齐达内那样的出格举动,他最为人诟病的行为,是 2010 年世界杯预选赛附加赛对爱尔兰的比赛,关键时刻手球帮助法国队得分出线——为国效力而不择手段,至少本国人一般是会宽容的,可事情发生后连法国媒体都会上升到道德高度来抨击亨利。

"因为他太英国化美国化,他就不是一个法国人。"这是 Canal Plus 的主播达伦·杜莱特给我的解释。

和坎通纳一样,亨利在法国国内踢球时,声名不彰。他是温格在摩纳哥提拔起来的少年球员,1998 年世界杯小组赛有过不错进球表现,然而那时的法国队高光巨星还是齐达内、德赛利、布兰科和图拉姆们。世界杯夺冠后,亨利加盟尤文图斯,未能迅速立足,随即被温格带到阿森纳,在北伦敦成为了世界上最优秀的前锋。

他的成名与成功,与英超在全球范围内大行其道直接相关,这却不是法国足球的直接成就。他的言行举止,其实有着很强的法国风格,充满创意和想象力,但是在法国国家队,前期亨利必须屈从于德尚、德赛利、齐达内和布兰科这些前辈。2002 年世界杯法国惨痛失败后,德尚、德赛利和布兰科这些 60 后退出,齐达内走下坡路,亨利如日中天,于是这支星光熠熠的法国队队内,出现了亨利和齐达内更衣室内不合的声音。对于法国公众而言，亨利在北伦敦独领风骚，在国家队制造的却不是积极形象，这种反差更加大了猜疑。

他的职业道路，由巴萨而美国，和法国足球依然无关。他的谈吐和喜好，都非常英美化，例如他酷爱篮球，每个夏天都会作为Canal Plus电视台转播顾问去报道NBA总决赛。他的英文表达，似乎比他法文还好。连他的音乐喜好、型男做派，都更符合英美路线。

这一切都不是法国社会所能见容。欧盟国家每年都有些媒体调查，在"最傲慢民族"这一项上，法国人从来高居榜首，连法国人自评都是如此。源自内心的文化自豪感，与现实生活中产生的挫败感，让法国人更加骄傲。这骄傲中掺杂有不自信的敏感，更会有失落后的顽固。

于是在面对亨利时，他在海外的荣耀，未必能转换成国内的认同。在自己的祖国，亨利遭到了最大的遗弃。

兰帕德,绝对励志榜样

人群当中,兰帕德是高冷的那一个。

这本是一个相对放松的环境,切尔西 2010—2011 赛季的季末晚宴,只有官方媒体,嘉宾也都是和俱乐部关系友善者。我得到当时切尔西 CEO 罗恩·古尔利的邀请,带着一同在伦敦拍摄奥运前瞻的李冰冰,参加这次晚宴,旁边一桌就是切尔西的一线主力们。德罗巴很快就认出了李冰冰,他看过李冰冰参演的《狄仁杰之通天帝国》,于是有了那张著名的"美女与野兽"合影。

特里两次问李冰冰要电话号码,德罗巴、埃辛们围着美女明星各种拍照。那一桌上,始终安然坐着用餐,少言寡语的,只有兰帕德一个。我上去和他聊了一会儿,开始还有些戒备,几分钟过后,知道我确实不是来采访的,反倒放松了很多。

他和队友大多友善,但未必是时刻勾肩搭背的兄弟关系,这是切尔西俱乐部人士的介绍。兰帕德也不是一个独来独往的人,但他总显得比别人更严肃,也更专注。

时间瞬间流逝,兰帕德退役的消息传出,并不是多么大的新闻。淡出一线,从切尔西不再和他续约已经开始。他加盟 MLS,被租借到曼城一年,其中从英格兰队退役。不变的是,他所到之处,仍然不断在进球。

兰帕德是与众不同的。不是那种令人惊艳、天资横溢的不同,而是静水流深的不同。超常的稳定,冷静乃至沉默中力量的迸发,就像他参加过的太多比赛,以及他刷新的各种纪录,他往往不是那个最夺目的个体,而当他夺目的瞬间绽放时,他能结束一场比赛。

切尔西时隔半世纪的夺冠,客场打败博尔顿那场比赛,两个进球都来自兰帕德。切尔西登顶欧冠,兰帕德是场上队长。他刷新了切尔西上场纪录,他是英超中场进球最多者,但直到他离开切尔西,并没有感觉随着年龄增大,他的状态下滑有多么严重。他并没有像杰拉德那样以强悍威猛的方式,去主宰一场比赛、去唤醒球迷心中对古典英雄的向往。他也不是斯科尔斯那样,举重若轻掌控比赛的大师。与同时代的哈维、伊涅斯塔相比,兰帕德或许不是那么细腻,但他总在结束比赛。

半年前莱因克尔跑到纽约去采访兰帕德,让兰帕德进行自我评价,我听到播客里传来的伦敦口音:"俱乐部层面上,我想我应该是改变了切尔西历史的人之一……英格兰代表队,我只能用勤奋(hard-working)来自我形容吧……"话语声了,那种爽朗坦率的笑声,有点不太兰帕德,却又恰恰是兰帕德直抒胸臆的状态。

他从不认为自己天赋超凡,而勤奋与坚韧,是兰帕德最优秀的特点。父亲是入选过英格兰代表队的西汉姆联名宿,所以在《足球经济学》对英格兰历届国脚的"社会阶层分析"上,兰帕德出自英格兰本土球员中罕见的中产阶级家庭。他上的是文法私立学校,他平时读的是《泰晤士报》《独立报》和《卫报》,他学过西班牙语,这些都让他和劳工阶层背景的绝大多数英格兰球员不同。不过在勤奋磨砺、二十多年不辍地自我提升,兰帕德是一个最完美的职业球员典范。

在西汉姆联出道,少年兰帕德,作为"微胖界"代表,是许多铁锤帮球迷辱骂的对象,因为当时主教练是他姨父老雷德克纳普,他父亲老弗兰克·兰帕德,是球队助理教练。于是他成为了一个"走后门"混进一队的"死胖子",Fat Frank。兰帕德最厌恶的球迷,就是不断辱骂诋毁他的西汉姆联球迷。

从西汉姆联到切尔西,兰帕德永远是最勤奋、训练时间最长的那一个。在西汉姆联,他就会每天加练,知道自己速度不够快,会用强力弹簧带,帮助身体,在训练场上频繁折返跑,来提高速度。左右脚打门的技术、中场跟进得分的时间点把握,全都是自我磨砺而成的技艺。

兰帕德也很幸运,他从西汉姆联千万英镑转会切尔西,其时并未达到一流境界,2000年欧洲杯和2002年世界杯都未入选英格兰队。但穆里尼奥的到来,切尔西3中场的搭配,身边先后有马克莱莱、埃辛和米克尔这些防守大师或悍将的保护,让他跟进射门得分的优点充分发挥。这一发挥,就是近20年。

他看似高冷,实际性格要比杰拉德开放。他只是更善于自我保护,也更专注于自己专长。母亲去世,对兰帕德打击沉重,我记得当年在《足球周刊》,为兰帕德进球告祭亡母写过一篇专栏,没想到后来编辑将标题改成了《铁汉的眼泪……》。煽情是有的,但却有点流俗了。平静而坚毅的兰帕德,看似平凡,却绝不庸俗。

他不是那个罗纳尔迪尼奥,可这世界上又能有几个罗纳尔迪尼奥?兰帕德,绝对的励志榜样。

英雄与凡人

英雄这样图腾般的概念,应该是完美的,应该是没有缺陷的,即便充满人文精神的古希腊英雄,每一位都有着凡人的缺陷。

26轮英超,2340分钟的比赛,约翰·特里打满了全部时间,居然一张黄牌都没有。这是一个34岁的老将。他承认说,这一个赛季的出色发挥,是因为他担心夏天到来时,他合同期满,切尔西不再和他续约。

特里说他和兰帕德不同。他没想过加盟其他俱乐部,他只想在切尔西终老。

十年前,他举起过联赛杯奖杯,十年后,他再度作为队长捧杯。特里是一个奇迹,这一座联赛杯,是他职业生涯第12座奖杯。更重要的是,这一个赛季里,他在中卫位置上体现出来的防守能力,依旧是世界级的,不论空中、铲抢还是分球——这么多年来,很多人都认同特里在场上是一个典型的英格兰铁血队长,却容易忽略他各种能力的进步,传球能力、左右脚平衡能力,特里在30岁之后体现得更加明显。

几乎每一位切尔西主教练,都对特里充满褒扬之辞,穆里尼奥是特里和切尔西成功的最重要原因,但赞美他最多的是安切洛蒂。在他那本妙趣横生的自传里,安切洛蒂认为特里是"队长中的队长","哪怕不戴队长臂章,他仍然是队长……他一句话就能让更衣室安静下来。"

我们都嘲弄过特里。当中文社交媒体上出现"蒋特里"这个词汇时,多少人捧腹大笑?因为特里生活中发生过很多让人嘲笑,甚至让人不屑的往事。在球场上,他曾经显得老迈迟缓,然而在联赛杯决赛,在这个赛季的英超比赛里,特里是一个比十年前那个特里更加出色的中卫、队长。综合战力以及板凳深度,这一支切尔西未必能比十年前强,赛季初前瞻,我就觉得防线板凳深度,尤其中卫位置,可能会是切尔西的短板。没想到状态起伏的是卡希尔,而不是恒久稳定的特里。

我们很容易嘲弄特里,因为我们很容易将一个明星的生活与职业混淆。在切尔西球迷心目中,包括在更多球迷心目中,特里是一个托尼·亚当斯、博比·摩尔类型的英雄队长,然而我们脑海中对于英雄的认知,我们将品行与职业素养的混淆,干扰了我们对特里的判断。

对于英雄,我们总容易抽象化,将英雄推上神坛,将这样的图腾去人性化。可现实中的每一位英雄,只可能是某一项专长、某一个领域,甚至某一刹那间伟大的个体。运动领域内的英雄,乔丹曾经是,但他也会赌博酗酒。阿姆斯特朗曾经是,真相拉开后,大家才知道这英雄的不堪。

我们由是失落,或者可以开始调笑英雄,这是一种类似自嘲的心理反应。玩世不恭一点,世间已无英雄,所以我们不会再失望。但是走上球场的特里,依旧是一个足球英雄,这和他走下球场之外,没有直接关联。中国传统士大夫相互攻击,从来都是对人不对事,然而这种态度,从来都不正确。

他出生在一个贫寒家庭,勤奋和执着,是特里成功的原因。12岁时,他就遭受过重伤,一年都没法踢球,对于绝大多数足球少年,这是毁灭性的打击,然而特里坚持了下来。他回忆说小时候父亲布置他训练,必须在脚上绑一公斤的沙包,每天要举腿100次,提高腿部力量。"父亲告诉我,说职业球员都是这么练的,只有这样才能恢复受过伤的腿部力量,"特里说,"我每天都含着眼泪举腿,从每天

50 个开始,第二天加到 60 个,练了一周,终于能举腿 100 次了。"

他如是的勤奋,世人知道的却不多,媒体对这种励志故事并不感兴趣。安切洛蒂说特里的训练比其他人努力一倍,可媒体放大的,更是各种发生在他身上以及他身边的具备猎奇效应的故事。我们也太容易被这些故事和新闻所吸引,从而影响了我们对这样一位英雄的观感。

他从来都不完美,可在足球场上,他接近完美。

和其他同时代的球星不同,特里面对媒体和公众并不多,也是仅有的几位没有出自传的球星。我很期待特里自传里,对他成长故事的讲述。

古典天才

我问张路张指导,哈里·凯恩,到底是个天才,还可能是一现昙花。

张指没有犹豫:"天才,他肯定是天才。"我似乎能从他话语里听到意犹未尽的另一句,如果这时候他再"嘿嘿"一下,我会怀疑张指有点腹黑、有点言不由衷。

然而张指不"嘿嘿",很严肃地继续说:"他的每一项技术、每一个动作,都中规中矩,像教科书一样,不花巧,可他做得都准确无误。他浑身都有那种古典学院派的风范,包括他发型,这种球员不太多见……"

做媒体评论时间长的人,常常会有一种所谓见多识广的谨慎,吝啬赞美,似乎赞美多了,赞美本身也会贬值。评论者也得保持矜持,似乎这才是专业的体现。

所以对于这个石头里蹦出来的孙悟空,我一直有点怀疑。英超总在制造各种球星,或者说,英国媒体乃至英国社会,在以工业化方式,制造着球星。这样的制造过程和最终"产品",名副其实者屈指可数。这样的制造,很容易让人厌倦。

而半年时间下来,这个姓氏都相当古典的凯恩,一步步由流水线上的千人一面,走成了一个独特的传奇。

客场对纽卡斯尔联队的比赛,打到补时阶段,明显体能不佳的凯恩,反击中推射远角得分。这是他本赛季代表热刺打进的第 30 球,这也是热刺自克林斯曼之后,第一个单赛季进球达 30 的球员。如果再加上他在英格兰代表队和英格兰 U21 代表队的进球,英超射手榜上和阿奎罗并列第一的凯恩，本赛季已经进球 35 个。

而在这个赛季开始时，8 个月前，他成为本赛季英超最佳射手的赔率，是一赔一千。当然，没有人赌他能成为英超最佳射手。

直到 2014 年 4 月，他才打进第一个英超进球。

直到 2014 年 10 月，他只是欧联杯和联赛杯主力，他当时在本赛季英超联赛上场时间，只有 63 分钟。他本赛季第一个联赛进球，发生在 2014 年 11 月 2 日。

童话故事一样，这个发型复古到了二战时代的伦敦小伙子，一下成为了英超的主题人物。进球，不断地进球，不休止地进球，让人无法回避。在上赛季最后阶段，我就对凯恩这个名字有点印象，他作为热刺本俱乐部培养出来的球员，被舍伍德提拔进入一队。他的场上表现留给我的印象，除了勤奋奔跑之外，还不如这个直接让我联想到《公民凯恩》的姓氏印象深刻。

舍伍德下野，波切蒂诺登台，凯恩的前锋排名，在阿德巴约和索尔达多之后。阿根廷少帅很开明，至少能在杯赛和欧联杯这样的第二三战场，给凯恩一些机会。他在杯赛的进球数很快接近 10 个，阿德巴约和索尔达多，又都萎靡得不堪一用。到了十月底，连不少热刺名宿、媒体名家，都在鼓噪着波切蒂诺应该给凯恩更多联赛主力机会。波切蒂诺似乎这才松开手刹。传奇由是开始。

当凯恩取得本赛季英超联赛第一个进球时，阿奎罗已有 8 个联赛进球，迭戈·科斯塔 9 个。半年时间，他反超和追平两个英超最顶级的射手。他入选英格兰代表队首秀，79 秒第三次触球，就完成了自己在英格兰代表队的首个进球。

他似乎有了点石成金的魔力，在一个极度缺乏真正的球星、又时刻不停顿地制造和鼓吹着球星的英超，哈里·凯恩来得很突然。

他的每一项技术，都只能用朴实无华来形容。然而他能用各种方式来进球，禁区内外、左右脚或头球。他已经有了太多堪称精彩的进球,却似乎找不到一个定义他巨星降临的动作、画面、瞬间——他没有贝克汉姆式的中圈吊门、没有鲁尼式对希曼的绝杀、没有杰拉德气吞山河的远射,他就是勤勤恳恳不断进球。他脊背有些微驼,身材似乎腰长腿短。可他总在进球,而每一个进球到来前,他总在不休止地跑动和努力着。

这应该是足球真相之一。天才未必都是梅西C罗大罗那样。古典的天才,勤奋是他的最大美德。

圣殿和圣人

"取胜一场比赛,只是一天的事。流传出伟大的名声,才是一生的事。胜利很重要,但是以自己的方式获胜更重要。能开创出新格局,能让人模仿、得人仰慕,那才是最杰出的贡献。"

说这段话的人,早已被写进历史,但其人尚未成为历史。他还在以自己的方式,表述他对足球、对体育、对世界和人生的感知。他的智慧和超卓视野,令人仰慕。

过去一周,克鲁伊夫被查出患有肺癌,不知道这和他球员时代抽烟有无关联。这是一条令整个足球世界心情沉重的坏消息。他离开足球一线,已经超过20年,成为了神龙见首不见尾的人物,偶尔传出几句他对现今足球的看法,总如纶音佛语,或振聋发聩,或引人深思。克鲁伊夫于我,几乎是一只脚已然踏破虚空的人物,随时可能羽化登仙,而他留下来的许多东西,值得我们反复咀嚼。

他安居在巴塞罗那,时而回到荷兰家乡。偶尔在荷兰报纸上口述一个专栏。这几年,他最连贯的表达,可能就是对穆里尼奥以及范加尔不动摇的批评。然而克鲁伊夫从未真正离去,也不需要癌症这样残酷痛苦的打击,证明他依旧停留在凡间。他的思想传承不断:在巴萨的每一次传递中、在瓜迪奥拉在拜仁的工作中、在阿贾克斯的训练场上……今天的博格坎普,依旧会对年轻球员们,转述30年前克鲁伊夫对他说过的:"控制球,让球成为你最忠实的朋友,让球成为你身体和心灵的一部分。"

哪怕是阿森纳青年队训练场上的亨利,也在传递着克鲁伊夫的足球哲学。亨利不是克鲁伊夫的亲传弟子,但他当初选择14号,就是出于对克鲁伊夫的敬仰。没有克鲁伊夫，不会有今天的巴萨，不会有今天的瓜迪奥拉，甚至不会有今天的梅西、哈维和伊涅斯塔。他不会只因为身材和力量、速度来选材，他告诉过博格坎普，足球是寻找完美的历程，而非只是追求胜利。

这是自梵高以来，最著名也最具创造力的一个荷兰人。西蒙·库珀描述克鲁伊夫的成就，称他将巴萨重塑成了一座"传球大学"。英国人创造了现代足球，一直将足球竞技的精神诉求视为最高境界，巴西人视个人技艺为成功基础，德国人无比重视体能，而克鲁伊夫超越了这些足球传统。他的足球，建立在传球和移动的基础上，不断地传球和移动，无中生有里创造出空间，在具备美学特质的足球战术里，鼓励个体的创造性、凝炼团队协作的效率。

克鲁伊夫重新定义了现代足球。

他的个人成就，只缺一座世界杯，但他作为教练和导师，留给足球的似乎要更多。这样的个体，是不可能修饰个性棱角、圆通世故的。因此克鲁伊夫也树敌无数。他睿智和超迈的另一面，是顽固和强硬。克鲁伊夫从不承认自己的错误，不接受传记作者的采访——他的自传，会在 2016 年出版，英文名就叫 My Turn，语意丰富，有他在 1974 年世界杯决赛上那妙到毫巅的历史性转身，也有"该到我了"这样的含义。

过去一个月，20 世纪最伟大的三位欧洲球星，两位倒下，不是在球场上。普拉蒂尼和贝肯鲍尔，都因为足球政治，而名声受损。克鲁伊夫很少涉足足球政治，除却巴萨俱乐部事务。他没有手机，他的生活早就进入退休状态，他的思想，却没有一丝老化的迹象。两周前，我听过一段他最近的录音采访，谈到自己为什么不再执教，克鲁伊夫承认现在的球员管理太难，他有心无力。这是现代足球过度商业化的悲哀。

他和癌症的抗争由此开始，和他的足球美学相反，我只希望这场比赛唯胜利论。瓜迪奥拉说过:"克鲁伊夫建起了这座伟大的教堂,我们的责任是保护和翻新这座教堂。"

  与其说是教堂,不如说是一座足球圣殿。对这位圣殿的奠基人,祝福他锋芒毕露地健康长寿。

夜空中最亮的星

他是夜空中最亮的那颗星,而今夜星陨落,夜空再难找到亮光。

2016年3月24日,克鲁伊夫逝世,现代足球一个最具创造性和独立思维能力的个体,魂归道山。他过早地被归纳入"经典"和"历史"的范畴,我想很多球迷,对于克鲁伊夫的认知,都更是符号式的记忆:他之于巴萨、瓜迪奥拉的传承;他在阿贾克斯和荷兰足球留下的印记;他和"全攻全守"的渊源;那个世界杯上著名的"克鲁伊夫转身"(Cruyff Turn)……这些都是克鲁伊夫,但这些碎片拼凑起来,并不是克鲁伊夫的全部。

这是现代足球最伟大的哲人,一个最能以独立意识面对足球世界的变化,诠释足球发展,并且指引足球发展方向的大脑。克鲁伊夫的最大意义,在于他永远都在创造和创新。他永远都在挑战固有的规律与秩序。他是一个足球思维的革命者,但他并不是一个为独立存在而反对的反对者。

"你用脑子踢球,双腿是用来帮助你用脑子踢球的。"这是克鲁伊夫对于足球简朴而纯粹的讲述。我曾经长久期盼,能采访这个荷兰人或加泰罗尼亚人。我曾经通过《绝妙橙色》一书作者,试图联系一次对克鲁伊夫的《超级颜论》专访,但定居在巴塞罗那的克鲁伊夫,几乎是半隐居状态,每年最适合采访他的时机,是秋天在阿姆斯特丹的"克鲁伊夫运动日"。这一天他会回到阿贾克斯的Arena,全面开放的运动场,让当地孩子们体验各种运动。哲人辞世,天人永隔,失落难以言喻。

他眼中的世界和足球,和所有人都不一样。这与克鲁伊夫的身世相关,他1947年出生,属于二战后婴儿潮(baby boom)的一代,能在物质相对不太短缺的环境里生长。然而克鲁伊夫12岁时,父亲去世,迫于生计,13岁辍学,就在阿贾克斯球场里外打些零工。这样的孩子都会缺乏安全感,缺乏安全感的人,对于世界,往往会有两种态度:畏惧萎缩,或者积极进取。克鲁伊夫是后者。

曼城高管贝吉里斯塔是克鲁伊夫带过的巴萨队员,他对克鲁伊夫的回忆是:"当局面不利、战绩不佳的时候,克鲁伊夫的反应永远都会是继续进攻、强化进攻、全面进攻。"如是个性,与荷兰这个卡尔文主义教派的新教国家,有莫大关联。我们都知道荷兰人热情而过于直率,荷兰球员好辩而性格各异,这恰恰是卡尔文主义教派对这些西欧地区影响的结果。个性在充分解放的氛围中成长,不掩饰个体喜好,往往能在辩论、争吵和对立之后,以妥协方式形成民主结果。特立独行的荷兰人,克鲁伊夫是独领风骚的那一个。

说到克鲁伊夫这一代,我总会联想起比他年长两岁的贝克鲍尔和菲尔·杰克逊。讲述过长,会有些跑题,但他们各自的独特,对于各自运动远超体育意义的影响,有着很多相似之处。

荷兰足球职业化发展,在西欧相对滞后,17岁被英国主教练巴金汉姆选入阿贾克斯一队的克鲁伊夫,是第一代荷兰职业球员。他退役时,还和古利特做过队友、与他的徒弟范巴斯滕在场上有过交锋。名帅米歇尔斯承认:"没有克鲁伊夫,我无法组合一支球队。"全攻全守、打破场上位置恒定的战术拘束,恰恰是从巴金汉姆开始,在米歇尔斯和克鲁伊夫合作过程中大放异彩。

只是"全攻全守"(Total Football),同源于荷德——前西德足球,在同一时代也走上了战术位置解放的道路,门兴格拉德巴赫和拜仁慕尼黑的辉煌,是全攻全守的另一面。

球员时代,克鲁伊夫的位置难以确定,不是中锋,也不是纯边锋,而是前场游动性极强的攻击自由人。他的个人能力和团队领袖价值,很难用数据来厘定,数据上,他早被确认为欧洲20世纪三大巨星之一。克鲁伊夫后来回顾说,如果用计算机分析,"那么我15岁时就会被阿贾克斯淘汰,因为当时我左脚踢球超不过15米、右脚踢球超不过20米,个子不高还瘦弱……可我的脚下技术和足球智商,不是计算机能够测算出来的!"他对于日益兴盛的数据决定论并不认可,他坚信,人的创造力和主观意愿,是走向胜利的主途。而克鲁伊夫瞄向的目的地,不仅是胜利,更是这条通往胜利的道路。

"克鲁伊夫转身",是现代足球历史和世界杯掌故里,不容错漏的精华。克鲁伊夫能成为克鲁伊夫,当然和他球员时代的巨大成就相关。但在我看来,这些都只是克鲁伊夫攀升足球哲学高度的基础。1988年,他回到巴塞罗那执教,直到1996年他被努内斯冷酷解雇,是克鲁伊夫修建足球圣殿的最关键时期。那段岁月,当然需要巴萨联赛四连冠和巴萨第一个欧冠,作为成绩依据。正是因为有这样的成绩为佐证,克鲁伊夫的足球观,乃至世界观,才能传播至今,并且影响到未来。

他的足球战术,是通过不间断移动和传切执行的,他的足球方向,当然是主观并且自我的,他的足球哲学,是不断前进、进化并且自我提升的。用"哲学"这样略有些固化的词汇来概括,都有些不恰当,因为他总能向前看、总在向前看。用自己的眼睛看。

瓜迪奥拉是他的继承人,但继承的是克鲁伊夫解放的足球思维、打破了禁锢的足球表达,而不是条条框框的战术规定。至今仍然有太多球迷质疑瓜迪奥拉,认为他因人成事,认为他机缘巧合。但瓜迪奥拉的秀出班行,在于他和克鲁伊夫一样,鼓励球员在团队运动的系统中,主动发挥自己的创造力。在巴萨和拜仁,瓜迪奥拉最特出的一点,是鼓励队员们去做自己想做的事,"不要在乎犯错。"

这是克鲁伊夫的现时存在。这是自由主义精神在足球场上的传承。克鲁伊夫和瓜迪奥拉未必是最伟大的足球人,然而包容个性、鼓励创造,是人性辉煌的闪耀。

20年前离开巴萨教职,初时因为身体健康,后来因为自我厌倦,克鲁伊夫再没有回到足球一线,但恰是这样的区隔,反倒能让他保持距离,在远处、高处,来审视足球,并且眺望未来。遗憾的是,克鲁伊夫看到的未来,是让他沮丧甚至绝望的。在他成长的年代,物质日趋富足、而商业化尚未完全渗透进入职业足球。足球的理想主义者,还能有相对宽松的空间和时间,去打磨自己的本领、去一点点接近自己的理想。

克鲁伊夫被认为是欧洲现代足球第一位巨星,我个人觉得这种头衔应该由他和贝肯鲍尔共享,他在球员时代,就是一个十分精明,能利用商业手段自我增值的个体。但他没能想象,从上世纪90年代开始,随着现代媒体变革,职业足球的商业化,发展到了一个超速增长阶段,"一个全是百万富翁、千万富豪的球队,你如何去执教管理?"这样的疑问,两年前克鲁伊夫也提出。他面对不了这样的挑战,据巴萨青训总监塞古拉上个月对我解释,克鲁伊夫这声惋叹,主要是对罗纳尔迪尼奥发出的。他能想象更加自由奔放的现代足球,在场上该如何呈现,该如何符合审美情趣以及人性的展现,但他无法应对更衣室里越来越自我、越来越被金钱和现代品牌文化模式化制造的个体。

克鲁伊夫选择了远离。他建立起了一座圣殿,供奉着自由的灵魂、独立的个体。瓜迪奥拉们,希望能维护这座圣殿,修复并且光大这座圣殿。然而时代的车轮,在个性解放的全球化旗帜下,碾压着一切。被放大的个体,并不是真正的独立与自由,看似人人都能自说其话的语境,并不能真正帮助独立者独立、自由者自由。这个因为远离尘世,而远离了尘灰的哲人,内心深处,是否也充满着无能为力的无奈?

他是夜空中最亮的那颗星,因为足球在极度富庶和貌似繁荣中,进入了一段个性泯灭、大众趋同的时期。他在夜空闪亮时,还能让我们看到一些不同的存在,感到一些创造性思维的激励。如今巨星陨落,何时才能得见那样的星光?

克鲁伊夫，第一个足球 superstar

在怀念克鲁伊夫的各种报道中，不论荷兰、西班牙还是英德法的媒体，都会提及"欧洲第一位足球超级巨星"(superstar)这样的概念，将克鲁伊夫和前辈乃至同侪进行区分。现在足球已经有一个半世纪的发展和传承，68 岁辞世的克鲁伊夫，是二战之后出生的人，为什么欧洲足球会将他当做"第一个足球 superstar"？

这样的描述，过去十多年，在各种采访报道中，我反复见到。克鲁伊夫在世时，人们就如是评价。其实克鲁伊夫的前辈里，就有过英格兰巴斯丁、斯坦利·马修斯等名震欧洲的球星，与他同时代的贝肯鲍尔，同样是引领风骚的文化符号般足球人物——以世界杯一项竞技成绩论，1974 年和克鲁伊夫同台的贝肯鲍尔，还要更胜一筹。另一位同时代的足球巨星，乔治·贝斯特，更是风流不羁的"第五个披头士"。为什么"第一个足球 superstar"的名称，落在了克鲁伊夫头上？

因为他是最早认识到球员个体价值和商业潜力者。Superstar 这样的称谓，在中文语境里，很容易被"超级巨星"的直译混同，但是在欧洲体育范畴中，superstar，不仅仅是明星，更是具备超凡商业价值的竞技明星。贝肯鲍尔、贝斯特们，也都各自具备极强的商业价值，但是在主观商业辨识能力、对球员个体商业价值的挖掘和维护上，克鲁伊夫远远领先于他的球员时代。

一个著名案例，就是荷兰足球为世界所认知的 1974 年世界杯，如果我们仔细观看这届世界杯上的比赛照片和影像资料，会发现克鲁伊夫的与众不同——其他荷兰队友穿的都是阿迪达斯传统三条杠球衣，唯独克鲁伊夫不同，他的球衣是两条杠的。这可能是现代足球历史上，第一个因为赞助商商业关系，而产生的球员个体和球队冲突：阿迪达斯赞助了荷兰国家队，这是阿迪达斯和荷兰足协之间的商业合作，但在这之前，阿迪达斯的死对头彪马，签下了克鲁伊夫。克鲁伊夫不愿意自己的商业价值受损，因此不接受阿迪达斯痕迹明显的三条杠，他与荷兰足协之间产生严重冲突，最终足协让步，于是克鲁伊夫的14号球衣，少了一条杠。

18年后，巴塞罗那奥运会，克鲁伊夫在这个最热爱他的城市里，见证了美国男篮"梦之队"的夺冠。而乔丹巴克利们最终登上颁奖台时，著名的赞助商之争发生："梦之队"大腕们，几乎都是耐克赞助的，可美国奥运会代表团的赞助商是锐步，所以乔丹们折衷的方式，是披着星条旗站上领奖台，遮住赞助商logo，保全自己的商业权益。

我不知道在现场的克鲁伊夫是否反应了过来，乔丹们的行为，只是步他后尘。以体育职业化和商业化程度比较，美国远远领先于欧洲，但个人意识的觉醒，对自身价值的重视，克鲁伊夫绝对是先行者。

他从不隐晦自己对金钱的看重，"我不希望等我退役后，去到街边一个面包店，要对老板说：'嘿，我是克鲁伊夫，给我两片面包吧。'"他踢球的时候就如是说过。但这位超级明星，对于职业球员生态的整体关注，让他的同行们受益。

克鲁伊夫17岁进入阿贾克斯一队，当时荷兰足球还处在半职业化向职业化过渡时期。他第一次代表国家队出征，就发现荷兰足协购买的航空保险，只为足协官员购买，而不包括球员。克鲁伊夫挑战足协，为球员争取到了公平权益。可就因为这样的国脚生涯开始，克鲁伊夫此后与荷兰足协关系一直不好，1978年主动放弃世界杯参赛机会，与这种糟糕关系不无关联。

所有决定,都必须自己做出。这是"第一个superstar"的另一个特点。离开阿贾克斯,俱乐部最初是将克鲁伊夫卖给了皇家马德里,皇马给的个人待遇也足够高,在前博斯曼时代,这样的转会几乎不可逆转。然而克鲁伊夫自己不爽,他的选择是巴塞罗那。后来有人问他这个决定背后的原因,是否他更喜欢自由主义色彩浓烈的巴塞罗那,克鲁伊夫笑道:"我当初并不了解巴塞罗那,我只是要自己做决定。"

12岁丧父,母亲不得不在阿贾克斯俱乐部担任清洁工,经济压力长期巨大。这样的身世,让克鲁伊夫更注重自己的价值挖掘,足球的高速发展和传播,给了他足够的机会。同时代的巨星,贝斯特在曼联刚出名,就和曼城球星萨摩比一起生产自己品牌的衬衣,贝肯鲍尔与阿迪达斯更是长达半个世纪的合作关系,但克鲁伊夫更特殊,很早就具备自我品牌和商业形象的营造,同时与传统运动精神没有严重冲突,"第一个superstar",由此确立。

拉涅利,好人总会出头

"好人未必总是第二",莱斯特城奇迹般提前两轮夺取英超冠军,这个关于克劳迪奥·拉涅利的标题,深入人心。

这是一支没有明星球员的蓝领球队,"狐狸城"的薪资和转会费总额,还比不上江苏苏宁的拉米雷斯和特谢拉两人。欧美媒体的各种报道,都将其称之为"世界体育最伟大奇迹之一",意大利主教练自然是这一奇迹的导演。

下野老帅

时间倒退到2015年的7月,一身疲惫的克劳迪奥·拉涅利回到罗马。他刚从希腊国家队主帅位置下野,干得一塌糊涂,连法罗群岛这样的鱼腩部队都输。十年前雷哈格尔打造的那支防守反击球队,人才凋零,拉涅利和希腊媒体以及国脚们的关系,处理得也很糟糕。

63岁的拉涅利对自己的职业生涯产生了怀疑。12年前被英国媒体嘲讽为"补锅匠"(tinkerman),因为他太好调整切尔西的阵容和战术。此后他被称之为"千年老二"(nearly man),因为执教三十多年,从卡利亚里、那不勒斯、佛罗伦萨到瓦伦西亚、马竞,再到切尔西、罗马、尤文图斯、摩纳哥,他总能提升球队成绩,却总不能夺取联赛冠军。

他是一个过气人物。不少人这么说。

然后他接到经纪人史蒂夫·库特纳的电话。谁都想象不到,这个电话将改变英国足球历史,甚至改变世界足球历史。

这个电话肯定将改变你我的足球记忆。

库特纳正在和莱斯特城俱乐部的足球事务总监路德金沟通,刚完成保级的"狐狸城",解雇了他们的主教练奈杰尔·皮尔逊。皮尔逊性格刚烈,保级赛季里和球迷乃至媒体发生过多次言辞冲突。2015年夏天,球队应老板安排,去泰国参加热身赛,又爆发丑闻,皮尔逊的儿子作为一队球员,也涉足其中。迫不得已,俱乐部解雇了皮尔逊。

库特纳向路德金努力推销赋闲的拉涅利。意大利人本身就很想回到俱乐部的执教岗位,他胸中的足球火焰没有降温。他尤其想回到最喜爱的英国,在斯坦福桥拉涅利仍然有一所公寓,每年都会回去住。

经纪人本来在帮拉涅利找一些英冠俱乐部的机会——这几年他的执教历程逐渐走低,英超俱乐部大多不会考虑他。而皮尔逊被解雇,成为了一个机会。

绰号"狐狸城"的莱斯特城,对拉涅利有些顾虑,因为他执教履历太过漫长,而且年龄明显偏大。库特纳倒是毫不气馁,将拉涅利的CV进行了详细描述:在瓦伦西亚夺取的国王杯以及超级杯,在佛罗伦萨夺取的意大利杯,意甲两次亚军、英超亚军、法甲亚军和西甲亚军。"我就想让他们了解克劳迪奥,"库特纳说,"我知道他们真正了解这个人之后,肯定会印象深刻。"

莱斯特城同意进行一次面谈,拉涅利飞到伦敦,和路德金、俱乐部CEO苏珊·惠兰、俱乐部足球执行总监安德鲁·内维尔、副主席阿亚瓦特·斯里瓦塔那布拉帕面谈。这个姓名超长的副主席,是泰国老板维猜的儿子。

拉涅利就是拉涅利,温文尔雅而热情洋溢,专业并且赤诚坦白。他和阿亚瓦特之间,很快找到了默契。老板之子是个资深球迷,长期着迷于意甲,所以当拉涅利提到他曾经执教过托蒂以及巴蒂斯图塔之后,会议桌上的距离被立即缩短。

几天之后,积极的消息传了回来,莱斯特城邀请拉涅利和库特纳第二轮会谈,这次会议桌上出现了老板维猜·斯里瓦塔那布拉帕。

董事会和拉涅利交流时间越长,对他印象越好。任命他理所当然。在经历了皮尔逊的刚烈铁腕之后,球队需要一个更温和善沟通的主教练。

和其他英超教练不同,拉涅利并没有带一个庞大助教团队加盟。他只身来到莱斯特,也没有和老板提出助教团队调整的要求,"他们上赛季干得很不错,为什么要改变?"这是意大利老头直率的评语。

会议桌上没有任何人想象到,10个月后,世界上所有球迷和媒体,都会传唱莱斯特城的美名。

这是一个神奇的故事。因为其无理得荒诞,反而更加珍贵。

蓝领奇迹

他上任的那个时间节点上,莱斯特城在2015—2016赛季英超夺冠的赔率,是1赔5000——没有任何人敢如此狂想,包括莱斯特城球迷。

拉涅利给俱乐部提出的第一个要求,是将他在王权球场的办公室里,摆放上每一位英超主教练的照片,19张。他希望在每个主场结束后,对手主教练来到他办公室进行例行沟通时,能感觉自己受重视、能感觉更舒服。

这些照片都是黑白色的肖像照,很有讲究,和拉涅利的红酒品位一样。他可能没有想过,按照英超教练的生存寿命,他未必能保有这个办公室时间太长,而那19个黑白头像,很可能有一位会变成他的继任者。

这在当时不是一个激动人心的任命。英国媒体不会关心拉涅利在2004年夏天离开切尔西之后干了些什么。他是阿布切尔西时代的第一位主教练，但阿布上任就表示要另择主帅。拉涅利在他最后的切尔西赛季，赢得了球迷极大的同情，可也因为2003—2004赛季，他带队打进欧冠半决赛，对手是法国摩纳哥，却在第二回合大优局面下，频繁换人，错失好局。

在那之前，拉涅利的切尔西在四分之一决赛淘汰了最大的敌人阿森纳，此前7年，切尔西就没赢过阿森纳。当年欧冠的决赛，葡萄牙波尔图，最终打败摩纳哥夺冠。当时波尔图的主教练，成为了拉涅利在切尔西的接班人。他就是穆里尼奥。

离开切尔西后，拉涅利出过一本英文自传，《Proud Man Walking》，这本自传也是无比低调的——美国监狱里，死刑犯行刑前，都会有典狱长喊一声"Dead Man Walking"的习俗，拉涅利借用了这种风俗，自嘲又不屈。

只是他的执教履历里，没有过太多冠军，有着不少的第二名第三名。穆里尼奥接手后，对前任极尽嘲讽攻击，拉涅利难以应对。

因此对拉涅利的任命新闻，大部分球迷抱以怀疑态度，媒体更是直接质询。著名的莱斯特城球迷、英格兰80年代头号射手莱因克尔，如今是BBC黄金足球节目Match of the Day的主持人，他第一时间发推："Claudio Ranieri? Really?"

莱因克尔怎么都想不到，一年之后，他会要以极其搞笑的方式，在公众面前向拉涅利和莱斯特城委婉致歉。

2016年的4月底，拉涅利在王权球场看台上，翻看莱斯特城球迷为他发来的致敬视频，那段著名的视频，就是对各种莱斯特城球迷进行的街坊，从水果蔬菜摊主，到铁路工人到路人乙……铁路工人说："整个车站每个人都感谢克劳迪奥给我们带来的幸福。"这都是发自内心、感人肺腑的敬意。"上帝"和"传奇"这样夸张至极的敬语,都被用在了这个意大利人身上。

拉涅利,"千年老二",和莱斯特城创造的这段奇迹,不仅仅是因为 1 赔 5000,几乎不可能的夺冠几率,不仅仅因为瓦尔迪连续 11 轮英超的进球,更因为在此刻的职业体育世界,金钱主导的各种资源垄断,让豪门愈豪,贫者愈贫,两极悬殊在持续拉大。拉涅利和莱斯特城,在一个长达十个月的联赛赛季里,以独特却又传统的团队至上方式,实现了一个不可思议的梦想。

莱斯特城本地人,都不敢相信这一切是真的。因此在 2016 年 5 月 2 日的联赛,切尔西主场逼平托特纳姆热刺,间接助攻莱斯特城夺冠,绝大部分狐狸球迷都有些不知所措。

132 年的漫长俱乐部历史上,莱斯特城从来没有过顶级联赛夺冠的记忆。他们有过的奖杯,也只是 3 座联赛杯。夺冠那一瞬间到来时,大部分球员都在瓦尔迪家中聚会,他们狂跳狂唱,像疯子一样手舞足蹈。他们没有一点明星风范,因为他们从来没当自己是明星。

团队至上

这是一支低调朴实的球队,虽然瓦尔迪们早就开上了豪车,但这支球队没有明星,没有上下尊卑的更衣室秩序。他们最不缺的,反倒是对胜利的渴望。此前一个赛季,最后 9 轮联赛,皮尔逊带领着以攻对攻的莱斯特城获得 7 胜,"胜利大逃亡",最终排名第十四,但整个赛季,他们大部分时间在英超垫底。

拉涅利和媒体见面的第一天,就承认皮尔逊此前带队成功保级,是一个"奇迹"。不过拉涅利的起点,显然要更好,因为前任已经为新赛季做了不少准备:

中卫胡特从斯托克城租借而来,为了加强保级实力,此刻已经完成转会;从德甲有两名新援,左后卫奥地利人福克斯自沙尔克 04

加盟,前腰日本人冈崎慎司来自美因茨。胡特高大强健,英超征战十余年,福克斯左脚传中精准,比赛热情十足。冈崎怎么看都不像个职业球员,但一上场,他就是那个最勤奋、不死不休的工作狂。

那几天最忙碌的人不是拉涅利,而是助理教练史蒂夫·沃什,他同时还是俱乐部的转会总监。他正在追逐一名重要球员,这次追逐,为莱斯特城、为英超,带来了一名赛季最佳的转会。

恩戈洛·坎特,他的名字如果用法语音译,更应该是"康德"。拉涅利对这名小个子法甲球员一无所知,即便几年前拉涅利在摩纳哥执教过。谁都不知道沃什从哪里找到了这名球员的信息,并且完成收购。当坎特在英超打出名头后,太多英超主教练后悔,甚至抱怨自己的转会部门,为什么有这么大的遗珠之憾。沃什和他的团队做好了攻克,他的助手,大卫·米尔斯,已经多次前往法国卡昂观看坎特的比赛和训练,莱斯特城已经搜集了一整套关于这名后腰的数据和比赛画面,详细分析,尤其是对其性格、技术特点解析后,看好他未来在英超的发展。

拉涅利一上任,就收到这份报告。他有些犹豫。

拉涅利有些担心坎特的身材,太过瘦小,实际身高不到一米七零。在速度疯狂、力道暴烈的英超,这样的身躯,能在后腰位置上扛得起那么多壮汉的轮番冲击吗?

他在犹豫,可是沃什决不放弃。整个赛季前训练营,拉涅利后来回忆说,沃什每天就在他耳边哼哼:"坎特、坎特、坎特!"最终主教练认输,560万英镑,莱斯特城收购坎特,一个25岁、7年前还在法国第八级联赛厮混的无名之辈。

剩下的就是足球传奇了。坎特成为了 2015—2016 赛季英超最出色的球员之一,很多人认为他比马赫雷斯更应该赢得英超赛季最佳,评论员卡斯卡利诺认为坎特是"比马克莱莱更出色、更灵活的防守后腰,他对危险有着天然嗅觉,他断球和拦截的节奏,是天生的"。

而这名法国小个子勤奋到了让拉涅利都受不了的地步。

"他永远都在跑,不停顿地跑,在帮助队友、在攻击对手,"拉涅利赛季中期,接受一个为莱斯特城着迷的美国球迷团队采访时,兴致勃勃地说道,"我每天都会对他说:'嘿,恩戈洛,稍微停一停,喘口气。'他总会笑着回答我:'好的,老板。'然后他转身又开始跑了。"

坎特开着一辆低调的迷你,朴实谦和,铲断和微笑成了他的标签。根本不用多长时间,他就成为了莱斯特城球迷热爱的英雄。

平民英雄。

从"补锅匠"到"哲人"

沃什是拉涅利熟悉的老面孔,当初在切尔西执教时,沃什就是切尔西的资深球探,为切尔西效力过 16 年。拉涅利知道这位曾经的老师,有着一双善于识别人才的足球眼睛。

他坦然接受莱斯特城已有的助教团队,包括助教克雷格·莎士比亚,和球员关系良好、负责训练执行的教练。拉涅利带来的两名助手,保罗·贝内蒂是第三助教,他最熟悉拉涅利的战术思路;安德烈·阿扎林是一队运动科技和体能教练,与莱斯特城原来的体能总监马特·里夫斯搭档。他还带来过一位守门员教练,但不太合适,马上放弃。

皮尔逊的影子,2015 年秋天到来时,依旧晃荡在莱斯特城更衣室里。他带领这支球队升级,他带领这支球队保级,他对外强硬,足球风格铁血,对内他有着崇高的更衣室威望。皮尔逊是职业球员出身,知道和球员沟通的最好方式,球队保级的奇迹,更增加了他的威信。

拉涅利说,他知道他不可能一夜之间赢取更衣室的信任,只要成绩不下滑,旧的习惯和秩序总会有很长惯性。例如球员们对每个周五都会踢五人制对抗赛,觉得习以为常。对于新的训练要求和方式,多少都抗拒,甚至可能开口抱怨。"这都是对改变的抗拒,"拉涅利说,"我不能太过剧烈地挑战大家的习惯,我们得慢慢来。"

改变得更快的,是拉涅利的战术思维。皮尔逊带队保级,最后阶段莱斯特城打的是三中卫防守体系,拉涅利改回四后卫。事实上,目前国际足坛,除非具备三位实力超凡的中卫,否则没有球队敢像尤文图斯那样打三中卫。

改变有些艰难,赛季初莱斯特城依然保持着对攻特质,场场失球是常态,但总能比对方多进一个,成绩当然还不错。拉涅利知道这种战术风险有多大,可他调整的手法,是温和而柔软的。他在换人和布阵上,体现出了大师水准,皮尔逊后期启用的中场德林柯沃特,在拉涅利手下复活。这位曼联青训弃将,根本没想到,当2015—2016赛季结束时,他不仅能进入英超最佳阵容,而且还有望入选英格兰代表队征战2016欧洲杯。

瑞士著名中场因勒,是拉涅利要求购入,用来顶替阿根廷名将坎比亚索——拉涅利亲自打过两个电话,希望能留住坎比亚索,失败后希望因勒能让莱斯特城中场更有序。因勒适应不了英超节奏,拉涅利没有继续坚持。冲冠期间,瓦尔迪停赛,主场对斯旺西一战的阵容改变,更证明了拉涅利细致入微的工作准备。

"补锅匠",tinkerman,变成了"哲人",thinkerman。不变的,是他那热情、充满感染力的个性。

他有着独特的意大利式幽默感,不论公开场合还是私下场合。他乐于自嘲,从不自以为是,这样谦逊的风格,在执教切尔西时,让英国媒体怀疑他底气不足,在低调的莱斯特城,却是无比的契合。

为了让球队少丢球,他在赛季初承诺,出现一场零封对手的比赛,他会请全队吃匹萨。当大家努力达成后,他的匹萨宴,竟然是邀请全队去一家匹萨饼店,人人从揉面、擀面开始,亲自做匹萨饼。一次本来小小的奖励,变成了一次体验丰富的团队建设活动,这些职业球员做起匹萨饼时，兴趣十足，气氛愉悦。

圣诞节之后的节礼日，莱斯特城客战利物浦，拉涅利送给每位队员一小座刻有各自姓名的铜钟，这就是后来他著名的玩笑"dilly—ding dilly—dong"来源——时刻提醒大家守时和集中精力。

他的英文，要比10年前更棒，而应对媒体能力，更是大为上升。10年前的拉涅利，不得罪人，却显得有些过于温和。10年后的他，仍然温和，却多了分睿智。他主动控制媒体的炒作热度，登上积分榜榜首后，他每次新闻发布会开始时，都会和会议室里的每位记者握手——伸手不打笑脸人，英国媒体再怎么耸人听闻，也很难对这位看似无比和善的意大利老头下手。

数据无法体现的成功

而拉涅利的内心，坚毅倔强。他的镇定和低调，传递到更衣室里，更是一种沉静的力量。

这是一个蓝领更衣室，有曾经问题青年瓦尔迪的英式恶作剧和搞怪，也有德国人胡特的冷幽默。没有明星的存在，没有不可触犯、难以接近的大牌。恰恰是在这种平等合作，却又激情碰撞的氛围中，壮志在成长。

2015年11月，他们在主场1比1打平曼联，瓦尔迪连续11场英超联赛进球，4年前他还在业余联赛里辗转。这个当年的街头混混，曾经被警方用GPS定位脚环锁定，不允许深夜进入市区。

法国长大的阿尔及利亚人马赫雷斯，英超赛季最佳，2014年从法乙勒阿弗尔加盟，50万欧元身价。当初沃什去考察的是一个叫门德斯的勒阿弗尔球员，无意中发现门德斯一位瘦削的边锋队友脚下技术细腻超凡，这就有了25岁马赫雷斯名扬天下的机会。2016年的2月，莱斯特城先2比0打败利物浦，4天后客场3比1狂切曼城，马赫雷斯上演了齐达内级别的表现。

当他们在情人节交手阿森纳,第95分钟被打败后,40分保级任务完成,但所有人都开始怀疑这支奇幻球队的跃升。拉涅利给球队放了一周假,让大家暂时忘记足球。

这是一次迟到的冬休——英超相比其他欧洲联赛,最大缺陷就是没有冬休。一周之后,莱斯特城完成充电,随后7轮联赛6胜1平,取19分。同时期阿森纳,只取下9分。

上半季和对手对攻、以高速反击反制,下半季则是一连串的1比0获胜,意大利化表现,和意大利教练的防反风格相辅相成。主力11人当中,有7人在36轮联赛里,至少33次首发,防线和锋线,都是29岁以上球员。这是一支男人的球队。

拉涅利很幸运,因为这一个赛季他几乎没有遭受伤病打击,同时他的体能团队,对球队体能准备,也是细致入微的。

最时兴的真空低温室恢复条件,俱乐部重金投资,能让球员在零下135度的超低温环境中加快体能恢复。以GPS定位,以及心率监测方式,来权衡球员每次训练和比赛的状态、睡眠习惯以及饮食方式。

最重要的还是团队氛围。拉涅利鼓励队中每个人发言、交流。队内会议,往往是在体能力量训练中进行,一队所有球员参加,因此哪怕是替补,也都能明白自己未来的角色和挑战。

从足球专业数据上看,莱斯特城没有任何理由夺冠——他们的控球率一直在英超倒数三位,他们传球成功率更是倒数第二,但数据暂时还不能反映足球比赛的全貌,因为球员彼此配合、彼此牺牲而换取的竞争优势,数据无法展现。

5月2日夺冠的消息,来自切尔西和热刺打平的比赛结果。此前一天拉涅利飞回罗马,和96岁的母亲共进午餐。当晚他飞回英国,本来可能赶不上那场关系重大的伦敦德比,但泰国老板安排的专机,让老头准点到家。"我是在家里看完那场比赛的,开场的时候我坐在沙发上,结束的时候我坐在天花板上……"意大利式的低调和夸张,从拉涅利式的幽默渗透而出。

在竞争激烈的成熟社会,要让人人都喜欢,却还能获得事业绝顶的成功,这几乎不可能兼得。意大利人拉涅利却做到了,以他在教练职业上,30年不辍的努力,30年不变的低调。欧美主流社会,往往欣赏穆里尼奥、弗格森那种性情外向、更具侵略性的个体,拉涅利更像一个中国人,有着东方的含蓄和温厚,可内里的强大和执着,从不动摇。

好人总会出头。这是拉涅利的故事,这是莱斯特城的奇迹。

西蒙尼,伟大的足球"黑帮"

成功了就回不来了……

在马竞之前,迭戈·西蒙尼的执教生涯并不顺利,起起落落于阿根廷和欧洲之间。直到 2011 年圣诞节前,马德里竞技向他发出了邀请。

西蒙尼球员时代两度效力马竞,这是他在情感上最为依恋的球队,血性而悍勇。

马竞即便状况不佳,却也比此前河床、圣洛伦索、卡塔尼亚等要好。这是一个机会。9 岁的儿子朱利亚诺尤其兴奋,"那你就能带队和罗纳尔多以及梅西比赛了? 我们都能去看这些比赛吗?"儿子欢呼雀跃。

可是儿子马上意识到,父亲执教马竞意味着什么,朱利亚诺的下一句,让西蒙尼"心都碎了"。

儿子随即说道:"如果你能够获胜,那你就不会再回来了……"

两年之后,接受一家阿根廷杂志专访时,西蒙尼回想起了入主马竞时,和儿子的这段对话。执教马竞之后,他一直在获胜,第一个赛季轻松保级,并且夺取欧联杯;第二个赛季他的球队在伯纳乌打败皇马,夺取国王杯;第三个赛季,他们夺取了西甲联赛冠军——那是自球员西蒙尼 20 年前的联赛冠军之后,马竞重登西甲巅峰;第三个赛季他们还打进了欧冠决赛,距离俱乐部历史上第一个欧冠奖杯,只能用秒钟计算,直到拉莫斯扳平的进球。

那场 2014 年的欧冠决赛,人们记住的更是皇马第十个欧冠,马竞在补时阶段油尽灯枯。但常规时间,马竞更接近冠军。

两年之后,西蒙尼带领这支"被诅咒的球队",再度杀入欧冠决赛,再度对阵皇马。

这一切,也正如儿子5年前的预言,"如果你能够获胜,那就不会回来了……"

中国式的成功,是衣锦还乡,是"混不好就不回来了"。阿根廷人,拉丁世界里最孤独也最高傲的人群,身处南美最南端,却一直以"欧洲人"自傲的人群,反倒有西蒙尼这样,"混好了就回不来了"的故事。

黑帮教父

阿根廷人的家庭观念非常强,但孩子们需要在阿根廷成长,所以西蒙尼在马竞这5年,和家人聚少离多。他的妹妹律师出身,是他的经纪人。西蒙尼的生活中,有"FaceTime奇迹",那就是晚餐时,妻子卡罗莱纳、三个儿子在阿根廷家中餐桌上,会在父亲的座位,摆上一个iPad,而西蒙尼会透过FaceTime,和家人交流。

如今老大乔瓦尼已经加盟了班菲尔德俱乐部,朱利亚诺来到马德里,和父亲聚合,时不时在卡尔德隆球场担任球童。

上季欧冠半决赛,艰辛卓绝淘汰拜仁慕尼黑之后,西蒙尼的第一反应,就是在安联球场的场地中央,掏出手机,和詹卢卡通话——詹卢卡是三子当中另一个,目前还待在布宜诺斯艾利斯。

这样的家庭观念,和儿子们亲密的关系,似乎和西蒙尼着意塑造的黑帮外形不符合:那种往后梳的大背头、黑色紧身西装配黑色衬衣的黑手党服饰、总是阴郁狠辣的眼神……这样一位主教练,和当年那个"在牙缝里耍刀子"的中场狠角色,仍然是一种风格,这样的"坏人",似乎不应该是一个慈爱的父亲、一个恋家的男人。

可是你如果读过小说《教父》,而不仅仅只看过电影《教父》,你就会明白,西蒙尼里外两张皮,都符合天主教文化氛围中,略有些扭曲,但核心如一的男主人形象:家庭是他自立社会的威权基础、血脉亲族是他最信任的依靠。对外要去征服险恶的世界,他可以无所不用其极,他可以像唐·科莱昂那样成为教父,但是在自己的堡垒之中,他就是一位普通的父亲。

他可以让球童多扔一个球上场,来达成自己的目的;他11岁在萨斯菲尔德当球童时,就被罚出去过,从小就熟悉各种唯胜利论的伎俩;两年前的欧冠决赛,他能冲上场去和皇马中卫瓦拉内对峙;和拜仁争欧冠,他能和里贝里扭打。

最有名的事件,还是1998年世界杯与贝克汉姆的冲突,贝帅因为这张红牌反倒后来更红,西蒙尼则树立起了一个坏典型。

家庭团队

这样的"坏人",一切都是为了自己的团队,为了自己的球迷。他以不可思议的速度和方式,让马竞这样一个"被诅咒的俱乐部",成为了欧陆新豪门。

如果没有和马竞情感上的依恋,如果不是对马竞俱乐部和球迷文化的认同,西蒙尼早可以选择更高薪资、更好的工作环境,但他显然不是一个唯利是图的"坏人"。

他在马竞的成就,已经让他足够与穆里尼奥、瓜迪奥拉并肩,至少托雷斯就会如此认为。托雷斯说马竞的资源和设施条件,远不如巴萨皇马拜仁,也不如切尔西,"但西蒙尼就应该是过去几年的世界最佳教练。"

他以家庭方式,来维系和运营这支球队、这个俱乐部。对外,他会嚣张跋扈、会阴郁险毒,对内,他用最真诚的方式对待自己人。

这不是一个只会鼓动的基冈。西蒙尼的战术水平之高,有目共睹,安切洛蒂当年就称他是"战术意识完美"的中场,埃里克森和我提到西蒙尼,也认为他是"场上主教练"。精研对手、借助各种科技手段,他会和穆里尼奥类似;赏罚分明、对球员忠诚、也要求球员对集体忠诚,他营造了雄性而团结的更衣室性格。

强硬而通人情,这是他队内的管理。另一方面,绝不容外人攻击。

生命的意义

在最近一次国王杯比赛途中,西蒙尼让队长加比为全队朗读一封来自前马竞球员马塔拉纳斯的来信。马塔拉纳斯退役后从事媒体,承受着运动神经炎的疾患折磨。

"所有比赛都有终点,但有生命的地方就有希望。我们没时间浪费,能比赛就是生命给予的最大礼物,不论结果如何。我们必须享受哪怕最惨的失败,因为任何结果,都只会产生自付出最大努力之后。"

西蒙尼对全队说:"这封信,说明的就是生活的意义。"这是他对三个儿子的期待,也是他对马竞队员的期待。他举家上阵,他为复仇而来,但他毫无畏惧,胜负如何,已然竭尽努力的他,也不会有任何遗憾。

绿茵世相

足球照映中的世界

　　华盛顿纪念碑前，一大片草坪，稍稍有些坡度，草也不是很齐整。灿烂阳光照映下，温度至少超过了 32 摄氏度，然而眼前这群人，兴致勃勃地踢着球，呼朋唤友，呐喊大笑。

　　球门是两个五人制的简易小门，双方参赛人数，恐怕都超过 11 人。人群组成非常复杂，有身高接近两米的黑人巨汉，场上位置却是边锋；有脚法灵秀、但尽量回避身体接触的拉丁裔中场组织者；有不过初中生年级的少年，有发色苍白的老者。大家装备也各不相同，专业球鞋护腿板等齐具的不少，一双跑步鞋就上阵的也不缺。

　　由白宫走向华盛顿纪念碑的路途上，我脑海里浮现的本是纪念碑另一面直向林肯纪念堂的国会大道，那个站满了十万人群，聆听马丁·路德·金发表《我有一个梦想》(I Have A Dream) 伟大演讲的水池大道。可是还没走上纪念碑，这场别开生面的足球赛，让我驻足停留。

　　这次美国之行，和足球、和工作没有半点关系。我总希望能有一段时间，完全摆脱开工作，让自己在无所事事中透透气。华盛顿这样的城市，在一个宁静的周末，可能是最适合无所事事而发呆的。只有时不时的警笛、消防车报警声，打破这安宁城市的慵懒。足球和华盛顿没有半点关系，直到这纪念碑前的足球赛。

　　一位美国同行，Franklin Foer，十年前，写过一本很棒的足球游记，《足球如何解释这个世界》。他通过自己在塞尔维亚、荷兰、格拉斯哥、伦敦、巴西等地的走访，去观察不同文化背景下的足球生态，围绕足球和种族屠杀（前南地区），足球和种族文化对立（犹太问题),足球流氓的分化(流氓无产者),足球拉丁世界的恶性腐化(巴西和贝利的堕落)……在他的列举和分析中,足球世界存在的各种问题,其实都是对现实社会的一种反射。足球有着强韧乃至顽固的内在文化生命力,表现形式上,往往会形成一种不合时宜、非主流的惯性。

在一个全球化时代,足球的许多困顿和挑战,都和托马斯·弗里德曼们宣扬的全球化格格不入,然而当我们经历了20年全球化浪潮,从迷信追捧到怀疑甚至有可能摈弃的过程后,足球照映的世界,既是一个大同世界的虚像,又是撕裂全球化利益幌子的一把利刃。

就像这纪念碑面前踢球的人群,种族、年龄、宗教背景、收入水平、受教育程度,差别非常之大,可是只要都遵守同一种游戏规则,即便没有裁判,大家也能在共通的足球集体意识下沟通,一同享受着足球的快乐。然而这种全球化,只是在足球游戏规则能约束集体行为、能形成暂时国际契约的全球化。全球化,globalization,不应该是一种文化潮流,不应该是一种国际运动,更不应该是美国用来转移社会矛盾、压榨其他国家的手段。

前南地区似乎是一个足球之病最为集中的地区,种族屠杀中,有阿尔坎这种屠夫利用足球组织的雇佣军,有联赛腐败、足球流氓的横行,然而深入调查下去,全球化对于前南地区经济衰败的打击,对于社会安定的摧毁,在足球运动上反映了出来。足球流氓的潜伏和变异,不论在塞尔维亚、格拉斯哥还是哥伦比亚,都有着深重的社会原因,一如巴西足球的混乱和腐败,何尝不是巴西政治的反射?全球化并不像其鼓吹者那样包治百病,当不同地区的文化遭受全球化名义下的外来攻击时,足球会顽固地捍卫着本土。

球赛散去,华盛顿纪念碑下的球友们,彼此挥手作别。他们不是一路人,分成各路散去。那场比赛,是一场全球化聚会,以足球的名义,然而这只是一场足球赛,曲终人散,各自仍有各自的忙碌。

一城双色

15年前关于曼彻斯特的一段文字,到现在还成为不少人争论的话题,让我觉得十分有趣。

那还是在 2002 年的夏天,当时的曼城在缅因路夺得英甲冠军,升级成功回到英超联赛。一位在当地留学的朋友,送给我几样从曼联专卖店买来的"红魔"纪念品,采访结束后,我拎着红色礼品袋,前往火车站。路遇一些"蓝月亮"球迷,这红色的袋子,遭到的调笑乃至嘲骂,让我印象深刻。

此后多次往返曼彻斯特,我总想多打听一下两个俱乐部之间球迷的敌对关系,以及曼彻斯特城内的球迷分布。最让我印象深刻的,是当时《曼彻斯特晚报》的老记者保罗·辛斯(Paul Hince)给我做的介绍:"在这座城市,曼联无比成功,但曼城的球迷一点都不少。如果在市中心区域(city center),蓝色球迷可能比红色球迷还多。"

辛斯是当地非常资深的足球记者,有职业足球背景,上世纪 60 年代末曾经在曼城短暂效力过,后来长期从事足球新闻报道。弗格森在曼联前十年,新闻发布会上和辛斯充满攻击性的对话,是曼彻斯特新闻界的著名案例。辛斯自己是一个"蓝月亮"球迷,但职业报道倾向不算偏颇,批判性内容不少,在红蓝两色球迷当中都充满争议。这样一位前辈对曼彻斯特当地球迷分布的介绍,我没有太多怀疑的根据。

辛斯不是唯一一个如是判断者,去问问其他媒体从业者,包括当地人,得出的结论大多类似,只是补充的内容会更多一些,像 BBC 曼彻斯特电台的伊恩·奇思曼(Ian Cheeseman)对我说过:"在市中心区域,很难区分红蓝球迷数量,蓝色更多并不奇怪。曼联球迷的传统地域更在萨尔福德(Salford),那里是红色球迷的心脏地带。"萨尔福德属于曼彻斯特城中心之外地域,就在特拉福德公园周边,最赤忠的"红魔"区域。

对于这些话语,我有过详细记载,并且写进了十年前的一本小书《你永远不会独行——英国足球地理》。但是最终的演变,不知道以讹传讹,还是被放大,变成了"颜强说过,在曼彻斯特,曼城球迷要比曼联球迷还多……"进入到社交媒体时代,"颜强说过"更被冠以"在资讯不发达时代,颜强忽悠过读者……"

我既感谢球迷同侪的记忆力,又遗憾于大家的记忆力不够细腻。这座城市,到底是红色球迷多还是蓝色球迷多,现在已经有了越来越多的统计,作为各自佐证。如果跳出这座城市,哪怕跳出曼彻斯特市中心区域,红多还是蓝多,等同于一个无趣话题,然而球迷的生活,不就是以无涯之事遣有涯之生?

但是曼城又夺冠了,和两年前相比,没有绝杀 QPR 那样的惊险传奇,一个赛季只在榜首待上 15 天,最后一战对铁锤帮波澜不兴,"蓝月亮"的综合实力,在这个英超赛季得到了积分榜的印证。以一队 25 人大名单论,曼城实力冠绝英超,这样的论断争议不大。这个赛季曼城开局并不好,赛季前换帅佩莱格里尼,不少曼奇尼的支持者还有些愤愤不平,但最终的成绩,总能抚平很多不快。

不快却在城市的另一种颜色中蔓延着。老爵爷引退,莫耶斯莫衷一是,赛季未结束下课。联赛排名第七,吉格斯去留不明,范加尔千呼万唤也不见出来,而球队各种功勋老将,都在以各种方式告别老特拉福德。赛季打了一半,队长维迪奇就宣布了要去意大利;埃弗拉有过续约传闻,现在看来很难实现,因为 2700 万英镑购买南安普敦小将卢克·肖,就是为了接替防守能力严重下降的埃弗拉;里奥·费迪南德在自己的网站上表示留下来的可能性不大,他在权衡各种选择。一条曾经的冠军主力防线,三位老将都要面临更新。

中场也是疑问丛生。边路的纳尼、阿什利·扬以及瓦伦西亚,也就瓦伦西亚还算勤勉,中路的香川真司始终得不到信任,克莱维利不够 Clever,卡里克垂垂老矣,弗莱彻病休三年,早不是那个弗格森认定和 C 罗、鲁尼传承伟业的巨星。中场调整的难度,或许还在防线之上。弗格森后期,进攻组织上,放弃了中路渗透,更倚重边路突击,留下的后遗症,是连胡安·马塔这样的"十号球员",加盟半个赛季,仍然没有融合到位。

兵强马壮的"蓝月亮"跳着波兹南舞,"红魔"却在混乱中还没能找清方向。荷兰队集结在即,范加尔不能尽早到位,传闻中这个夏天用来整饬曼联的两亿英镑,都不知道该怎么花。这座城市当中,一家欢喜一家愁,发愁的那家,看到欢喜的邻居如此吵闹,怎生不怒?

百年前,"蓝月亮"也怒过。1906 年,威尔士足球天才梅勒迪斯(William Henry"Billy"Meredith)离开曼城加盟曼联,背景和当时英格兰足总调查俱乐部违规支付球员超额薪水,以及职业球员和俱乐部贿赂和受贿丑闻相关。这一次转会,被认为是曼联在这座城市反压曼城的起点。谁是谁非,英国足球有很多典籍值得去翻阅,但既成事实,此后百余年,就是红色成为了这座城市的足球主色调。

然而蓝色没有消失,依然倔强而乐观地活着。曼城名宿萨摩比(Mike Summerbee)和曼联名宿博比·查尔顿,都在采访中和我提到过,曼城球迷的幽默感和独立意识,是这个俱乐部能长久存在的根基。没有这样奇特的蓝色,那耀眼如魔的红色,只怕也会黯淡几分。

红与蓝的故事,依旧纠缠了百年,如果还能百年纠缠下去,其实是球迷幸事。

政治化金球奖

如果梅西和C罗在各自的金球奖投票中,都没有将对方列入到候选三人名单中,那只能说明他们都不够格参加金球奖的投票。这样的金球奖,当然会让很多人怀疑。

这样的怀疑,和C罗最终获得金球奖无关,而关乎谁是金球奖的评委、谁来评选这一年的金球奖、评委能否就金球奖的评选规则达成统一。

梅西和C罗,都知道和对方的竞争关系,估计是一辈子不休的格局,于是梅西作为阿根廷国家队队长投票,在他遴选的三名候选人分别为伊涅斯塔、哈维和内马尔;葡萄牙国家队队长C罗,同样没有将梅西列入到自己的三人候选名单,他的选择是法尔考、贝尔和厄齐尔。他们的选择,各有各的道理,不过都是举贤不避亲的路线。

这难道就应该是金球奖票数的走向?

普拉蒂尼一直对《法国足球》放弃金球奖的独立评选资格,跟国际足联合流的做法表示反对。这一届金球奖评选揭晓后,他对《队报》的记者说:"过去50年,我对金球奖的理解,都是获奖者的团队成绩必须是一个考虑因素,现在看来这条原则也变了。自从跟国际足联的年度最佳颁奖合为一体后,金球奖和以前的金球奖不一样了。"

欧足联主席虽然也曾是金球奖得主,不过他近来和国际足联以及布拉特关系复杂,矛盾横生。他说出任何对国际足联不利的话语,都不会令人奇怪。然而在金球奖的观点上,如果不因人废言,那么普拉蒂尼的话语并非全无道理。

金球奖确实变了，因为投票人变了。以往的金球奖，投票人全都是媒体人，最开始是欧洲足球国家和地区，一国一地区一个媒体代表作为一票，因此在很长时间，金球奖获得者是为"欧洲足球先生"。随着欧洲足球全球化和职业化提升，金球奖规则不断变更，包括评委范围扩散出欧洲，但评委的身份仍然是媒体。这一波扩散中，《体坛周报》国际足球专家骆明先生，就成为了金球奖在中国的第一位评委。

媒体人点评一年国际足球最佳球员，我觉得是靠谱的，因为媒体人的职业就是看球，涉及范围既广，又有着专业媒体眼光。《法国足球》杂志不断改变金球奖评选办法，自然是为了不断提升金球奖的全球影响力，但是跟国际足联合办之后，评委组成大幅扩散，国际足联旗下的208个成员国或地区的代表队主教练和队长，同时进入了金球奖评委序列。

谁都不会怀疑哈维、蒂亚戈·席尔瓦、布冯、杰拉德这些球星的足球眼光，也不会担心博斯克、范加尔、霍奇森等教练的人才识别能力，只是国际足联的208个国家和地区，代表队的主教练和队长，视野及水平，天差地别。大洋洲足联的一些代表队主教练和队长，对于国际足球的资讯把握，很可能比不上一个普通的媒体从业者。要让他们作为评委评选一年的世界足坛最佳，他们只可能跟着候选人的名气，来投出未必负责任的一票。

合流之后的金球奖评选，每年都有篡改投票内容、选票未能在设定时间交卷等传闻，2013年的评选更发生因为到期所收票数未达评委总票数一半，而不得不将投票延期两周的笑话。加上梅西C罗这样的局中人，心有旁骛又心有灵犀地投出这样的选票，越来越多的评委都无法保证公正客观。

葡萄牙主教练本托的选票里，没有梅西，三人为C罗、法尔考和罗本。这当中都不见里贝里，因为他知道里贝里会是他队长的竞争对手。阿根廷主教练萨贝拉客观一些,选择了梅西、里贝里和C罗。意大利的普兰德利和布冯,他们的金球奖首选都是皮尔洛。法国队队长洛里斯的选择,分别是里贝里——他的国家队队友、诺伊尔——他的门将同行,以及贝尔——他的热刺前队友。这样的选择,都是政治性选择,而非体现足球核心价值的金球奖选择。

可以想象,当媒体和国际足联合流后,这样的颁奖纯粹变成了国际足联的业绩;难以想象,增加了各国和地区代表队主教练及队长后,反倒评选过程更混乱,选择更私人化或政治化,由此得出的公共形象,也更加不被信赖,甚至在公信力方面,都打了些折扣。

评奖和联赛管理一样,来源于市场和民间,就应该将权力释放给市场和民间,否则管理者直接介入,势必将官僚习气、腐化风气,带入到评奖当中。《法国足球》为了提升金球奖而和国际足联合作,其实是与虎谋皮,最终丢失了自己作为媒体最宝贵的独立性和专业性。政治化金球奖,可以休矣。

金球，垄断者游戏

从国际足联和法国《队报》集团开始合作，金球奖的垄断色彩就加厚了几分。而在国际职业足球秩序，彻底被皇马、巴萨和拜仁慕尼黑这少数几家欧洲豪门垄断，当国际职业足球巨星最高舞台，被C罗和梅西交相控制之后，金球奖成为了垄断者游戏。

颁奖的过程冗长拖沓，北京时间1月13日凌晨开始，各种奖项以及候选人内容，在国际足联安排下，缓缓推进。各种新增奖项，各有特色，但最吸引人的，只是传统金球奖这一项：年度最佳男足球运动员。可即便这一个奖项，有了C罗、梅西和诺伊尔三位的领先者，所有观众，不论现场还是万里之外，都知道，作为世界杯冠军球队主力门将的德国人诺伊尔，只是两大巨星的陪衬。

也有不少媒体评论员，乃至欧足联主席普拉蒂尼这样的金球奖名宿，认为世界杯冠军球队的成员，应该是这一年金球奖竞争的突出人物，但是在2014年这样一个世界杯年份，有过在巴西举办的一届异常精彩的世界杯，金球奖的争夺，仍然以欧洲职业足球为中心，主要的候选者，难以出乎皇马巴萨拜仁这三大豪门的范围。意甲已经在欧陆竞争中瞠乎其后，新近有中东和俄罗斯资本涌入的法甲，同样遴选不出个体代表；商业最成功的英超，一样找不出接近C罗梅西的球星。

C罗最终获奖，大吼一声，吓了国际足联主席布拉特一跳。他卫冕成功，众望所归，因为在金球奖这样奖励个体表现的评选中，过去这一年梅西都很难对各项数据和俱乐部荣誉极其出色的C罗形成挑战。C罗获得了来自各国家队主教练、队长和媒体代表总票数中 37.66% 的选票。他才 29 岁,获奖感言中,继续表白着他的向上雄心——他认为自己还有上升空间,还能做得更好,渴望有更大成就。梅西比 C 罗还要小两岁,这次苏黎世之行,与其说旁观者对梅西金球可能有多少期冀,不如说大家更关心他在巴萨与主教练恩里克矛盾有多深。

梅西在颁奖前,又一次流露出"明年不知道在哪里踢球"的茫然。倘若他真的离开巴萨——从经济角度看,违约金 2.5 亿英镑、年薪 1670 万英镑的梅西,在欧足联俱乐部财务公平竞争约束下,哪怕是皇马拜仁曼联切尔西曼城这仅有的几家巨富豪门,也难以在现今薪酬和转会费总额下实现收购——也许能稍微打破皇马巴萨拜仁的欧洲垄断格局,只是梅西即便转会,去的也会是另外一家超级豪门。垄断依旧。

媒体与管理机构的合流,让金球奖在过去几年的评选中,饱受批评,关键原因就在于国际足联旗下 209 个成员国家或者地区,每一家的国家队或地区代表队,其主教练和队长所拥有的投票权,在投票过程中,或者专业水平不及媒体代表,票数都集中于知名度最高的明星,就是为了各自利益,进行"战术性投票":像梅西作为阿根廷队队长,选择的三人分别是阿根廷队友迪玛利亚、巴萨队友伊涅斯塔和国家队俱乐部双重队友马斯切拉诺;C 罗三票全都给了俱乐部队友拉莫斯、贝尔和本泽马。

难道这对双子星座彼此眼中,对方都不够资格进入金球奖三甲?

莫名其妙的各种主教练或队长投票比比皆是,选择自己队员的反倒被认为是顺理成章。英格兰主教练霍奇森第一票投给马斯切拉诺,立即引发一阵哄笑。

2014 年金球奖格局,与此前三五年大同小异,无非是 C 罗梅西轮流坐庄。放眼未来三年,只要这两位巨星保持身体健康,竞技状态不至于大幅下滑，能挑战他们地位的人寥寥无几。诺伊尔入围，和德国登顶世界杯有莫大关系，来自拜仁的荷兰人罗本，自己上台都承认"比旁边这两位进球少多了"。后劲更足的年轻才俊，像贝尔、J罗、内马尔等，以及苏亚雷斯这样的怪才，不是C罗队友，就是梅西队友，在俱乐部中，排序都在两位大佬之下。贝尔最近两场联赛，有机会传球给C罗却选择了自己射门，激起皇马球迷一片嘘声。当欧冠真正的争霸可能，被几家超级豪门垄断之后，顶级球星资源也被这些豪门垄断，不论吸引力还是财力，于是后起者反超的可能性被不断压缩。

垄断形成的另一方面，当然和两大巨星个人能力实在太强，彼此间又有着不容稍息的激烈竞争关系有关。他们彼此砥砺，彼此又在促进，但是从整个世界足球发展看，垄断是繁荣的表象，也可能是对多样性发展的制约。

世界足球为欧洲所垄断，欧洲为欧冠豪门所垄断。金球奖被这两人所垄断的格局，两三年内，看不到多少变化可能。

足球殖民主义

纽约的时代广场，NBC电视网巨大的宣传广告，推广他们从这个赛季直播的英超赛事。

一个赛季下来，收视率和广告销售情况都不错，这对于媒体机构来讲，是好事，但美国职业足球大联盟（MLS）的头脑们，却是喜忧参半。"更多的美国人愿意看足球，整体上，对这项运动在美国的发展当然有利，"唐·加伯（Don Garber）在一次来中国旅行时，和我说过，"但这么多媒体版权支出，让英超和欧洲足球收益，美国本土足球发展，反倒可能要面对海外竞争对手……我们担心的是，足球在美国的传播，别变得和亚洲一样……"

亚洲足球的发展和困惑，夹杂的贪腐、非法赌博以及加伯所担心的"足球殖民主义"影响，已经成为了足球全球化发展的一个难题。倘若以受欢迎程度和投入程度论，亚洲足球已经不再落后。不论是西亚海湾地区，还是东南亚地区，抑或中日韩为主的东亚地区，包括加入亚足联时间不长的澳大利亚，对于足球的消费投入，在媒体版权、足球相关商品等领域，已然极高。只是这样的高消费，和亚洲本土的足球水准，完全不匹配。

亚洲占据的世界人口总数比例，任何其他大洲无法比拟，但是在世界杯来临时，能够代表亚洲和世界诸强竞争的，只有一个日本。哪怕日本的足球发展五十年、百年计划，得到了世界的交口称赞，然而谁相信日本能在巴西有多大作为？或者说日本能在2018乃至2022世界杯上夺冠？

亚足联任何时候的腔调，都是"亚洲足球在进步"。按照这种说法，中国足球只怕也在进步。只是这种进步速度，远远不及世界足球进步的速度。

国际足联一直期盼非洲能成为世界足球的第三极，可是期盼了三四十年，非洲足球队在世界杯上还是不能完成进入四强的突破。亚洲足球倒是突破过，韩国在2002年本土世界杯进入前四，只是没有太多人相信韩国足球真正接近世界一流的水准。2006年世界杯，澳大利亚是亚足联代表中唯一进入第二轮的球队，2010年，韩日小组赛出线。2014世界杯开始前，伊朗是亚足联球队在国际足联排名最高者，37位。

这样的反差，和欧洲联赛尤其英超，在亚洲地区的受欢迎程度大相径庭。西亚国家和地区，以卡塔尔、阿布扎比为例，在欧洲足球资源购买上，投入巨大，本土足球依旧在倦怠中停滞。东南亚地区，完全是一片英超沃土，相映成景的是，东南亚地区的本土联赛，已经被各种非法赌博、贪腐毁得残缺不堪。足球在东南亚，更是对欧洲文明充满崇拜的一种观赏运动。

美国人在评估亚洲足球发展模式时，最看好的还是日本J联赛，认为这是亚洲最干净最健康的联赛，远在中超之上。"一系列科学设计，建立起了日本足球体系——长远战略目标、在青训教练和技术培训上的稳定的投入、架构完整并且可持续性发展的国内竞赛体系，同时支持鼓励本土有天赋的青少年球员留洋欧洲。"这是美国MLS在调研亚洲得出的结论。

日本足球没有那么严重的贪腐问题，也是他们的优势之一。越落后越腐朽的架构，越容易诞生贪腐，东南亚的马来西亚联赛、新加坡联赛，等同于足球贪腐温床。这种贪腐，不仅毒害了本土足球事业，脓水还会蔓延出去。中国2009年开始的足球反腐杀赌扫黑风暴，最初起因，就在于新加坡出现的假球案件。

大量的资金流向欧洲足球，像英超2013—2016赛季的海外版权贩售，从亚洲他们得到了14亿美元的收入，这相当于英超海外版权的40%。"看英超的人，比看国内联赛的人更多，国内联赛还怎么发展?"美国人在替亚洲人担心，也在为他们自己担心。

世界杯，探戈与桑巴

如果国家民族之间的对立竞争，都可以通过足球这种方式进行，这个纷繁复杂、每天都流淌着鲜血生命为代价的世界，将会干净清宁太多。

可是当足球承载了国族之间的竞争对抗，足球这项美丽运动却会有些不堪重负。即便一切只是发生在两个年轻的民族国家之间。

拉丁人习惯用诗意的抽象概括，来对比巴西和阿根廷两个南美国家：桑巴 VS 探戈，热情似火、围圈起舞的桑巴，和艳丽高冷、情侣纠缠的探戈。很大程度上，这是对巴西和阿根廷两个民族初印象的概括。只是阳光普照下种族构成复杂的巴西，也隐藏着大量的阴冷暗流，冷艳孤芳的阿根廷，不缺乏汹涌澎湃的激情。世界杯在2014年来到巴西，南美最强大的两个足球民族，都觉得自己又得到了一次以足球为自己正名、让自己雄立于世界的机会。

这是地理相邻又性格极度相反的两个民族，距离之近和差异之大，算是这届世界杯的绝配。乌拉圭和这两个邻国，不是同文同种，尽管也有着足球对立的历史旧怨，只是体量太小的乌拉圭，虽然能占据南美足球传统三强一席，但和这两个对手遭逢时，还激不起那种惊涛拍岸的狂情。

阿根廷的民族性格一如探戈，沉郁而忧伤，孤独而孤芳自赏。他们自视为南美的欧洲人，种族构成以西班牙人、意大利人后裔为主。在南美独立战争中，西班牙殖民地裂片般纷纷独立，留下的经济结构和产业模式，都属于掠夺性殖民主义废墟，阿根廷人从潘帕斯草原畜牧业开始，一点点建立起新的民族国家。他们有被宗主国遗弃子民的伤怀,但是对其他南美拉丁国家,又总有些高人一等的优越感。

探戈舞蹈也是这样孤独的,两人起舞,四腿纠缠。探戈和桑巴一样,都能找到非洲文化的渊源,只是探戈更是"阿根廷别为我哭泣"的咏叹自艾,渗透出来的情绪,有伤感,更有着强烈的自尊,如同起舞段落间昂起的头颅。探戈优雅深沉,却不是柔弱温婉,阿根廷的足球同样如此。足球在阿根廷和乌拉圭的起步,要早于巴西,足球这颗万能花种,落入到不同的土壤中,都会迅速地汲取不同的文化营养,开放出不同的花朵,结出独有的足球果实。

1894年,苏格兰人后裔查尔迪·米勒从英国南安普顿再度来到巴西,和在巴西修建铁路的父亲重聚,下船的时候,他双手各拿着一个足球。巴西和阿根廷、乌拉圭以及其他西班牙语系的南美国家不同,首先宗主国是葡萄牙,其次独立的形成更加平和,三者人种和文化构成更加复杂——在巴西,欧洲拉丁人后裔、非洲黑人后裔、远东人后裔等等组成了最为复杂的族群。桑巴舞是这里的文化表征之一,同样有着非洲渊源,但是和探戈包含对逝者哀思不同,桑巴更是一种对生的庆祝,并且是集体的庆祝。

悲伤是一种力量,欢乐是另一种力量。同一片大陆上,足球在不同地域,呈现出不同的形态。阿根廷和巴西的足球,都是基于超群个人技术基础上的团队运动,只是巴西足球技术的形成,包含的内容更多。为什么巴西足球会诞生那么多盘球过人大师?因为足球在巴西成为普罗大众人人参与的运动时,不同人种之间的交锋,白种人保持着欧洲足球力量团队之上的自信,其他族裔在曾经的殖民者面前,总有些不自信,选择的不是以力相抗,走上了一种避免身体接触,而通过盘带、周旋,充分利用自己身体的柔韧性协调性和速度,达到克敌制胜目的迂回道路——盘带动作在足球当中的形成,巴西在不自觉中,走上了一条和苏格兰人最初相同的路子,苏格兰人体型力量不如英格兰人，于是以巧破力，用自己的方式，为足球找到一条新的发展道路。

只要真正热爱这项运动，真正用心去理解足球，不论是怎样的人种，来自或贫穷或富庶的地区，都能找到让这颗万能花种绽放结果的办法。足球在阿根廷和巴西最早的发展，就给我们提供了扎实的文化依据，所以从人种的角度去怀疑足球，以"中国人不适合踢足球"来掩饰足球在中国落后的真实原因，是对这项美丽运动的最大误解。

阿根廷的独立和民族形成过程，充满了阴谋、屠杀和血难，西班牙殖民主义的恶毒后果延续。巴西则相对平和地进入到了准现代化时代。两个民族国家都包含伊比利亚半岛文化的延续，在被主流文化以往的世界一角散漫地生长着。但是殖民主义掠夺性的庄园经济和单一作物农业，让阿根廷和巴西无法摆脱所谓主流世界的经济控制，百余年来无法形成真正全面独立的工业系统，国家和文化，同样无法真正形成自信的独立。

唯独足球是让他们找到自信的一条出路。足球不重要，因为无关国计民生，但是对于阿根廷和巴西这样的新兴民族，足球无比重要，足球是让他们将自己插上世界地图的捷径，世界杯是他们每隔四年向世界彰显自己存在以及存在特性的最高舞台。

竞争恰恰就从近邻之间开始，这是地域局限使然——南美诸国隔离于其他大洲大国太远，这也让近邻之间的竞争更加激烈。乌拉圭、阿根廷很早就树立起了自己的足球风格，多少与阿根廷人的"南美欧洲人"属性相关。20世纪30年代，阿根廷和巴西的竞争关系，在南美各种国际比赛中形成，二战之后，巴西足球异军突起，1950年本土世界杯最后一战输给乌拉圭痛失金杯的"马拉卡纳惨案"之后，知耻而后勇，从1958年开始征服世界。

同一时期，阿根廷足球却陷入了不能自拔、不能在细腻技术和狂躁情绪之间找到平衡的维谷,直到1978年阿根廷世界杯,才登顶成功,但是军政府其间的各种运作,让探戈足球背上了一些缺乏说服力的名声。而1986年马拉多纳带领阿根廷人再度登顶,是马岛战争之后,阿根廷人集体的救赎,让一个迷失的民族找回了自信。

　　探戈和桑巴的足球竞争,一直延续,世界杯尤盛。1978年世界杯,"罗萨里奥之战",就是两队在梅西故乡进行的一场苦战;1982年世界杯,卫冕冠军阿根廷,在21岁马拉多纳带领下,无法战胜极盛时期的桑巴足球;1990年世界杯,有了著名的"圣水事件",两队淘汰赛交手,巴西球员喝过阿根廷队医扔在场边的饮用水后,感觉不适——水里有专门针对巴西人的镇静剂;在美洲杯、奥运会、联合会杯,探戈和桑巴无时无刻,不在竭力厮杀。他们没有阿根廷和英格兰那种国仇家恨,但近邻相逐,竞争和对抗,成为了彼此血脉中的习惯。

　　巴西世界杯的决赛,很多人预测的最理想结果,就是巴西和阿根廷在这一届决赛中相逢,桑巴探戈,还没有过决战世界杯之巅的纪录。他们过去95场的交手,探戈36胜,巴西35胜,平局24场,差距只在毫厘之间。这样的竞争,还会延续100年,所有热爱足球、热爱生命的人,没有理由不喜欢世界那一边的足球情仇。

扩军让足球竞技贬值

　　这个秃头的瑞士律师,因凡蒂诺,因缘际会,在国际足联主席的位置上,接近一年时间了。很多时候,他都少了那份国际足联当家人的威势和从容,表态有些过于积极。

　　苏黎世的报纸,有嘲讽者称其为"媚相",可一年前,因凡蒂诺还只是普拉蒂尼的欧足联管家,他根本没想到自己能一步登天,接过普拉蒂尼带血的头盔,踏过布拉特的政治尸体,俨然成为这个超国际性组织的首脑。

　　欧洲之外,因凡蒂诺没有太强影响力,所以这一年时间他频繁走访于世界各地,拜访了各大洲足联,给出各种创新想法,希望得到各大洲足联支持。

　　因为当他坐上那个位置之后,他才意识到,参选期间的各种豪言壮语、澄清宇廓的计划,都敌不过他根基浅薄的弱点。蹿升得过快,又缺乏在大洲足联主导者的经验,因凡蒂诺上任时,最大的忧虑,变成了几年后谋求连任时,他的选票会在哪里?

　　因凡蒂诺才46岁,虽然国际足联主席任期,在改革之后只能两任,可他这第一任的选票,来自国际足联各成员单位对布拉特的失望,来自布拉特下野前对普拉蒂尼的垂死一击,来自美国对国际足联的无情打击。几年之后,重新洗牌的国际足球政治游戏里,未必还会有他这样侥幸上位者的地盘。

　　所以因凡蒂诺必须改革——他必须借助改革,争取到更多人的支持。参选可能还有梦想有责任感,当选就意味着他正式成功了。成功者大多都难持续进取,防守自固,几乎是所有成功人士的本能选择。

于是世界杯扩军,成为了因凡蒂诺最拿手的武器,用来拉拢更多国际足球势力的支持。

世界杯扩军的思维,普拉蒂尼早已有之。2014年深秋,我邀请普拉蒂尼来京,他就讲述过他计划扩军世界杯到40支球队的想法——赛期不会太延长,仍然是8个小组的,每个小组5支球队。

因凡蒂诺更激进,直接扩大到48支球队,决赛圈球队增加50%。国际足联209个成员单位,接近四分之一国家或地区,都有可能进入世界杯决赛圈,这是多么慷慨的利益分享!得到更多利益承诺和分享的国家和地区,自然会将手中选票送给因凡蒂诺,这就是世界杯扩军背后的政治原因之一。

而经济上,世界杯扩军,也会将国际足联旗下最有盈利能力的赚钱机器,变得更加发达,据测算,有可能带来10亿美元新增收入,其中可能产生6.4亿美元的新增利润。

国际足联的36人理事会,在选择支持扩军计划时,当然对这些新增收入心知肚明。因凡蒂诺对理事会的表态是:"这是国际足联的钱,也是你们的钱!"他在竞选期间就承诺过,未来收入分配中,将给每个国际足联成员单位500万美元"发展费用",这样的巨款,总得要有收入来源。

从国际足联历任主席的政治更迭看,因凡蒂诺的策略和前任一致:阿维兰热1974年打败英国人鲁斯爵士上台,承诺之一就是世界杯扩军;布拉特在任17年,承诺的也是世界杯扩军,以及增加各成员单位的"发展费用"。

反对的声音不是没有。欧洲俱乐部联合会主席鲁梅尼格,代表的欧洲豪门俱乐部,就表示反对世界杯扩军,他的理由是:"我们的注意力得集中在这项运动本身。政治和商业不应该是足球的首选因素。"鲁梅尼格自己就是世界杯英雄,但他的身份说出这话,说服力严重不足,更无法影响到具备投票权的各国足协。

政治和经济双重推力之下,世界杯的竞技性反倒是最大的输家——扩大到 48 支球队,球迷都知道,16 个小组、每组 3 支球队,那么小组赛水平不高的较量肯定不少,竞技肯定贬值。球员也是大输家,虽然在欧洲豪门踢球的各国顶尖国脚,收入逐年增加,但疲劳程度也在不断上升。以阿森纳的智利前场桑切斯为例,从 2014 年夏天开始,他可能会连续 5 个夏天没有完整休息时间:2014 世界杯、2015 本土美洲杯、2016 美国百年美洲杯、2017 俄罗斯联合会杯和 2018 俄罗斯世界杯。世界杯扩军,会导致 2026 预选赛在很多地区变得更加无趣,而球员的负担一点没有减轻。

或者中国球迷可以更多向往一下,亚洲的世界杯决赛圈名额会有所增加,中国机会更大。只是这种人工改变游戏规则而带来的更多机会,机会本身也在贬值。

射向布拉特后背的一枪

这个79岁老人离开讲台的背影里,应该有一支枪管的枪口冒出了丝缕轻烟。

布拉特终于辞职,其实是辞而暂不离职,他还会坚守至少半年,直到国际足联紧急大会筹备到位,明确未来一届主席选举流程之后,他才会离去。只是在连任成功之后不到100个小时,执掌国际足联17年的主席,突然宣布辞职,这一切来得太突然,又太诡异。

209个国际足联成员国或地区的代表,大多数刚刚从苏黎世回国,却听到了布拉特艰险获胜之后主动辞职的消息,133个投票支持布拉特的成员单位当然大失所望,这当中包括中国,另外73个投票反对布拉特的成员单位——他们未必都支持约旦的阿里王子,同样会感觉索然无趣。大家不远万里来到苏黎世,见识了美国FBI和瑞士警方联合行动,对国际足联的揭黑和羞辱,见证了布拉特在巨大西方舆论压力下,强悍固守阵地,最终以明显优势击退欧足联推选出来的傀儡阿里王子。

获胜之后的布拉特,在讲台上挥舞双臂,振声呼喊:"Let's go FIFA! Let's go FIFA!"这样的场景虽然有些滑稽,多少还体现出了他捍卫权位,希望继续强化国际足联力量的决心。

都说权力让政客更年轻,选举获胜那一瞬间的布拉特,看上去比他实际年龄小10岁。谁能知道,不到100个小时,他就会从主席位置上卸任,他离开讲台的步履和背影,萧索疲惫,八旬老者。

谁施加的最后一击?

那背后一枪是谁开的?

瑞士人塞普·约瑟夫·布拉特，以超强的生命力闻名国际政治界，从担任国际足联秘书长至今 40 年，经历过太多公关丑闻、危机乃至司法挑战，但总能全身而退。在他努力推广并且获得成功的国际足联全球化进程中，他精心设计的利益均沾体系，让他在国际足球的权力架构里，处在一个无可战胜的位置。

2014 年深秋，我曾经邀请国际足联副主席、欧足联主席普拉蒂尼来京短暂访问，闲聊时说起国际足联主席竞选，普拉蒂尼明确地告诉我："只要布拉特还在主席位置上，我就不会去参加竞选……我在欧足联还有工作没完成，同时，只要布拉特不退出，就没有人能战胜他。"

普拉蒂尼在 2007 年打败约翰松入住欧足联，和布拉特有过一段攻守同盟的蜜月期，可不到三年就关系疏远，最终成为敌人。5 月 28 日，FBI 和瑞士警方，在苏黎世湖畔清晨出击、现场抓捕 7 名有贪腐嫌疑的国际足联高官一天之后，普拉蒂尼以为这是一个机会，专程去到布拉特在苏黎世国际足联总部的办公室，和布拉特直接面谈。当时普拉蒂尼还想以老朋友的身份，建议布拉特主动宣布辞职、保留颜面，这样他争取说服阿里王子，给布拉特保留相应的位置和退休待遇。布拉特认为这种劝告，等同于威胁，完全不接受。

一天之后，他战胜了普拉蒂尼支持的阿里王子，在讲台中央振臂高呼"FIFA 前进！"只是这 Let's go 一语成谶，FIFA 还没来得及前进，布拉特却已经 go 了。

美国人在背后开出了一枪。精准而致命，让布拉特不敢再恋栈不去，开始担心他会否被美国执法机构直接带走调查，甚至有可能被提起公诉。

因为美国人掌握了更多证据，这些全都是国际足联世界杯贪腐的证据。在这波震动世界的苏黎世湖畔抓捕新闻中，大多数媒体报道都将原因引向 2018 俄罗斯和 2022 卡塔尔世界杯两次申办过程中的贪腐嫌疑，美国司法部部长指出的国际足联"制度化腐败"，也没有指向其他世界杯。然而布拉特连任成功，风波似乎稍微平静一点的时候，更多证据以新闻报道方式被公开化，2010南非世界杯同样存在申办过程中贿选的可能，2008年，由国际足联总部支付给中北美及加勒比海足联（CONCACAF）的1000万美元款项，被严重怀疑为国际足联总部代表南非政府，向CONCACAF当时的两大贪腐巨头杰克·华纳和查克·布雷泽收买选票的黑金。

这1000万美元的疑团，在主席竞选之前就已经被抛出，布拉特两次在被问及此事时，矢口否认自己和这潜在贿买选票有任何关系，也否认他最重要的助手、国际足联秘书长法国人杰罗姆·瓦尔克与此事有任何关联。布拉特连任成功后，6月3日周二的午间，一封邮件在全球社交媒体上疯狂传播，这正是瓦尔克在2008年发出的，证实了他不仅知道这1000万美元的周转，还在询问转账的时间细节——瓦尔克必定是知情人，而布拉特同样不可能不知道这贿选真相。

这封邮件，便是射向布拉特后背的致命子弹。当这封邮件出现后，布拉特大势已去。虽然周二一早他还斗志昂扬地来到办公室，"领导大家深化改革。"邮件证据出现后，布拉特立即询问国际足联法律顾问维里格，确认自己不可能再被洗清嫌疑的情况下，他终于做出了这个艰难而又容易的决定。

布拉特在6月3日的下午，给家人和最亲密的朋友打了一圈电话，然后又给国际足联旗下6个大洲足联的领导打电话——这当中应该包括普拉蒂尼。同一时间，国际足联仓促地通知在苏黎世的各家国际媒体，确认马上有新闻发布会要召开。

不到一个小时之后，简短的辞职声明发表完，布拉特没有给媒体任何提问的机会，转身走向讲台后方的一张小门，由此退出舞台的中央。

出局后，孤家寡人？

FBI是否直接与布拉特有过接触？真相的细节尚未完全曝光，但大势所趋的情况下，布拉特无力再坚持他的主席权位，也无力对瓦尔克这个犯了太多错又为他扛过太多雷的助手提供更多保护。他连亲手挑选和扶持一个主席接班人的机会都没有，这一点，他远不及他的前任，巴西人阿维兰热。没有接班人，不仅仅意味着自身的政治影响和思维，无法在未来延续，更意味着离职之后，政治保护将会消失——倘若继任者是政治对头的话，掘墓鞭尸的可能性完全存在。

布拉特在担任国际足联秘书长23年时间里，对"老板"阿维兰热毕恭毕敬、言听计从。1998年，阿维兰热以84岁高龄从他占据了24年的主席位置退休时，极力为亲手挑选的接班人布拉特保驾护航，布拉特这才接过了阿维兰热留给他的亚非拉美地区足球势力，战胜瑞典人、前欧足联主席约翰松。此后十余年，布拉特也的确竭尽所能，保护着阿维兰热。近十年，国际足联各种丑闻不断被揭开，有英国调查记者安德鲁·詹宁斯这种接近疯狂的"掏粪者"，直到2010年前后，ISL破产黑幕被发掘，阿维兰热曾经收受巨额贿赂的事实成为铁证后，国际足联才不得不取消这位曾经的"帝王"国际足联名誉主席头衔。

布拉特之后，谁来保护他？如果没有亲手挑选的接班人，完全离任后，更多黑幕被FBI、被英国媒体不断引爆，只怕布拉特独善其身的可能性都不存在。5月29日还在高台之上振臂高呼的国际足联主席，难道转眼就有可能变成阶下囚？

下一任国际足联主席，这已经成为了一个巨大的悬念。所有参选过这一次竞选的人，从阿里王子，到荷兰足协主席范普拉赫，到菲戈，到布拉特前助手香帕尼，再到闹剧般由博彩公司赞助支持参加竞选的吉诺拉，都在表示"观望"——秦失其鹿，天下共逐之。

然而这些人都缺乏说服力，哪怕得过 73 票的阿里王子。那个不愿意登台的普拉蒂尼，名望最高，然而欧足联主席也有污点，那就是 2022 世界杯申办过程中，他公开支持卡塔尔的态度。虽然普拉蒂尼力挺卡塔尔，主要原因是当时法国总统萨科齐和卡塔尔的亲密合作，但卡塔尔在 2022 申办过程中，击败的是志在必得的美国，而又正因为这样的失败，美国才加大了对国际足球贪腐现象的调查，才有了"过去 4 年 FBI 锲而不舍的深入调查"——2018 和 2022 两届世界杯申办的投票时间，正是 4 年前的 2010 年年底。

曾经的候选人、潜在候选人如普拉蒂尼，没有一个是布拉特的盟友。布拉特也没有时间来培养一个对自己忠诚的接班人了。然而他在亚非拉美地区的影响力依旧存在，精明的候选人，如果能在布拉特此刻最低潮的时候，与他合作成功，继承下布拉特仍然非常可观的残存政治力量，问鼎国际足联的可能性会大幅增加。

只是布拉特依旧会孤独地离去，不论他为国际足球做了多少全球化推广的贡献，贪腐与黑箱操作黑幕，都让这个全球足球管理机构名声太不干净。他的政治遗留影响也很可能被清算，其中最危险的，便是 2018 和 2022 两届世界杯的主办权，会否发生变更。

殃及俄罗斯和卡塔尔？

在布拉特宣布辞职的第二天，负责国际足联财务统计和监督的独立人士斯卡拉就对瑞士媒体说，如果有确凿证据，证明俄罗斯和卡塔尔在各自申办 2018 及 2022 世界杯过程中，存在贿选等贪腐现象，"那么国际足联必须取消这两个国家的世界杯主办权，重新选择这两届世界杯的主办国家。"

FBI 的深入调查、英国《星期日泰晤士报》在 6 月 7 日新一波连篇累牍的轰炸，指向的都是世界杯主办权。过去两年，轰炸的目标更是卡塔尔 2022，以《星期日泰晤士报》在巴西世界杯开幕前一周、

2014年6月1日十七个整版"痛打"国际足联及卡塔尔2022为第一高潮。湖畔抓捕事件和布拉特辞职之后,俄罗斯2018同样岌岌可危。

FBI和英国媒体还将抛出多少新证据,尚未可知,6月7日的《星期日泰晤士报》提供的,还是他们曾经卧底采访掌握的内容,关于2010世界杯申办过程中的贿选,其真相同样可怕:当时有国际足联执委直陈,最终执委投票时,摩洛哥比南非要多2票,可最终主办权被"运作"给了南非;博茨瓦纳的一位前国际足联执委,更强调说:"我们都知道南非花钱收买CONCACAF的华纳和布雷泽,国际足联内部都知道,大家只是不出声而已。"

连南非2010都是如此,2018和2022怎么能保证干净——证据出现的时候,恐怕是这场国际体育政治海啸的第三个高潮期。

卡塔尔和俄罗斯都坚持着自己的清白,或者说,坚持着自己"和其他人一样清白"。卡塔尔2022的申办委员会,骨干都是英国人,那些在许多国际机构效力过、非常熟悉国际斡旋和选票争取的政治掮客,但是对外声音发布上,卡塔尔还是恪守着伊斯兰国教的谨慎。俄罗斯传出的声音要更多,也要更强硬。

普京是布拉特仅有的几个盟友,他在谴责美国将自己的司法国际化,任意践踏国际组织的权威地位,然而也有俄罗斯足球专家透露说,普京和布拉特之间的合作是最为紧密的,例如为了争取2018主办权,普京给了国际足联在俄罗斯几乎绝对的免税权限,连国际足联所有工作人员,进出俄罗斯都不受外汇限额的限制。"这是布拉特在任何其他地区不可能享受的待遇。"俄罗斯同行加尔特告诉我说。

这样的顶级礼遇算不算贿赂?国际法规也解释不清,因为不同的法规设立,有着不同的文化背景,和不同的民族及主权地区特色。美国社会对贪腐极度的厌恶,和美国清教徒宗教背景有关,同时美国作为主流文化国家,价值观输出,总能轻松在其他国家和地区实现潜移默化的影响。

一柄柄达摩克里斯长剑,在布拉特的头顶,在国际足联的头顶,在卡塔尔的头顶摆动着,谁也不知道长剑何时落下。对布拉特开出那一枪的美国人,是这场国际足球海啸的推手,也是最能影响局势的力量。以政治阴谋论的角度看,最终获利最大的,往往就是这样的推手。

欧洲不再垄断

一个帝国崩塌消失,可能会以惊人的速度发生,然而一种文明的绝迹,却会缓慢而长久。文明的脉络,总会盘根错节,以各种难以体察的形态,存在于许多社会细节当中。

欧洲中心论,作为一种政治势力分配格局概括,百年前开始消散,布莱恩·拉平的《帝国斜阳》一书便是一曲挽歌。可是足球作为一种文明形态,存在和延续的韧劲,远在政治媾和与利益驱逐之上。百年来职业足球的发展和繁荣,作为一种现代社会的文化构成,欧洲始终是中心,欧洲职业足球汇聚了全球大部分足球资源,从人力资源、管理知识、科研成果到资本。即便在世界杯这样的国际大赛上,南美能和欧洲形成一定的对峙关系,但根本上欧洲足球中心的垄断,不可动摇——因为南美也越来越欧洲化。

过去 20 年的巴西和阿根廷两支国家队,参加世界杯的大部分国脚,都会在欧洲各联赛俱乐部中效力淘金,包括巴阿在内的南美球队,战术乃至个人技术风格上,与欧洲的同质化也越来越强,这其实就是足球的欧洲中心论,在全球化浪潮下,向欧洲之外地域侵蚀的结果。从 1990 年的意大利之夏,到 2010 年的南非,世界杯的观赏性,和平均进球数一样,处在一种缓慢下降的趋势,很容易得出的,便是"世界杯贬值"的结论。事实上,世界杯并没有贬值,而是不同大洲、不同文化背景下的足球,差异性逐渐弱化,同质性持续增强,因此世界杯变得没那么仪态万千、丰富多彩,直观的体验,便是"越来越不好看了"。

感谢巴西 2014,让世界杯,乃至国际足球,对同质化的全球浪潮,进行了一次逆袭。尽管这届世界杯还在进行当中,风格多样化所带来的战术创新、各自原本足球风格的复苏,像是巧合,其实却是以必然的方式,呈现在了我们面前。欧洲依然无比强大,欧洲各大职业联赛,依旧会因为经济文化环境、资本优势、管理和市场水平优势,而保持着世界足球的中心地位,可是欧洲之外的大美洲,新生了种种和欧洲中心分庭抗礼的力量。

十六强席位中,美洲占据半壁江山,这只是直接名额上的美洲复兴,更深层变化,来自于这届世界杯上,美洲球队在战术选择和足球风格呈现上的坚持,其中哥伦比亚、哥斯达黎加、墨西哥和智利,都是值得激赏的案例。他们的球员也大量效力于欧洲联赛,但是这些国家队,保持着美洲教练的传承,战术选择上,不局囿于约定俗成的欧洲防守体系,更倾向于以愈加灵活的体系,释放出球员个体的创造力。在比赛态度上,他们重视成绩,同样也重视球队风格的宣扬,像智利主帅桑保利就宣称:"智利只会用自己的进攻方式去比赛,这是智利足球最大的骄傲。"

哥斯达黎加、墨西哥和智利的三中卫体系,就和欧洲主流有了足够大的反差,哥伦比亚坚持中场控制的同时,鼓励每一个球员在进攻时,发挥个人技术优势的局部突击,他们参与的比赛,恰恰属于这届世界杯上最有新意也最好看的比赛范畴。和欧洲同质化最高的巴西阿根廷两强,反倒没有其他美洲兄弟的自由发挥程度,战术约束着个体,功利目标压抑着天才施展的空间。阿根廷第一场比赛,萨维利亚临场变阵5后卫,希望能在战术上压制对手,最终反倒被施展空间受限的梅西们变回了自己更舒适的433。

涌现出来的新星,像哥伦比亚的J罗、夸德拉多,哥斯达黎加的乔尔·坎贝尔,墨西哥的奥楚亚,美国的布拉德利等等,都效力于欧洲联赛,但是回到一个更适合他们发挥的国家队环境中,他们体现出了蓬勃的生命活力。这是美洲天才在美洲土壤上的纵情演出。

只有当世界杯离开欧洲,离开欧洲诸强们最熟悉最适应的环境,才能打开所有人的视野,看到在欧洲之外,还有这么多丰富形态的足球在发展和创新着。美国是美洲创新的另一个例子,这届世界杯在美国掀起的足球热潮,是1994年美国世界杯后,20年美国足球系统发展的自然结果。一个经济基础、社会综合水平最为强大的国家,如果由此进入到足球发展快行道,美洲对峙欧洲的足球分野,将会更加清晰。

欧洲足球没有沦亡,只是中心者垄断地位、过度发达而形成的瓶颈停滞,在这届世界杯上遭遇了美洲豪强的激进冲击。对于足球的国际化发展,这是难得一见的好事。

欧洲国家联赛

以职业联赛的模式，运行国家队之间的比赛，让日渐无趣的大赛预选赛、国际友谊赛变得更有趣，提升国际比赛的商业价值，欧足联提出的"国家联赛"（Nations League）概念，令人耳目一新的同时，也有些莫衷一是。

普拉蒂尼提出了这样的新思路，这和他建议世界杯扩军到40支球队、以平衡国际足球政治利益一样，都是欧足联主席提升自己国际影响力的改革举措。只不过这一种改革手段，切中肯綮，因为和各国各地区高速发展的职业联赛相比，国家队参加的国际比赛，除非世界杯欧洲杯美洲杯这样的顶级大赛决赛圈比赛，其余赛事都显得缺乏吸引力。

只是这个"国家联赛"具体将如何组织以及执行，普拉蒂尼和欧足联拿出来的还是个匆忙概念，有可能从2018年秋天开始实施，未来每两年进行一次。

"国家联赛"的设置，大概是将欧足联54个成员单位，根据历史战绩和国家队实力，分成大约4个档次，每个档次的球队再分成小组，让实力相近的球队同组做赛，优胜者进入到2019年夏天在中立场地举行的决赛阶段比赛，小组垫底的球队，有可能会被降入到下一档次。"国家联赛"将设立一个可类比欧洲国家杯的奖杯。

"国家联赛"在2018年最初启动时，第一档次可能有12到16支球队，应该是欧足联排名前12名或16名的球队，分成3到4个组后，组内厮杀，小组头名进入2019年夏天的四强决战，小组垫底者将可能降入下一档次——为了保护这些足球强队，直接降级不会发生,而是由垫底者和下一档次球队中的优胜者进行附加赛,附加赛胜者进入第一档次。第二档次第三档次以及第四档次球队,同样分成小组,胜者有通过附加赛挑战上一档次球队中垫底者、胜而升级的可能,负者则继续沉沦。

这意味着有可能出现德国、意大利、西班牙、英格兰或像荷兰、法国、葡萄牙这些欧陆豪强同组的状况,这样的国际比赛,有真正意义的奖杯可争夺,对手之间强强较量的比例极高,肯定会让整个秋天将进行的国际赛事受欢迎程度大幅提升。

设立"国家联赛"的目的,当然是让国际比赛更有趣,在哈萨克斯坦召开的欧足联大会上,所有成员投票通过了这个议案——欧洲各国各地区足球管理机构,主要的财源还是国家队的各种比赛权益,"国家联赛"倘若火爆,大家利益均沾。

只是"国家联赛"在许多细节未落实的情况下,还是不能全面改变国际比赛难比职业联赛的局面,尤其在各种预选赛过程中,强弱分明的赛事太多。

当欧洲杯 2016 扩军后,像英格兰这样的球队,被分在与瑞士、斯洛文尼亚、爱沙尼亚、立陶宛以及圣马力诺一组,只要取得小组第二就能直接晋级决赛,哪怕小组第三还能有附加赛机会。这个小组的对手,只有瑞士勉强能激起一点英格兰球迷的兴趣,英格兰 VS 圣马力诺?温布利肯定卖不动门票。

欧洲杯扩军到 24 支决赛球队,而整个欧足联旗下成员只有 54 家,不但预选赛无趣,连决赛阶段比赛,也不可能像往常那样,做到场场都接近精品。在欧足联规划中,2020 欧洲杯预选赛将全部在 2019 年年内打完,分组形式还会是 10 个预选赛小组、每组头两名直接出线,这几乎确保了所有欧洲强队,在 2016 和 2020 两届欧洲杯很难缺席决赛圈——预选赛变得更加乏味。

欧足联许多官员,虽然知道"国家联赛"的大构想,但是细节部分都不太清楚。我询问各国联赛总监阿历克斯·菲利普斯,他作为普拉蒂尼近臣,承认说在国家队分级、赛程安排等方面,还有许多未明之处,"不过国际友谊赛价值低下,已经是无法回避的事实,改革能提升国际比赛的商业价值和媒体传播度。"

"国家联赛"的概念,让欧洲媒体和球迷都很感兴趣,只是这个概念被推出时,国际足联并不知情,2018年开始"国家联赛"时,赛程上和国际足联的各种安排是否有冲突,那会是普拉蒂尼和布拉特角力的又一片阵地。

职业俱乐部方面,欧洲俱乐部联盟的主席鲁梅尼格,对"国家联赛"概念表示欢迎,不过拜仁老大的欢迎理由,是"也许我们的球员不用全球旅行,去踢那些毫无意义的友谊赛了"。职业球员联合会,则警告说球员的赛事压力可能会更大,但这种抱怨,和无趣的国际友谊赛一样,同属老生常谈。

欧洲是平的

他虽然不能再出现在公众视线里,但他的身影无处不在。欧洲杯的娱乐性,小组赛保守诟病,但是对普拉蒂尼而言,对他坚持的欧洲足球均衡发展而言,这样的扩军改革是成功的。

法国人永远不缺乏想象力,我在法国定居的兄弟赵威,会强调说法国人也不缺乏执行力。欧洲杯扩军方案最早提出时,53个欧足联成员当然没多少人反对,但欧洲媒体一片哗然,认为最精品化的一项足球洲际赛事,就此沦陷于政治和商业诉求下。

欧洲杯贬值了吗?2016欧洲杯并不好看,小组赛肯定如此,可水平是否因为扩军而下降,却是值得讨论的。前两轮小组赛,只有阿尔巴尼亚、乌克兰和土耳其一分未得,然而胜负悬殊的比赛只有西班牙3比0胜土耳其、比利时3比0胜爱尔兰。他们也是仅有两支,在比赛85分钟到来时,能领先对手两球的球队。欧洲杯2016有些平淡,但对抗并未下降。过往几届欧洲杯,小组赛必定有大比分一边倒的比赛,本届尚罕见。

比赛不好看,是因为进攻能力大多不足,而防守水准整体提升。声振寰宇的巨星,进入比赛状态偏慢,C罗、博格巴、穆勒、伊布、莱万和阿扎尔们,还在揣摩着欧洲杯的节奏。而那些被认为是扩军才有机会进入正赛的鱼腩们,找到了在欧洲正赛舞台上竞技的信心。

他们未必能成为黑马,可他们不会在巨人面前发抖。冰岛逼平葡萄牙,能让C罗气急败坏;北爱尔兰能打败乌克兰;匈牙利一度被认为是比阿尔巴尼亚还不如的最弱队,国内足球问题丛生,可他们的表现一点都不掉价。

最终的王者,仍然会是传统豪强,法德西的前进之旅,都遭遇了不少挑战,但整体水平和板凳深度的优势,让过往的三四线欧洲球队难以缩小差距。倒是像葡萄牙、英格兰这些一流半二流的欧洲球队,遭遇的挑战更大。国际足联排名,这个大家都会使用,却又都不会太信任的参照数据,在欧洲杯上说服力不断萎缩:奥地利在欧洲杯开赛前,是世界排名第十的球队。

团队至上、集体精神,不到最后一刻绝不言弃的斗志,让欧洲杯小组赛超过20%的进球,发生在比赛常规时间最后5分钟。西班牙和克罗地亚的中场掌控能力,是小组赛最出色的,不过要快速结束一场比赛,比过往更为艰难,因为训练有素、针对性极强的团队防守,制约着进攻方的各种套路。惊艳的天才被制约,像北爱尔兰麦考利、匈牙利门将基亚利、匈牙利前锋斯扎莱、威尔士前锋罗布森·卡努这样朴实无华者,决定着比赛胜负。

揭幕战大放异彩的帕耶特,十年前还兼职服装店导购,他不正是欧洲杯前半程的最佳代表?

欧洲杯扩军,的确是普拉蒂尼选票政治和职业足球商业驱动的结果,但欧洲足球在二战之后,七十余年的稳定发展,在欧洲频密深入的经济文化交流过程中,得到了全面性发展。欧洲无弱旅,当冰岛、阿尔巴尼亚、北爱尔兰在欧洲杯亦不落人后时,你更会相信这看似夸大的论断。

足球意义上的欧洲,的确是平的。平整意味着沟通交流无障碍,意味着资金、知识和人力相对自由地流动。这样的沟通和流动,未必完全公平对等,但至少给后起者更多机会。欧洲杯扩军,没能保证欧洲杯每场比赛的观赏性,但观赏性高低,并不是双方实力旗鼓相当就能保证的。扩军之后的欧洲足球,仍然相对公平。

欧盟足球，"曲线救国"？

脱欧和欧洲一体化，两个直接相对的概念。脱欧的英国，希望回复到自我孤立的环境里，可是从足球角度看，许多欧洲国家和地区的足球发展，受益一体化良多。

欧洲杯八强里，威尔士、冰岛和波兰乃至比利时，都是欧洲一体化进程中，获益良多者。比利时之外，威尔士、冰岛和波兰未必有健康的本土职业联赛，青少年培训体系也未必都健全，但是国家队或代表队的战力提升，欧洲足球整体化的高度，尤其传统西欧五大联赛的培训和淬火功能，提供了极大的帮助。

像波兰中场克里乔亚维克，15岁时代表波兰U16对阵法国U16，被波尔多球探看中，直接要和他签约。克里乔亚维克本来担心自己无法适应异国他乡，于是只去波尔多试训。

"我一看训练基地，就意识到自己是多么的幸运，"他回忆说，"波兰当时不可能有这样的训练条件，国家队都没有。很多法国年轻球员，都意识不到自己的优势，但我知道我不能错过这样的机会。"

16岁的克里乔亚维克开始了自己的留洋职业生涯，在波尔多梯队边学艺，边上课学习法语。虽然他最终没能在波尔多打上一队，不过租借给兰斯和南特，让克里乔亚维克的职业道路起步稳定。

10年之后，这位身材修长的中场球员，已经随塞维利亚两夺欧联杯，更是巴黎圣日耳曼4000万欧元的追逐对象。

波兰足球，在上世纪70年代曾经培养出博涅克和拉托这样的世界级球星，但是在过往举国体制崩塌之后，波兰足球人才的成长，遭遇巨大瓶颈。七八十年代的欧洲一流劲旅,在90年代名落孙山。

2004年进入欧盟之后,波兰国内足球环境未见好转,但欧盟的人才流通和部分一体化,给了波兰足球青少年人才海外发展的机会。

中卫格里克19岁时就在皇马青训体系受训;前锋米利克,18岁进入了勒沃库森青训梯队;杰林斯基、萨拉蒙和斯琴斯尼,都和克里乔亚维克类似,16岁左右,远赴海外,进入职业俱乐部青年队。他们得忍受背井离乡的痛苦,但在更优化的环境里为足球理想而奋斗,让他们走出了一条不同寻常的道路。

莱万多夫斯基和"库巴"布拉什奇克夫斯基,没有那么幸运。莱万16岁被华沙列加俱乐部淘汰,从波兰三级联赛开始奋斗,库巴更是从四级联赛干起。2004年加入欧盟后,波兰16岁到18岁的青少年球员,可以自由加盟欧盟范围内其他国家和地区的俱乐部。

这也符合波兰社会现状,在自身社会和经济处于转型期,波兰18岁到24岁的青年人口,70%希望在欧洲其他地区工作。足球人才过早离开本土,也有很高的人才流失风险,直到最近这几年,博涅克领衔的波兰足协,才开始启动自己的青少年培训计划。

威尔士、冰岛和比利时的状况,和波兰不同,尤其比利时,自身联赛基础扎实,然而在博斯曼法案冲击下,竞争力极度萎缩。安德莱赫特、列日等俱乐部,曾经名噪一时,但竞争力早已不比当年,比利时足球重振声威,一方面依靠扩大选材面,大量吸纳新移民后代,另一方面也是利用周边法甲英超德甲等优质联赛,来为自己的国家队培养人才,像阿扎尔就成才于法甲里尔。

威尔士和冰岛,本土联赛,因为市场规模和人口基数太小,达不到职业规模,上升空间也有限,就更需要借助大欧盟的空间,来曲线救国了。威尔士有长期伴随英格兰联赛成功的先天优势,像斯旺西、卡迪夫城这样的威尔士俱乐部,就在英格兰联赛系统征战。

冰岛更是完全的"借鸡下蛋"模式,古德约翰逊和西古德松们,都是少小离家,分别在比利时、英格兰成长起来的。

这是欧盟各种社会资源一体化的绩效,对各自国家队发展,有透明和公开性,但硬币的另一面,是这些国家或地区的本土联赛,以及诸多足球基础架构,处于半休眠状态,利弊分明。

中国足球可以借鉴冰岛的青少年普及模式、可以学习波兰对外输送人才的自由度,但说什么中国可以复制冰岛奇迹,那是好大喜功、胡说八道。脱离了欧盟,这些欧洲杯八强骄子们,不可能有今天的辉煌。同时因为欧盟,他们的本土足球,也会受到不同的制约。

英国脱欧,英超完蛋?

从 Brexit 行动开始,英超就属于坚定的 Remain 一方。英国脱离欧盟,英格兰顶级足球联赛是极度反对的。

当脱欧成为事实,孤悬海外、本来就和欧洲大陆本体若即若离的英国,恢复自己"光荣独立"的国家单边主义状态,英超这个世界上最受欢迎、商业化程度最高的足球联赛,将遭受人力资源、媒介传播和国际资本的多重打击。"世界最佳"的地位能否维持,疑问巨大。

公投之前,留欧的可能性看似很高,从博彩公司开出各种赔率看,脱欧的平均赔率在留欧 3 倍以上。就在公投前一天,英超联赛主席理查德·斯库德摩尔,在接受 BBC 采访时,还强调说:"英超有独特的开放性,如果脱欧,那会和英超的状态极不协调。"

斯库德摩尔是一位面对公众能力超强的职业经理人,所以他会说:"我们和'欧洲机器'打交道时,也有过很多沮丧和失落。"不过他反复强调,"不能退出",认为英国和欧洲的沟通,应该长久保持,必须努力去改变现状。

所有人都知道,脱欧,对英超整体知识产权的打击有多么严重。英超 20 个俱乐部,全部表态支持留欧。因为一旦脱欧,英超、英冠以及苏超,几个高级别的职业足球联赛,将面临大量海外足球人才的流失。

欧盟成员国和地区之间,人才的自由流动,是欧盟的独特优势。英超的火爆,和球员构成的高国际化程度直接相关,但是脱欧之后,欧盟人才自由流动的政策消失,根据 2015—2016 赛季的统计,英超英冠和苏超,有超过 300 名海外球员,将无法达到英格兰足总原本劳工证(work permit)的要求。以英超为例,上赛季只有 23 名来自欧盟国家的球员,能达到英格兰足总劳工许可证的要求。

这项要求在 2015 年英足总主席戴克之下,继续调整,只对国际足联排名前 50 位的国家开放:必须是国脚,是"在最高竞技级别、能对加盟俱乐部产生特别贡献"者。国际足联排名第一到第十的国脚,此前 24 个月代表国家队参加国际 A 级比赛 30% 以上,此后排名国家,国脚的上场比例还要递增。21 岁以下球员略微放松,也有一些特殊申请通道,和球员转会身价也有一定关联,但整体上,管束更严。

像帕耶特、马夏尔和坎特这几位上季大放异彩的法国国脚,是达不到劳工证要求的。本来只要是持欧盟护照的球员,都能自由来英踢球,只要职业合同具备,劳工证只对非欧盟球员生效。脱欧之后,欧盟人才流动的大门,将重新关闭。

根据 BBC 的统计,目前在英超英冠和苏超效力的 332 名持欧盟护照球员,脱欧之后,都不能在英国踢球。从英超降级的纽卡斯尔联队、阿斯顿维拉以及英超沃特福德,将有 11 名球员不达标,英冠降级俱乐部查尔顿,会有 13 名球员不达标。苏超的 53 名欧盟球员,全部不达标。此外在英甲和英乙,还有 109 名欧盟球员不达标。

一位足球经纪人说:"脱欧会很恐怖,可能一半的英超球员,都没法达到现在足总劳工证的要求。"甚至连德赫亚和胡安·马塔这样的成名欧盟国脚,根据过去 24 个月的国家队上场记录,都未必能达标劳工证。像马夏尔、祖马、阿兹皮利奎塔、贝莱林、科奎林、施奈德林、曼加拉、纳瓦斯以及纳斯里这样的英超成名球员,肯定达不到劳工证要求。

脱欧之后,英超的劳工吸纳政策也许会做出调整,英国本土足球人才的价值会更高,获得的上升空间也会更大。然而英超整体的成功,在于足球人才的高度国际化、兼容并蓄,脱欧将导致人才流动窗口极度紧缩,英超俱乐部的竞争力,不论竞技性还是商业性,都将极度下降。

一如脱欧消息传出后,英镑国际汇率的暴跌。

在欧盟环境内,还有过类似乔尔·坎贝尔、贝拉这样的拉丁球员,签约俱乐部之后,在比利时、葡萄牙和希腊等约束宽松的欧盟国脚"委培",然后拿到欧盟护照后,辗转加盟英超。这样的制度后门,也会因为脱欧而被封堵。

从英国政府和社会整体来看,不可能因为维持英超繁荣,而在人才流动上对职业足球网开一面。鼓吹脱欧的人士,强调说虽然人才流动对欧盟关闭了,但足总可能调整政策,对非洲、中北美、南美以及亚洲足球人才放松管制,但这只是为脱欧而进行的鼓吹,空口无凭。

英格兰足总和英超联赛委员会,利益出发点从来都不同,虽然英超名义上处于足总管理。足总的利益根源,在于英格兰代表队的成绩和国际地位,如欧洲杯就是足总关切的重心。而英超是一个纯商业联赛,最早1992年从英格兰联赛委员会独立,就是为了谋求更大的商业回报、更高的运营自由度。英超独立后,运营和收益,和足总没有直接关联,彼此关系,争斗多于合作。

脱欧对足总来说,未必是世界末日,至少英格兰本土球员上升空间,短期内会变大。而英超有可能感觉会是灭顶之灾,因为这个最商业化最好看的联赛,吸纳全球顶级足球人才的自由度,将受国家政策影响,大幅降低。

联赛吸引力下降,会直接影响到已经成为职业体育版权销售全球标杆的英超版权,会直接影响到英超联赛以及所有英超俱乐部的商业赞助销售,当然更会影响到国际资本十余年来疯狂追逐英超的兴趣。

未来几天,观察一下曼联在纽约股市上的价格变更,就能直接感知到,脱欧的政治单边主义,对英超繁荣的打击。

英格兰球迷,在欧盟时代里,已经充分享受了无需签证、廉价航空在欧洲旅行的快乐,这样的快乐,也将随着脱欧而终结。

对中国球员未来留英机会而言,脱欧有可能是好事,然而这只会是发生在几个个体球员身上的个案,和中国足球发展整体关联有限。至于中国投资人,在这样的时间节点,购买了一个已经降级的英超俱乐部,不论出于"支持中国足球发展",还是"足球投资增值",短期内,只怕都难如愿以偿。

克洛泽,消亡的中锋族群

当罗纳尔多这个姓氏,还只属于巴西那个罗纳尔多一个人的时候,克洛泽刚被业余体育俱乐部拒绝,因为"缺乏运动天赋";当罗纳尔多已经是世界足球先生,并且在1998年世界杯决赛前光照世界时,克洛泽刚成为一名职业球员,在德国第三级联赛,最开始还只能代表俱乐部青年队,去踢德国第五级联赛。

可是当巴西那个罗纳尔多已经进入名人堂,肥胖得只喘气时,克洛泽依旧像猎豹一样奔跑在世界杯的赛场上,依旧在追逐着世界杯总进球数的历史纪录。他已经36岁,但他跑动的姿态,依旧像一头蕴藏着巨大能量的猎豹:腰肢拧动的幅度有些奇怪,柔软又充满着韧性。他的足球天赋,不能和任何一个罗纳尔多相提并论,可是比较一个个天资横溢的罗纳尔多,克洛泽是一个更接地气的模范,一个能激励所有平凡人的励志偶像。

喜欢上一个足球偶像是不需要理由的,我询问过好多克洛泽的球迷,回答都是如此。但他在2002年空翻着进入大家视野时,俊朗而儒雅的外形,以及这别致的空翻进球庆祝动作,都是击中球迷心中柔软处的感性表露。这样的庆祝动作,很不德国,哪怕克洛泽朴实无华的球风,不知疲倦的奔跑和拼搏,处处都很德国。

他出生在德国波兰争议领地,德国裔家庭。少年时代他并没有太好的运动天赋,后来当过刷墙的泥瓦匠,上过夜校。对于刷墙这份工作,他同样满是乐趣,"坐在屋顶刷漆,听着音乐,是很快乐的事。"这是一个知足,却又从来不放弃努力的个体。在夜校体育课里,他学会了前空翻,但只会前空翻,向后却翻不了。空翻需要很好的腰腹和滞空力量,之后能成为空霸,克洛泽的天赋,本不是穿花蝴蝶的拉丁脚法。

他平实而勤奋,低调而诚实。比赛中裁判吹罚了点球,他却会告诉裁判,对方守门员刚才没犯规,这不是一个点球。如此品性,足球世界里越来越少见。

作为前锋的克洛泽,更是一个在世界杯、在足球世界里极其罕见的个体。他更类似于那种古典主义的前锋,最大的天赋,集中在临门一脚这最能决定比赛胜负的能力上。他没有绝对冲刺速度,没有精巧的连续盘带过人能力——2002年世界杯这是批评者诟病他的理由,其实在2006年世界杯上,克洛泽已经向世界展示了他脚下技术的极大进步,他背身拿球、为队友传送威胁助攻的表现也不多,可是当球被传送入禁区之内,当五六个球员一起去争抢这个威胁来球时,克洛泽总会是第一个抢到点的人。

1986年世界杯最佳射手莱因克尔,是这样的杀手型前锋,之后有因扎吉、范尼、克雷斯波。这样的前锋数量非常低,因为他们绝大部分时间,不是吸引目光的个体,但是当致命争夺出现时,他们能最早抢到最危险的那个点。

这就是时间和空间预判能力的出众,一种克鲁伊夫认为不可能传授的足球本能。脚下技术、球场视野、传球能力、拼抢力量,乃至冲刺速度,都可以通过科学训练有所提高,可时空的预判嗅觉,连全攻全守大师也不知道如何去教授。足球似乎一切技术环节都可以通过数字量化,唯独这样的本能判断力,难以量化。

克洛泽就属于这几乎绝迹的一类前锋,因为绝大多数球队,都很难容纳克洛泽这样的古典前锋。现在的战术体系,对于前锋的要求,越来越全面,需要承担策动进攻、压迫对手、传接威胁球以及前场逼抢等等战术责任,反倒是前锋最份内的工作,进球这一项,往往会被其他位置球员分化。克洛泽没有落伍,他一直在进步,可环境物候的变化,来得太快也太操切。

目前领先着世界杯射手榜的,哥伦比亚J罗更是一个中场选手,梅西从来都不是突前前锋,罗本是边锋,内马尔也只会游弋在中锋身后或侧边,唯一的正印中锋,只有法国人本泽马。而以嗅觉本能见长,数据统计上量化不出其能力和贡献,像克洛泽这种类型的,难得一见。

数据量化不出克洛泽单场的表现,然而在世界杯进球总数这个大数据类别里,我们总能找到克洛泽,这或许就是量化数据全面公平的另一面。哪怕克洛泽这种族群,正濒临消亡。

前锋去哪儿了？

J罗让2014年巴西世界杯多了些新鲜色彩：连续5场比赛进球，纪录上仅逊色于贝利，拿走最佳新秀毫无争议。根据过去两届的射手进球数，同时比较一下其他球星状态，他拿走金靴乃至金球，都很有可能。

然而J罗并不是一个以射门得分为本职的前锋，当年出道时，他更是一个灵性十足的边锋，居中组织策应，也是一个完美的10号。6个进球2次助攻，足够在德国世界杯或南非世界杯上夺走金靴奖了，哪怕他并不是一个前锋。

翻看一下世界杯射手榜，前十名的球员里，严格意义上的前锋，只有本泽马、范佩西和厄瓜多尔的巴伦西亚，其余高产得分手，J罗之后，穆勒更是一个影子前锋，梅西介乎9号和10号之间，内马尔也是一个类似梅西的前场游骑兵，罗本是边锋，沙奇里也被纳入中场。能进球的前锋，尤其是中锋，都去哪儿？

至少在小组赛阶段，巴西世界杯进攻热潮的涌动，还是为球迷欣喜的，小组赛场均超过2.8个的进球数，前锋们贡献得却不够多。翻看一下八强的阵容，有名气而且还能得到重用的中锋，只不过范佩西、本泽马。伊瓜因、克洛泽不是绝对主力，巴西弗雷德和若，被认为是巴西历届世界杯最差的锋线选择，比利时卢卡库起伏不定，进入淘汰赛失去主力位置，哥伦比亚和哥斯达黎加的锋线同样缺乏进球表现。

世界足坛前锋人才缺乏，是"世界无锋"的一个背景，中锋位置上，更有哥伦比亚法尔考、比利时本特克这种赛前重伤缺阵的遗憾。

苏亚雷斯咬人、乌拉圭出局，也让前锋群失去了一位重量级角色。但"世界无锋"的深度原因，还在于足球战术和阵型的变化，归根结底，在于现代足球正变得更加严谨，同样也更加保守。

地面控制、中路渗透的打法，西班牙为集大成者，过去几年对世界足坛产生了巨大影响。哪怕西班牙早早淘汰出局，他们的打法依旧代表着时代潮流。快速通过中场、避免中路缠斗，以边克中的战术，再也不可能打得像以往那么简单，因为地面控制这种高技术含量的风格，对防守能力提升同样作用巨大。西班牙在南非世界杯的成功，控球状态下防守无懈可击。

地面渗透的战术下，前锋，尤其是传统中锋，生存空间受到挤压。阵型排列上，使用双前锋的球队越来越少，442几乎绝迹。尽管巴西有433，智利用过343，真正突前的前锋只会有一个，因为大部分攻防转换、压迫与逼抢，都必须在中场完成。对于前锋生态而言，一个单前锋的发挥，肯定不如身边有一个前锋搭档进行组合策应。于是在渗透和控制风格大行其道的环境下，前锋，尤其是中锋，发挥得更多的，是战术牵制作用。本方战术，很难以中锋为核心来制定并执行。

这不是一个属于前锋的时代，中锋，则更像是一个浪漫主义时代的产物。克洛泽得不到更多首发机会，和他年事已高相关，也和德国选择的阵型更重视中场相关。

今天的世界杯，每一场比赛所承载的社会和商业价值，都太高，吸引的社会关注也太高，这让列强冒险创新的动力越来越低。相比较进攻，防守更适合通过严格的训练来提升，这是通过团队系统优化能够得以明显改善的领域。在巨大的利益背景下，主动出击，往往意味着后防有风险，与其犯错冒险，不如稳守以待，这是最符合球队自身利益的选择。

前锋还会继续活跃，只是会以另一种方式，但那些真正铁肩担球队的中锋，已经越来越难得一见了。

过人，越来越稀缺的"美丽意外"

一场足球比赛，如何能显得不是那么机械化？

你过个人给我看看……

欧洲杯 48 场比赛的直播，我几乎全都看过，北京时间凌晨三点的煎熬，增加的不是黑眼圈和心脏负荷，更有些精神上的疲惫。于是比赛间歇期的到来，突然打乱了长时间不断熬夜的节奏，会让人感觉不适应。

在这时候，回过头想想这一届欧洲杯，有哪些高光时刻，有哪几场比赛值得记忆的。我敲打着自己迟滞的大脑，闪回的画面，似乎不够多。

德意之战值得记忆，但值得记忆的更是比赛的胶着、战术斗智的玄机、点球大战一波三折的起伏曲折。克罗地亚和西班牙的小组赛值得一提，意大利和比利时的小组赛也相当不错，威尔士淘汰比利时的四分之一决赛，有些新鲜感，以及比利时对匈牙利的上半场。可我还想不起哪场比赛，能让你放下手中的手机或 pad，全神贯注集中于场面，忘掉社交媒体给你带来的消遣。

能凝炼下来的瞬间呢？沙奇里的那一个剪刀脚射门，伊涅斯塔给皮克的助攻，斯图里奇对威尔士的绝杀，格里兹曼对冰岛的挑射，帕耶对罗马尼亚的绝杀，冰岛的手榴弹界外球……这个省略号，不是说还有很多画面难以赘述，而是我真想不起来其他的了。

如果足球比赛值得记忆的瞬间，只是进球，只有进球的话，这样的比赛将会无趣，这样的欧洲杯将会有些过于简单。

绝杀不断，弱旅不弱，这都是大面上对一届杯赛的印象。进球之外，我更想看到一些更接地气却有超脱于地气的足球瞬间。

例如过人。

喜欢踢球的人，或许对过人会有着更深刻也更感性的认识。盘带奔跑过程中，利用你的技术、速度、形体动作或者对方位的判断，实现过人突破，应该是足球场上最美好的感觉之一。有人觉得过人的感觉，比射门得分还要美好。这是在肌体直接对抗过程中，你战胜对方的一种十分简单的形式，却又可能包含最复杂的内容。

法国欧洲杯上，盘带高手们依然活跃着。贝尔偶尔冲刺起来，还像那匹不羁野马。帕耶的惊艳，我觉得不仅是他打进的关键球，更是他盘球横向进攻时，那种娴熟而飘逸的移动，充满着个人化节奏韵律。阿扎尔也有这样的能力，对匈牙利那一场，他绽放出了自己的魅力。只是这样的个体，这样的场景太少。

我几乎没有本届欧洲杯伊布的过人印象。C罗的过人，也明显少了很多。上赛季西甲联赛的统计，显示他的过人次数较过往大为下降。这是C罗球风转化的一个标志，年龄增大，他会更多地进入禁区、更接近对方球门。

过人的美妙，身体力行者有自己的体验，旁观者，也能感知到其中巨大的魅力。像贝尔这样速度型的突破手，当他面前出现空间，一旦启动，似乎周边静止，而他如同一把尖刀，直接劈出一条通道。滞塞的场面为之一变，僵持中的战术，陡然失效，整个比赛场面，因为这局部一点的变化，而刹那间绚丽灿烂了起来。

然而贝尔得到的过人机会，也不比联赛，他的局部突破，未必就能带来威尔士战局的突破，所以他的突破也不像在皇马很多比赛中那样，可以放肆无忌。C罗减少过人，因为他体能并不是巅峰状态，他要将自己主要精力能量，集中在得分上。倘若欧洲杯有些乏味，过人少，和前半场进球少，都是重要原因。

而联赛赛场上，如贝尔C罗罗本般，过人如草芥者，同样在下降。过人太个人化,战术执行中,风险过高,老爱过人的球员,会被比喻成当年德尼尔森般单车笑柄。胜负越来越重要,战术越来越重要,哪怕你是罗纳尔迪尼奥,牛尾巴也不是想耍就能耍的。

　　足球比赛的美妙,在于看似逻辑严谨中的各种不可测。过人就是不可测的意外,美丽的意外。

德国,坚持与融合

24年,德国足球又一次登上巅峰。

24年前,贝肯鲍尔率领的那支最后的联邦德国队,将世界杯冠军作为"送给全德国人民的礼物"。柏林墙被推倒,德国统一,然而德国足球并没有随着第三座世界杯继续攀升。贝肯鲍尔挂冠而去不到十年,德国足球跌入了一个低谷,虽然有过1996年欧洲杯的荣耀,然而在世界杯上的征途,从美国到法国,哪怕韩日世界杯上沃勒尔带队取得的亚军,留下的更是"严谨、坚韧、机械、效率"这一系列看似褒贬含义复杂的形容词。

24年后,勒夫的德国队,历经120分钟苦战,打败顽强团结并且拥有巨星梅西的阿根廷队,成为第一支在南美洲夺取世界杯的欧洲球队。这一支德国队、这一个时代的德国足球,所具备的底蕴和实力,更要强于24年前的德国,因为这是在一个完善健康体系下,扎根于本土,不断自我更新、汲取大量新鲜营养,而构建成功的德国足球新体系。在巴西夺冠之后,仍然会有"德国队走运""德国机械战车"等评语,然而这次成功的背后,坚持与融合,将给德国足球继续向前,积蓄更长久发展的动力。

卫冕冠军西班牙的失败,意味着欧洲杯世界杯三连冠的西班牙国家队时代告一段落,西班牙国家队败了,西班牙足球还没有失败。在未来的世界足球争霸过程中,德国最有可能挑战西班牙和拉丁足球世界,甚至开创一个属于德国足球的新时代。

一切都要追溯到2004年7月26日这个节点,这并不是德国足球复兴的开始。事实上,1998年法国世界杯和2000年荷兰比利时欧洲杯失败后,德国足球已经开始了由上至下的改革,从青训人才选拔、德甲联赛重新架构到科技手段引入等等,2004年葡萄牙欧洲杯,德国队再入低谷,沃勒尔去职,德国足协选择了一个此前从无执教经验的争议人物:克林斯曼。

"金色轰炸机"所具备的国际视野和锐意创新的性格,是德国足协做出这一决定的重要依据,克林斯曼身边勒夫和比埃霍夫这样的搭档,同样为他加分。克林斯曼并没有在德国队主帅位置上干太长时间,然而他开始的一系列变化,例如借鉴英超等国际联赛的足球风格,提速德国国家队进攻节奏;例如和科隆体院进行合作,大量使用量化足球科技数据;例如加速国家队阵容之革故鼎新、大胆启用新人……如同一股春风,让基础雄厚、自律性极强的德国足球,焕发出新生活力。

克林斯曼在2006年德国世界杯后去职,带领一支年轻球队在本土世界杯进入前三,预示着未来希望。德国足协没有改弦更张,而是起用克林斯曼的助手勒夫。随后三届大赛,勒夫交出的答卷,是总能进入前四,却在最后关头功亏一篑。这种现象,和德国媒体批评德国体育在奥运会上存在的"铜牌综合症"如出一辙。

然而勒夫没有因为临门一脚成功的迟迟到来,而延缓德国足球融合的脚步。青训的成功,是德国足协乃至德国社会,对于足球系统性投入的业绩,国家队风格的改变,由克林斯曼开始、勒夫发扬光大,德国队的进攻越来越"性感"。在阵地进攻、控制球和渗透能力屡屡受挫于西班牙国家队及西班牙俱乐部情况下,德国足球开始尝试以快破巧,瓜迪奥拉在2013年掌印拜仁,更集中体现了德国足球对西班牙tiki—taka控球渗透风格的学习。

这一系列的改变和创新,都基于德国足球本土的基础,都以德甲联赛作为依靠。从克林斯曼至今,德国国家队的主力阵容,主体构成一直是德甲本土球员为主,对阿根廷的决赛阵容,只有厄齐尔和许尔勒两人效力英超，其余都来自德甲俱乐部。德甲联赛过去10年，都是全球最健康联赛，不仅大部分俱乐部保持盈利，而且俱乐部股份构成以球迷为主，青训是俱乐部重要构成部分——由是德国足球具备了自主培养人才、联赛健康经营和国家队实力稳步提升的完整结构，再加上国民参与程度、足球人口数量全球领先的大环境，所以在决赛之前，勒夫可以说，哪怕这一届世界杯德国队功亏一篑，德国足球的长远未来不用担心。

坚持传承与积极融合，是这24年德国足球沉浮带给世界足球的经验，是这一座世界杯背后的奥秘。这还不足以说明德国足球就将称雄世界，僵化与抱残守缺，曾是德国足球失落的病因，也是东道主巴西本届世界杯惨败原因。

决赛当中的梅西，身体明显不在巅峰状态，即便如此，他带领的阿根廷，距离击败德国，也只有一线之差。足球的公平，世界杯的美妙，都在这毫厘的差距、幸运与否的瞬间。但是像德国这样，始终以严谨的态度对待足球，坚持自我风格，同时虚心对外学习，才是一国一族足球发展之道。

四年前的南非，西班牙坚持半个多世纪的足球风格、与全攻全守哲学融合的足球体系，终于开花结果。德国在巴西，又一次印证了坚持与融合的功效。

套娃俄罗斯

差不多 20 年时间，俄罗斯在很多中国人眼中褪色成了一个模糊的概念。我时常能想起父母讲述的各种有着苏联传承的故事，他们那一代人，和俄罗斯无法分割。只是 1991 年之后，苏联不复存在，俄罗斯成为了一个复杂又混乱的形象。

依稀间，我似乎还能听到美国之音、BBC 中文那种台湾国语"饿罗斯"的播报口音，买面包买肥皂都得排长队，这地方确实很"饿"吗？念书的年代收听"敌台"，西化的传播里，将五六十年代苏式文化传播的痕迹冲洗干净，俄罗斯越来越变成了一个巨大的谜团——总让人联想起丘吉尔那句文字游戏般的俄罗斯描述。

一年前我去了索契，美轮美奂的冬奥会。黑海之滨的度假胜地，颠覆了我对冬季运动项目的认知，难以想象冬奥会居然能在如春气温、煦暖阳光下进行。然而现场体验的冬奥会，和《泰晤士报》《纽约时报》上报道的冬奥会，完全是两回事。英美媒体的报道，完全集中在冬奥会的成本——普京在索契上花的钱，比北京 2008 还要多，史上最贵的一届奥运会；然后就是各种索契冬奥会劳工问题，场馆闲置和浪费，对西方媒体的限制……索契冬奥会的体验感，远在北京 2008 之上，但面对的西方质疑，也要比北京 2008 多得多。

我相信奢华浪费和意识形态上，挑战肯定存在，但索契有最精彩的冰球决赛、美妙的高山小回转竞技、优雅超凡的冰舞……这些在英美媒体报道上却难得一见。普京肯定是将体育极度地政治化利用，西方媒体难道不也是这样？在这个国度举办的国际体育赛事，完全变成了政治攻讦的阵地。

一年之后我来到莫斯科,第一次来到这座巨大无朋、神秘无比的都市。走出过关通道,机场6号航站楼寂寥无人,让我非常惊讶。也许这就是西方经济制裁的结果,一年前在此转机,人流要高出十倍。

开往市区的过程轻松,下午三点莫斯科没有任何交通堵塞,哪怕这也是一个人口两千万的城市。一路景观,完全不像以往在西方惊险小说里读到的那种阴郁、巨大和压抑,夏日阳光普照,清风徐来,城市中七片森林,让莫斯科比其他都市都更协调。除了商业中心"莫斯科城"一片,市中心完全没有高楼大厦。苏式风格的巨型建筑比比皆是,赫鲁晓夫楼也随处可见,但那种被英美传播洗脑的"铁拳"和"老大哥"阴影,一点都不存在。

我知道,这是一年最好的季节,我来到莫斯科开会,如果时间换到十一二月,或许会是另一种景象。然而莫斯科不会让中国人感觉如伦敦、纽约或苏黎世那样的陌生,我们从小生长的点滴里,都渗透着苏式俄式的细节:左右对称、中部高耸、门庭回廊宽阔伸展……颜色灰黄为多,入眼舒适平易。城市雕像建筑,大气豪迈,细节处又十分用心。我在想,40年前,这不就是中国向往的极致?40年后,已经有很多人看不上俄罗斯,认为第二大经济体的头衔,已经让我们凌驾于"老大哥"之上了。

只要在莫斯科行走上一个小时,就能知道这种谬误有多的可笑。

莫斯科任意一个地铁站里,大理石壁墙装饰,各种纪念性雕塑,说明的不是这个国家的强盛,而是这个民族的生活和文化诉求。莫斯科的干净也让我意外,街面上能见到的垃圾,多为烟头。每一处体现的,都是人的素质,一个在上世纪90年代初解体,面临严重食物等生活用品短缺时,依然能有秩序排队的民族。这种排队,是奥威尔在《1984》里忧心的个体沦丧、体制统治,但今天的俄罗斯人,你不能怀疑他们独立的自我意识。

论坛主题是 2018 世界杯筹备,国际足联丑闻仍然在延续中,布拉特没来,瓦尔克也没来,而国际媒体云集。我参加中国足球主题的环节,做了一个中国足球现状介绍的陈述,对"富豪投资足球""政府改革足球""足球全面改革政策"等,俄罗斯同行最能领会。

英美人永远无法理解,为什么一个如此巨大的国家,能组织得严整周密,能具备如此之高的国民素质,又完全有自己的一套意识形态。丘吉尔说俄罗斯:"It is a riddle wrapped in a mystery inside an enigma."这句谜语般的描述,几乎无法翻译,一如套娃疑云迭起。

我同样不懂俄罗斯,但我知道这样的国家和民族,只能多沟通多交流,才有可能接近和理解。拿破仑和希特勒都来过,都败过,库图佐夫和朱可夫雕像,依然高立。也许政治对立,是国家选择使然,可竞技场上,最应该消除的,就是这些肮脏的盘算。

从"激励一代人"到"消失一代人"

伦敦 2012 过去才三年,体育并没有在这个岛国激励起更多参与者,与之相反的是,三年下来,竟然有 40 万英国人,从周期性体育活动中消失,其中 20 万人的体育参与,在过去半年消失。这成为了英国社会十分警惕的一组数据。

根据体育英格兰(Sport England)的英国体育参与情况调查,游泳是过去半年参与人数下降最为剧烈的运动项目,即便游泳仍然是英国参与人数最多的运动——从 2014 年 10 月至今,14.42 万人放弃了游泳。游泳之后,参与人数最多的运动项目,分别为跑步、自行车、足球和高尔夫。横向对比,跑步和网球的新增参与人数增幅颇大,但对整个运动人群数值下降的大势裨益不多。

这是充满讽刺性的一组数据,是对伦敦 2012 夏季奥运会的所谓奥运文化遗存的嘲讽。伦敦 2012 从申办到执行,令人耳目一新的地方,在于"激励一代人"的传播口径,以及伦敦奥组委希望通过举办这届夏奥会,激励全球两百万新增青少年运动人群、激励英国一百万新增青少年运动人群的愿景。和此前的奥运会相比,伦敦 2012 的理念,在当时是最符合让奥运更接地气、让运动成为更多人健康生活方式的。

然而三年过去,英国面对的却是一种运动推广上的惨败格局。"激励一代人"(Inspire A Generation)的愿景,在 2012 年年初,已经宣告失败,当时的伦敦奥组委主席塞巴斯蒂安·科公开承认,伦敦 2012 不可能完成激励两百万全球人群、一百万英国人群成为运动新增人群的目标,令人意外的是,奥运之后三年,运动人群更呈现出了加速萎缩的局面。

体育英格兰(Sport England)不是一个普通组织,更接近于中国体育总会这样的民间机构,实际影响力远在"体育总会"之上。虽然属于民间机构,但实际上承载了推广普及体育、帮助更多人参与运动的职责,负责和政府机构进行沟通。大部分从政府拨款、博彩等来源获取的体育资金,都要通过体育英格兰进行投放。因此对于运动人群的变化,这个机构最为敏感。

英国政府当然坐立不安,体育大臣承认这样的萎缩数据"十分令人失望",并且发誓要启动新的变革,从整体战略上调整英国的体育政策。"过去十年巨大的公共资金投入,效果确实如此糟糕,"体育大臣特雷西·克劳奇承认,"再不采取变革措施,我们将失去一代人。"

在这个最新调查中,根据2014年数据,英国人口6480万,每周至少参与运动一次的人数为1550万,约23.92%的比例,实在不算低了。主要参与的运动项目中,跑步、网球和篮球,是新增人群最为显著的项目,可是在运动人群总数上,半年来消失了22万人。过去十年,放弃游泳的数字更加惊人:75万人!

查找这"消失一代人"的原因,还在进行当中,公众性场馆数量增加不够、经济景气指数不高、新的娱乐方式侵蚀青少年闲暇时间,都被列为高可能性因素。英国业余游泳协会的的CEO,则认为传统运动项目,由于缺乏高科技辅助手段,也让参与者兴趣不断下降:

"现在的运动人群,越来越多希望通过各种数据采集和科技辅助,来增强自己的运动参与体验,这方面对于游泳要求越来越高。你进入健身房或者游泳馆,肯定想明确知道自己消耗的热量情况,以及怎样的运动方式,能让自己更健康、自我感觉更好。一般的游泳池是没有这些科技手段的,可穿戴设备,在游泳这一项上,进展也不明显。和跑步相比,游泳明显滞后了。"

然而科技手段，用户体验的升级，未必能成为决定一个人放弃这项运动的重要理由。草根层面上的运动参与，大部分需要强烈的自我驱动，才能保持运动的周期性。心理学家对人类社会行为习惯的分析，认为一个人养成一个习惯，通常需要三周以上时间的重复，而放弃一种习惯，时间要更短——一个孩子闲暇时间如果本来就不多，让他去选择一个小时游泳，还是一个小时在 ipad 上玩游戏，大部分会选择后者。

所以体育英格兰表示，对于这"消失一代人"的深重原因，他们会用超过半年时间进行调查，这样的挑战，显然会是一种社会性的挑战。要想激励更多人回到运动场、游泳池来，不是更好的国家队竞技成绩、更多奥运金牌能改变的，社会公共服务设施，以及教育体系的运动启蒙作用，被 FMMI 咨询公司的丹·弗莱彻认为会更重要。

由于手中几乎掌握了英国关于体育公共资金的大部分，体育英格兰每年都会评估不同运动项目的参与人群、竞技成绩和社会影响，表现不佳者，得到的公共预算只会下降。根据游泳的糟糕数字，2016 年游泳项目有可能被砍掉 100 万英镑的预算，这在一个没有"举国体制"可以依赖的国家，对游泳运动会是沉重打击。

新工党在 2005 年申奥的时候，就将"新增两百万运动人口"作为施政重策，并且承诺这个目标会在 2012 年完成，时至 2015 年 6 月，通过体育英格兰的统计，这个数字最多只有 140 万，"在过往的公共资金投放和使用模式下，不可能出现更多新增体育人群"。

虽然这"消失一代人"的调查，让英国社会沮丧，让英国政府充满挫败感，但体育英格兰至少不用"政治正确"地去为当权者描绘功绩，不用忌讳运动化生活方式推广过程中的失败，这样的调查和结果公布，本身就是体育运动的社会化成功。一个国家全部人口中，有 23.92% 左右比例的人，每周至少起码一次，足够让世界上大部分国家羡慕了。有了这样客观的调查,以及未来的深度分析,哪怕不能逆转"消失一代人"的局面,体育运动的进步仍然是可以期待的。

从"激励一代人"到"消失一代人",伦敦 2012 留下来的未必都是美梦,而具有价值的,只有真实。

足球与女足

她们根本就不懂如何踢球。

被铲倒了,只要没受伤,她们大多都会站起来,继续比赛,她们不知道如何诈伤;她们不知道如何假摔,至少大部分不知道;她们不知道如何用各种方式,让裁判上当,让对方吃牌;比赛到了最后一两分钟,领先的她们不会糟糕地挤到角旗区,无趣至极地去消耗比赛时间——如果你在现场看球,这种场景会让你觉得最无聊;她们不知道如何包围裁判、对裁判施加压力。

她们都太规矩,太遵守规则了。她们难道不明白,在另外一个性别的竞技场上,所有规则都是可以利用、可以打破的?

所以女性不懂踢球,至少发展到这届女足世界杯,她们仍然不懂如何踢球。

克鲁伊夫说过,足球是简单运动,但最复杂的事情,就是将足球踢得简单。我还没有完整地看全一场女足世界杯的比赛,但是和平素看中超、亚冠,甚至一些欧洲联赛相比,大部分女足世界杯的比赛,我都不会那么厌烦。一个月前在工体看过一场亚冠比赛,北京国安VS全北现代,虽然就坐在著名的死忠球迷看台旁边,有那么几分钟我真有点打瞌睡。女足比赛,却显得更简单,也更纯粹。哪怕简单和纯粹的足球比赛,在职业足球环境中,已经越来越难得一见了。同一时间段进行的美洲杯比赛,简单的足球被踢得无比复杂,星光熠熠、情节起伏,可总会掺杂些让人厌倦的东西。

女性足球,也会在不同文化环境里,被弄得非常复杂。有时我们得感谢中文的极繁与极简,像"女足"这两个汉字,就将这项运动涵盖齐备了，还不生歧义。这几年在英国，所有女足球队，都由 ladies' team，更名为 women's team，这是必须要政治正确的修正——如果你去翻阅一些旧报章，到了七八十年代，还有很多女足球队，被称之为 girls' team。在美国和加拿大许多女足报道中，总能看到 She Can, Women Can Tackle Too, 这一类标题。比较而言，宋世雄老师当年口播"芝加哥公牛男子篮球队"时，可以视为性别平等的先驱了。

女足比男足简单而纯粹，哪怕各种关于女足的报道，令人垂头丧气的太多。我一直认为中国有女足球队，却无女足这项运动，因为一项运动是需要基础、普及、推广、培育以及传媒等文化氛围的，女足在中国没有。全球范围内，真正普及度高的，也就是北美，欧洲南美，都存在各种女足薪资窘迫、社会地位不高、联赛无以为继等状况。贝利称玛塔为"穿裙子的贝利"，可玛塔在北美几个赛季，连续夺冠，而效力的球队连续破产关张，5届世界最佳女足球员，找工作都无比艰难。

难道是因为她们踢得不够娱乐性，她们还需要踢得更男性化吗？我不敢如是想，哪怕在女权北美有这种趋势。如果她们真的"懂得踢球"了，女足也就会无趣无聊化。

然而女足走上的，真是一条接近男性化的道路，哪怕由于不是太功利，所以还没染上"足球"这项运动的许多恶习。未来影响力越大，像这届世界杯正在刷新的各种收视率，全球影响范围的纪录，女足会不会变得更"足球"化？这不由得让人担心。

女性在运动发展和体育创新上，应该有自己的独立思维空间。或许体操是一个很好的项目案例，男女都有体操，然而根据性别差异，项目设置和竞技风格上，有了规则上的不同，给与了各自发展可能。足球与女足，为什么不能多一些差异性？布拉特关于女足的说辞，当然有性别歧视嫌疑，但女足为什么一定要踢得像男足？这不是女足的问题,而是女足的发展,过去 20 年,一直是在男性逻辑影响下行进的。

　　姐妹们仍然不自由,而绝对的自由,仿佛又难以想象。这是一个难解的谜题。

世外桃源哥斯达黎加

　　差不多哥斯达黎加的每一个乡村，都有一片足球场。保养得当、政府资助、全民开放。我的朋友西蒙·库珀，在 2014 年世界杯结束后造访世界杯八强国家哥斯达黎加，发现这世界上第一个不设军队的小国，足球早已全民化。他发现所到之处，男孩女孩，成年人，甚至中年女性，踢球者比比皆是。

　　一个中美洲气候潮湿的国家，人口不过 450 万，将这么多的土地资源拿出来，作为足球场地，哥斯达黎加历届政府的眼光与众不同。用秘鲁经济学家埃尔南多·德索托的概括，"哥斯达黎加是发展中国家里，对于民生质量最为关注的国家。""民生关注"，不是将土地资源进行商业变现，建造更多的住宅公寓，而是更深入的"民生"——让老百姓过得更开心。

　　足球显然是让大家更开心的途径之一。世界杯能在意大利、英格兰和乌拉圭的小组出线，最终进入八强。哥斯达黎加人足够骄傲开心好一阵子了。

　　经济并不发达，这一类国家就不能让老百姓"幸福生活"？哥斯达黎加给出的是一个充满创造力的成功案例，他们未必能像北欧国家那般富足安宁，但幸福指数上，他们完全不落后。

　　2014 年联合国发布的社会进步指数（Social Progress Index）上，挪威排名第一，但哥斯达黎加的成绩格外耀眼：国民平均收入只有美国八分之一，但人均寿命高达 80 岁，比美国还年长 1 岁。在生活选择自由度、健康指数、压力承受指数和政府清廉指数上，哥斯达黎加得分奇高。

这个国家的历史相对奇特,西班牙殖民者从16世纪初控制这片土地,可哥斯达黎加并没有令人垂涎的矿产资源、没有殖民者梦想的黄金。在哥斯达黎加定居的人,除了劳作,不能一夜暴富。新移民和原住民通婚比例很高,人种复杂,几百年下来,种族主义仍然存在,却没有形成激烈社会矛盾。或许这是哥斯达黎加社会财富相对平均的原因,因为种族主义往往和社会财富分配极度不均互为因果。

1941年,哥斯达黎加就形成了福利国家体制,不过1948年爆发的内战,颠覆了曾被称为"中美洲瑞士"的社会体系。重建的民主体制,更加健康。废除军队,不会是很多民族国家的选择,但哥斯达黎加的政府预算里,早已没有军费开支一栏。据联合国统计数据,在2011年,至少有21个发展中国家,军费开支要在其教育开支之上。

哥斯达黎加的民主政治体制,也是所有发展中国家序列里维持时间最长者,六十来年。民主政治体制,不是经济发展高速的保证,不能保证"国力不断增强",但比较而言,民主政治体制更有利于社会资源和财富相对平均分配。哥斯达黎加仍有12%的人口生活在贫困线下,可和其他拉丁社会相比,这个数字只有拉丁社会贫困线下人口平均值的一半。同时哥斯达黎加女性受教育程度,要高于男性,也是与众不同的社会特点。各种社会因素综合起来,未必能决定其足球水平的先进,但肯定有助于足球在哥斯达黎加的发展。

一个社会的幸福指数,很容易和收入水平直接挂钩,哥斯达黎加并不富裕,国民收入水准和利比亚、伊拉克差不多,不过收入多寡在这里并不是最重要的。政府将各种土地出让给球场,而不是房地产开发商,体现的就是这样一种社会发展思路——经济建设并不是一个社会幸福水平高低的唯一通道,环境保护、公众生活的质量,未必都能用钱和经济发展指数来定义。

这个国家也经历过几乎所有热带国家必有的乱砍滥伐阶段,然而哥斯达黎加制止了这种趋势,目前森林覆盖面积高达52％,30年前,这一覆盖率只有27％。这个国家的下一个社会发展目标,是在2021年达成碳中和平衡。

　　这绝不是一个典型模范足球国家,库珀说哥斯达黎加蚊子还是太多了,奢华舒适的设施太少了,主流媒体的宣传口径太统一——"电视上整天都是戒烟公益广告,很多古巴式宣传口号比比皆是。"这可能不太符合自由主义者口味,然而不将"发展"那么当回事的发展中国家里,能充分享受足球的乐趣、社会的平衡,哥斯达黎加是独特的那一个。

没有天才，我们都被无趣闷死

"让我看看你怎么踢球的，我就能说出你是怎样一个人。"乌拉圭哲人加里亚诺，在他的足球名著里曾经如是讲述。已经成为先哲的加里亚诺，一生享受着足球，在世界各地的足球比赛中穿梭旅行。

然而到了晚年，加里亚诺有些绝望："这个世界从来没有如此的不平等，却有如此的彼此相似……如果我们不被死亡带走，我们也会被雷同枯燥无趣闷死。"加里亚诺已经离开了凡尘，不知道是不是被苦闷和无趣带走的。但他晚年的绝望，是在文化上，对全球化带来的文化消亡之绝望，也是对足球竞技越来越全球化产生的绝望。

因为加里亚诺已经不能从看看别人踢球，就分辨出这个人的民族国籍、性情喜好、受教育程度以及政治立场了。足球曾经赋予了他另外一双眼睛，一双看世界的眼睛，足球也曾经教会了他另外一种语言，一种世界性的语言，可是这双眼睛逐渐看不穿事物的外表，这种语言失去了独特深刻的表达力。加里亚诺走进每一场足球比赛，发现世界越来越不公平，但足球又越来越相似。他不能不苦闷而孤独。

不公平而又个性化消失，似乎是一种相悖的表述，不过在体育的世界里，加里亚诺要表达的意思并没有自相矛盾。"不公平"是全球化带来的全球社会生态影响——二三十年前说起全球化，向往的是贫富悬殊的淡化，一些族群人种间隔阂的消除，是希望这个世界能更公平，但是美国化的全球化，显然将世界引导上了另一个方向。

越来越多相似的"个性消失"，是全球化格式模块下，对各种文化、本土文化、亚文化的践踏：你今天去到任何一个机场、车站或者大型商场,相似的地方越多于不同之处,不同处之间,能真正凸显个性的又更少。这些年来,在国内各个城市的旅行,总感觉千城一面,你开车上高速下高速进城,进的不知道是南京城还是北京城,城墙早拆没了,城市结构乃至楼宇结构大同小异。偶尔出现一两个不同的,或者是大裤衩,或者是密集恐惧症效果的瓷房子,爆发出来的不是个性,而是膈应。

我们没法说中国的千城一面,也是被美帝粉饰后全球化所毒害。中国的千城一面,在这全球化浪潮之前就有了,从秦始皇那时候就开始了。车同轨书同文,是民族统一的文化行动,不过从统治者角度,则是消除地方差异、更便于中央大一统的手段。一个民族最终形成,付出的代价则是许多小民族的消亡,许多文化的消失和灭迹。

秦始皇做的事,此后每一位雄才大略的君主或领袖都在做。修运河,沟通了南北,也强化了两大河流流域的统治,虽然隋炀帝自做自死。后来者各种拆城墙,文化本质上,不也是为了混同一体,磨灭掉个性和差异,以便于统治?

现在的孩子说方言的能力越来越差,像北京孩子四九城口音越来越淡,这是大一统的功效,也是文化流失乃至部分消亡的迹象。这样的潮流,裹挟着体育和足球,将差异和个性一点一点抹掉,更加有秩序,体系更井然,当然也会更没有个性。小时候看球,国家队里谁是南派谁来自东北,一目了然,古广明吴群立彭伟国的灵秀锐利,贾秀全高升马林们的硬桥硬马,以及上海北京这种大城市,能培育出南北兼具的球员。20年过去,当足球经历了伪职业化起步、上千足校风潮,到假赌黑横行,足校和青训体系崩溃,如今再来看看我们的国脚,还有什么特色?

西班牙德国乃至巴西,特色也在下降,主要体现在前锋人才匮乏——能传善射的中场层出不穷,但最后那位一锤定音的前锋,最发达的欧洲找不着,几乎全集中在阿根廷和乌拉圭这两个南美最南国家。为什么前锋难觅?因为街头足球消失了,自由自在、自生自灭的环境不存在了,大家都越来越规范,越来越多想要通过系统、科学、循序渐进的方式来"培养人才"。越来越全球化。

可天才从来都不是这种科班培养出来的,否则乔布斯盖茨为何辍学。天才需要放养,天才需要放大其个性。天才有时候会咬人,因为天才不可能循规蹈矩。

中国没有天才,因为中国没有天才诞生的土壤。鲁迅先生90年前就说过这话,如今听着仍然新鲜。

难怪加里亚诺会闷死。

兄弟之根

走出监狱的第一天,拉吉普·扎卡就要面对一个巨大的选择:他是走向公交车站,还是走向路边的电话亭。

他已经被监禁三年,每个号房关押着五名犯人,每天只有 10 分钟的放风时间。在科索沃战争爆发之前,拉吉普·扎卡,作为一个科索沃地区的阿尔巴尼亚族成员,参与了对前南斯拉夫政权的抗议行为。然后锒铛入狱。

每两周他才能短暂地见到未婚妻艾丽一次。1987 年入狱,1990 年,在国际特赦组织(Amnesty International)的不懈努力下,他终于获得了自由。而当时的科索沃地区,已经深陷纷乱,屠杀和灭族的威胁,扑面而来。

面对选择,拉吉普有些犹豫。他可以上大巴,回到家乡普里什蒂纳,回到熟悉的生活中,他也可以打一个国际长途,道别过去的一切,走向完全未知的未来。

他选择了后者,以政治避难者身份进入瑞士。现在看来,这当然是明智的决定,只是当时,拉吉普放弃了在普里什蒂纳的家人亲朋,相对熟悉的生活环境,"我母亲的心都碎了。"

这个儿子离开了故国家乡。故国家乡随即在惨无人道的种族灭绝屠杀中崩塌。在瑞士,拉吉普找到了一份园丁工作,平宁安静,但是对故国的牵挂、对母亲的眷恋,每分每秒都萦绕在他脑海中。

艾丽终于辗转来到瑞士,和未婚夫团聚。他们终于成婚,在巴塞尔定居,生养两个儿子。拉吉普对让他重生的瑞士充满感激,但他和儿子们身体里流淌的,仍然是科索沃—阿尔巴尼亚人的血液。

26年后,在法国的朗斯,拉吉普的两个儿子,在欧洲杯同时登场。只是这一对年龄只相差一岁半的兄弟,却会是球场上的对手:哥哥陶兰特·扎卡代表阿尔巴尼亚,弟弟格拉尼特·扎卡代表瑞士。

对拉吉普而言,这会是无比纠结的一场比赛:大儿子承载着家族血裔,小儿子代表着战乱离散后的新生。

小扎卡在欧洲杯之前,已经从德甲门兴格拉德巴赫转会阿森纳,早就是被广为看好的中场人才。老大足球生涯起步得要晚一些,也入选过瑞士国青队,后来阿尔巴尼亚为了提高国家队战力,四处寻找流散的阿尔巴尼亚人,于是陶兰特成为了阿尔巴尼亚国脚。

这是欧洲杯历史上,第一对兄弟各自代表不同国家队的场景。

格拉尼特说,和哥哥在欧洲杯上交锋,可能是让全家莫衷一是的命运尴尬安排。反倒是老爹会出来开导两兄弟:"如果他俩各自的球队没能在预选赛出线,那我们会更失望。现在一个代表阿尔巴尼亚、一个代表瑞士,也是我们家庭背景的真实呈现。"

瑞士队中,有五人能代表阿尔巴尼亚上场;阿尔巴尼亚队中,有八人可以入选瑞士队。欧洲杯历史上,还没有比这样一对对决,在国籍族裔上更加交错复杂的。瑞士是一个非移民国家,但是当科索沃深陷种族屠杀血泊,瑞士打开了大门,接受了一些为生命而挣扎的难民。

二十多年过去,科索沃还在为独立的政治地位而努力。欧足联承认了科索沃,但国际足联仍未接受,因为塞尔维亚和西班牙不接受科索沃。所以许多科索沃球员,或者科索沃后裔球员,会选择阿尔巴尼亚,一个在文化、种族和宗教上有认同感的国家,作为自己国际竞赛的队伍。

而选择了瑞士的球员,像小扎卡,更像沙奇里,从没忘记自己的科索沃后裔身份。沙奇里的球鞋,经常是科索沃旗帜的蓝黄色,

2013年随拜仁登顶欧冠,沙奇里秀出的是科索沃旗帜。瑞士国脚贝赫拉米、莫赫梅迪和泽马伊利,都用刺青、服饰等方式,表白着自己的科索沃—阿尔巴尼亚传承。

在球场上,他们为代表瑞士而骄傲,球场外,他们从未忘却自己的族裔之根。

忠诚还是传承,矛盾而统一,对立又和谐。在国与族的血色纷争中,在黑暗和野蛮的屠杀阴影里,足球带给了这个世界难得的一抹亮色。

冰岛足球启示录

一届国外举行的杯赛,本国球队首秀登场时,10%的国民人口都将去到现场观战,那会是怎样的场景?

想象一下,9月1日,世界杯亚洲区十二强赛,中国客战韩国,然后10%的中国人口去韩国观战……

这种事中国人干不出来,别说10%,0.1%的中国人去韩国看这场球……不拿国民人口说事儿,都不用"朝阳区群众"出马,北京天通苑或者回龙观地区,派个10%的人口去观战,场景会怎样都难以想象。

然而当冰岛打进欧洲杯决赛圈,首战将是对阵C罗领衔的葡萄牙,会有超过3万冰岛球迷去到法国圣埃蒂安,见证国家历史上浓墨重彩的一刻——这是一个国民人口只有32.5万人的国家,这是欧洲杯历史上人口最少的一个参赛国。2000年时,冰岛全国还只有两片正规的室外足球场。

接近北极圈的冰岛,一个神奇的岛国。近年旅游业进步,我有朋友去冰岛探访过,发来的图片,展现出来是世外仙境:冰原、火山、温泉、极光,奇诡美妙的海岸线,安逸平宁的街景。

在欧洲人眼中,提起冰岛他们往往也都会停顿一下,随即感叹一句"神奇"。维京人后裔,也有过神怪传说里,讲述冰岛人有高智商的传承。一切都是那样的洁净、环保,最高的幸福指数和生活水平,性别平等,社会公平,可持续的能源使用。

这真是个弹丸岛国,10.3万平方米的领土面积,但只要按照"人均"去算,冰岛总能在各种领域内领先世界。

法国的经济学大师让·梯若尔概括冰岛,用过这样的描述:"在冰岛没有浪费,只有再生。"

很长时间,足球的国际竞技和这个国家无缘。1944年共和国独立之后,半个多世纪,冰岛只是欧洲足球鱼腩。直到2012年,冰岛的国际足联排名也只是133位。4年时间,他们跃进了100位。

冰岛人热爱足球,但地理和气候环境,制约着足球在冰岛的普及。每年只有不到5个月时间,冰岛人能在室外踢球,像西古德松这一代球星,从小就看着电视支持巴西或曼联,真正去体验踢球,则有天然难度。

效力于英超斯旺西的西古德松,已经是欧洲知名的重炮手,如果没有2000年前后冰岛足协的改革,他未必能达到今天的高度,尤其帮助冰岛打进世界大赛决赛圈。

当时的改革分成两个部分:一是在全国兴建大量的室内足球场,从五人制七人制到十一人制;其次是教练培训体系更新。能促成这次改革,和欧足联收入分配相关——欧足联越来越有钱,分配给各成员国足协的资金也越多。冰岛有着全欧洲羡慕的公开透明政治体制,资金到位,改革高速推行。

冰岛足协结合校园启动青训项目,他们在各种校区附近,投资各种室内足球场:暖气到位、人造草皮。这些社区性的球场,朴素简单,却十分实用。让孩子踢上球,本不需要太奢华复杂的建筑。能来踢球的孩子,不分男女,一视同仁,让大家享受到足球和运动的快乐,是第一位的。

10年之后,冰岛已经有了600名持牌教练,其中400人拿到欧足联B级教练证书,这意味着每800个冰岛人当中,就有一位欧足联B级教练。同样的"人均指数"换到英国,是11000人里,一位欧足联B级教练;意大利的比例是8300人;德国9700人……足球领域内,冰岛也能拿到"人均第一"。

在冰岛执教一支 U10 的少年球队，你得是欧足联 B 级证书教练。在英格兰有这样一级证书，理论上你可以成为职业俱乐部助理教练。

一个各种社会资源十分集中的小国，改革绩效的高速呈现，当然要比中国足球改革难度低。但国家队球员的成才，冰岛在所谓"欧盟足球"经济圈，获益良多。这个国家历史上最大牌的球星，古德约翰逊，少年时代体现出足球能力后，在比利时进入青训体系。西古德松，15 岁去到雷丁受训。其他国脚，大多走上了这样借鸡生蛋的道路。

但是在青训上，冰岛孩子接触足球培训的年龄，最低能到 3 岁。

冰岛足球的奇迹故事，可以说很长很长很长很长，在冰岛队本届欧洲杯登场之前，原谅我的简短概述。中国足球很有些"赶英超美"的劲头，这两天夏建统通过了英超和英足总资格审核，据说收购阿斯顿维拉更加靠谱了。如今所有的中国足球投资人，都会说他们在国内或海外足球的投资收购，目的当然是帮助中国足球发展。

中国足球发展，当然要学习西班牙、德国等足球大国，控股国际米兰、阿斯顿维拉，对中国足球长远而言，当然会有帮助。但是同样的投入、同样的管理和推广，弹丸冰岛，会不会给我们一些不一样的启示？

C罗之外,谁还有个性?

C罗没有进球,葡萄牙没能打败冰岛。对方不到30%的控球,最终扳平比分,终场哨响,举队狂庆。

整个冰岛33万国民,对首度参加世界大赛,首战还能进一球,得一分,举国狂庆。C罗很不爽。

比赛结束后第一时间,他接受采访时,认为冰岛"器局狭隘"。他说冰岛人仿佛夺冠一样的高兴,"他们什么都没干,只知道防守反击。"

这样的话语,加上C罗不爽到都不愿意和对方握手,媒体自然会放大。他犯了一系列错误:没有风度,不尊重对手,不了解冰岛足球的上升奇迹,自己发挥并不出色……

C罗表达的观点,我也难以认同,我们都知道要在世界大赛上"进一球、得一分"有多么难。但欧洲杯上,终于有人敢说人话,敢说出自己真实想法。

如果没有C罗的直率,没有贝尔在英格兰威尔士战前肆无忌惮地宣扬威尔士团结和强大和对英格兰的蔑视,欧洲杯小组赛首轮打完,我们只能对着场均1.83粒进球打哈欠。

现在还不是说这届欧洲杯多么无趣的时候,因为强队往往会是慢热的,首战往往会是谨慎的,适应大赛的氛围和节奏,哪怕是经年强队,同样需要时间和各种试探。

只是欧洲杯首轮,新意和意外缺乏,功利与算计过盛,开放性场面罕见,大家都还在约定俗成的秩序中慵懒向前。这本是90后占据舞台中心,开始呼风唤雨的时刻,但从竞技表现上,我们看到的还是80后的帕耶特、伊涅斯塔、贝尔、佩莱、莫德里奇们的表演。赛场之外，值得记住的有什么？C罗的抱怨，贝尔的挑衅？还有呢？

个性不见了，但愿这只是首轮特殊环境约束下，形成的一种集体无意识。欧洲杯要想更精彩，需要不同层面的爆发。

战术创新，已经很难在欧洲主流足球环境实现，因为豪门和巨星的利益结合，导致战术创新成本太高。2004年欧洲杯之前，4231就是欧洲足球主体阵型，十多年来，4231和433，是所有球队的选择。孔蒂从尤文图斯到意大利国家队，坚持使用三中卫，让意大利首战比利时，得出良好结果，这恐怕是首轮12场比赛里仅有的战术差异性体现。

孔蒂很幸运，在尤文图斯就拥有了基耶利尼、博努奇和巴尔扎利三个顶级中卫的超强配置，他们身后站立的，还是经历无数风雨不倒的布冯。由俱乐部照搬到国家队，并不算多大的创新。欧洲杯24强，只有意大利敢用三中卫体系。四后卫成为绝对主流，因为俱乐部全都这么踢，因为四后卫体系，比较而言，防守更均衡，三中卫则要求两个边翼卫（wingback）进能成边锋，退能成边后卫，综合能力要求很高。

欧洲俱乐部极少愿意这样冒险，联赛成绩一旦出现起伏，牵涉到的利益太大，就像英冠本赛季升级附加赛，最终赫尔城和谢周三的争夺，被视为"价值1.5亿英镑的较量"。巨大的利益约束，让战术创新变得很难。

球员个性的展现，也变得更少。因为他们从青少年梯队开始，就会接受各种媒体和公关关系培训，多少知道如何应对媒体，至少不得罪媒体。安全的做法，就是一切政治正确，不说出格的话，不做出格的事。越来越多球员的职业合同里，都会规定清楚，不得引发多少负面或对俱乐部形象不利的新闻。英国狗仔抓拍到鲁尼在训练场附近小便的画面以及米尔纳如勒夫的掏档动作，倘若发生在俱乐部,只怕早就有危机公关的处理手段了。

于是球员更乖,或者更乖巧。直抒胸臆的越来越少,千人一面越来越多。利益如此之大,何必去犯禁冒险?整个足球环境,因为发达而停滞,听上去是悖论却是真实的存在。

老球迷总会感慨当年崇拜的马拉多纳、坎通纳、巴乔、卡恩、齐达内、小罗……这或许是怀旧,或许是在寻找自己所喜好球星偶像时,进行的性格归类。如今的欧洲杯,我们说的是颜值……

C罗吐槽冰岛,有点气急败坏,可气急败坏是会得罪人的,是会让你商业价值下降的。算经济账,气急败坏,意味着利益受损,但这是真性情的体现。抛开观点对错,说几句真性情的话,显露点难得的个性,欧洲杯会不会更有趣?

贝尔现在就像个不断打气的轮胎,霍奇森们当然想把这轮胎扎破,这样的故事伏笔,会不会让足球更有趣?

那条叫抑郁的黑狗

万千人群中,苍老的他,无比孤独。

威尔士球迷在跳跃,在欢唱,在享受着 58 年来最盛大的节日。罗杰·斯皮德在看台上沉静默然。他能感受到这欢乐脉搏的跃动。

他也比以前任何时候,都更加怀念自己的儿子。

欧洲杯和斯洛伐克的揭幕战,罗杰·斯皮德和一位朋友来到了现场,妻子卡罗尔留在家中,她承担不了这样现场看球的压力。

罗杰的儿子加里是英超著名的常青树,代表威尔士出战 85 次。在 2010 年上任,在他的带领下,威尔士以贝尔、拉姆塞、乔·阿伦、阿什利·威廉姆斯,构建起了一个稳定的班底,成绩逐渐提升。

2011 年 11 月,威尔士在热身赛中 4 比 1 大胜挪威,斯皮德的青年军三连胜。谁都没想到,那是斯皮德执教"红龙"的最后一战。11 月 27 日凌晨六点多,其子路易斯发现 42 岁的加里·斯皮德,在自家车库悬梁自尽。

直到今天,我都觉得这是难以置信的消息。他最亲密的搭档和队友,完全不敢相信加里会突然自尽。

加里并没有留下任何遗言,就在他去世前一天,他还出现在 BBC 一套 Football Focus 节目,并且和老队友阿兰·希勒一道去老特拉福德,观看了曼联和纽卡斯尔联队的比赛。

数年过去,加里·斯皮德的自尽,仍然是英国足球巨大的伤痛。英国警方断定这是自杀,在所有人眼中,这位职业生涯长达 22 个赛季,创造过英超上场纪录、英超连续赛季进球纪录的中场铁汉,阳光积极,待人和善。"如果要找出球队里谁想终结自己的生命,加里会是我最后选择的答案。"希勒说。

我曾经在纽卡斯尔和谢菲尔德,两次采访过加里·斯皮德,这是一位球员当中罕见的翩翩君子,英俊热情,言辞得体。

斯皮德自杀前四天和妻子有过争执,甚至在短信里涉及到自尽字眼,不过很快被他自己解释为"焦虑所致"。一年多之后,在姐姐莱斯利的讲述中,才发现加里一直有抑郁症。这种掩藏很深的心理抑郁,对加里这样的职业球星,是不能对外透露的心理疾患。他始终用坚毅自信的形象面对外界,他的职业生涯成就,各种纪录的达成,在不断强化着他不能让抑郁外露的心理。

抑郁是一条黑狗,旁人难以理解抑郁症患者的失落和孤寂。这种发自内心的凄惶和无助,是巨大的人生悲剧。2008年欧洲杯的德国二号门将罗伯特·恩克,2009年11月10日卧轨自身亡。他的遗书后来被公布,震惊了世界。

斯皮德从未对外界,甚至对家人透露过自己内心的抑郁,虽然妻子、父母和姐姐,多少有些感知,但由于缺乏对抑郁症的了解,又因为加里所处的高压高竞争职业环境,很容易将这些情绪波动,理解为环境所致。

加里用他的全部心力,构建这支充满希望的威尔士队,但他自己的内心深处,那条叫抑郁的黑狗,在不断吞噬他对生活的希望。

"我知道他一直会在天上、在月球上,观看这支球队的所有比赛,"父亲罗杰说道,"这是他最爱的事情。他和球员们情同兄弟。我时不时会来看看球队训练,我能感觉到,加里和我站在一起。"

职业足球是一项十分残酷也十分功利的运动。职业球星,生活的空间,远比人们想象的要狭窄,承受的压力,远比人们想象的要巨大。抑郁是如何形成的,现代医学和心理学,很难给出全面解释,不过全球范围内,50岁以下的成年男性,自杀身亡者,抑郁症是最大的杀手。

威尔士队就是一支兄弟连,斯皮德的青年队队友、他的好朋友克里斯·科曼,接过了斯皮德留下的教鞭,带领威尔士实现了58年来最伟大的突破。科曼每周都会和罗杰以及卡罗尔通电话,他说他每场比赛站在场边指挥时,都会觉得"加里也站在我身边"。

加里的遗孀路易斯,前年卖掉了故居大宅,希望能重新开始生活。然而被抑郁症波及的家人,同样很难走出痛苦的阴影。

加里的两个儿子,都在接受着足球训练,大儿子埃德前两年已经入选威尔士青年队。有医学报道显示,足球和团队运动,能帮助抑郁症患者减轻病情,可从事足球或其他运动的职业球员,如果身患抑郁症,如何能降低抑郁的深度打击,这还是个未知疑问。

威尔士队内部,在欧洲杯期间,很少有人提起加里·斯皮德,然而每个人心中,每天,都会呼唤着这个名字。

伤病大数据

现在的职业球员,比赛强度、运动损伤的几率,较过往增加了多少,是许多运动医疗专家在研究的内容。

国际足联的技术资料里,可以找到一些上世纪 70 年代和 80 年代的国际比赛、职业比赛数据,虽然相对简单,但平均测算下来,那个年代一场顶级比赛,球员平均跑动距离,也就在六千米左右。到了 90 年代,欧洲职业足球在媒体变革推动下,水平不断提高,比赛激烈程度和竞技水平,直线上升,球员跑动距离在 90 年代中后期,顶级比赛单场万米已经屡见不鲜,而带来的一个直接后果,就是运动受伤,尤其各种肌肉和软组织伤病,出现的频率大大增加。

运动员的身体素质、职业俱乐部的医疗恢复条件,随着健康环境、生物化学等进步,都在上升,但上升的速度,是否能适应要求越来越高的各种体能要求,是一个巨大疑问。重要比赛里,重要球员因为各种伤病缺席的现象,变得越来越普遍。从职业足球经营的角度看,这样的伤病缺席,就是直接的经济损失。

根据一些运动健康机构调研,针对英超联赛,伤病导致球员缺席联赛的现象日渐普遍。根据英超联赛提供的 10 年来相关数据,从 2004—2005 赛季开始,因伤缺席的英超俱乐部主力球员,累积总场次,从不到 1000 场,在 2011—2012 赛季超过千场,而从 2012—2013 赛季开始,连续 3 个赛季,这一数据都在 1200 场以上。根据本赛季的状况,进入圣诞新年魔鬼赛程前,阿森纳、曼城、曼联、利物浦、西汉姆联等俱乐部,都出现了大面积的伤病,最终本赛季数据很可能比过往更严重。

用运动医疗专家理查德·黑斯的分析来说，那就是"体能准备和恢复的标准，发生了巨大变化，而且还在不断进步之中，但比赛的强度提高得更快，人体的强壮程度，提升速度则相对缓慢。比赛越来越快，深度的疲劳，会导致更多伤病发生"。仅仅从耐力角度看，对球员的要求，万米几乎是一场联赛的起点。

一位专门从事运动受伤数据分析的专家，对本赛季英超的伤病调查得出部分结论包括："两种类型的受伤最多，一种就是软组织的伤病，各种拉伤，按照埃弗顿主教练马丁内斯的说法，这些伤病通常可以避免；另一类则是各种冲撞、身体对抗带来的伤病，这就是足球运动的组成部分，因为足球本就是对抗性运动。两种伤病彼此影响、纠缠在一起，很难分辨清楚球员伤病到底属于哪一种，以及两种伤病哪一种增加更多。"

这半个赛季英超伤病中，最司空见惯的就是腿筋的拉伤，hamstring。这种拉伤，占据了各种软组织受伤的40%以上。球员不仅需要消耗耐力的长距离奔跑，更是在各种冲刺、急停急转中做动作，带给各种关节、软组织的拉抻、压迫非常大。爆发力使用过频，当然对身体会形成伤害。

从受伤时间看，有两段高密度受伤期，一段便是在赛季初，8月到9月，因为刚进入新赛季的球员们，很多都还没有在肌体准备上做好高强度对抗的应对。尤其夏季有国家队比赛任务的球员，类似阿森纳的桑切斯，身体状况再好，也经受不了每周两场的高强度对抗。另一个高峰期，则是圣诞新年魔鬼赛程期间，因为比赛来得太多太密，几乎没有休息恢复时间，更谈不上通过训练调整状态。

不同俱乐部应对伤病的能力大有差别，上赛季阿森纳、曼联和纽卡斯尔联队，是伤病最为严重的。比较而言，切尔西球员因伤缺阵的场次，在英超排列倒数第三，这肯定是他们联赛夺冠的一个重要因素。

欧洲的运动医疗科学，是否已经无法应对高强度的职业足球竞技？英超已经有俱乐部开始和美国职业橄榄球 NFL 合作，希望借鉴美国体育的运动医疗知识，特别是专业分工清晰的围绕球员不同身体部位进行专门性训练恢复的新方式。这样的新分析研究和恢复手段，带有强烈的移动互联网特色，充分使用摄像头、移动客户端和计算机综合分级体系，采集大量数据来提供解决方案。

一个叫 Kitman Labs 的专业机构就在做类似的工作。这种大数据应对伤病的模式，是仔细研究球员的运动、睡眠休息和日常移动的各种形体姿态和体能消耗，搜集球员全面的生物化学数据，尤其着重研究球员们在各种肌体压力下的生理反应。这些数据采集和分析，都是在实时状态下进行，从而相应调整球员们的训练和休息方式。

整个系统由"采集""运动员"和"分析中心"三个部分组成。"采集"是通过一系列 3D 摄像头来捕捉球员形体动作；"运动员"则是球员手机上的一个移动端应用，由球员实时提供语音回复，讲述自己的身体感觉和精力状况；"分析中心"，则会对各种数据进行汇总，包括球员比赛、休息各种时段的心跳、血压等等数据，然后再进行大数据分析。

这种典型的大数据移动互联网解决方案，能否缓解球员伤病压力，目前还看不到答案。有一个重要的干扰性因素，是球员主观意愿以及教练的经验判断。很多球员，愿意带伤上阵，像桑切斯这样的搏命悍将，温格就说，桑切斯所有时候，都说自己"状态良好，一定能比赛"，甚至"休息会让他受伤……"直到最近和诺维奇的比赛，腿筋严重拉伤，他才不得不下场。

主教练在用人时，也常常会更依赖自己的经验判断。很多球员在数据上，已经显示处于"受伤红色预警期"，但现在的欧洲足球，仍然是经验主义压倒科学主义的风格，更何况足球作为一项雄性十足的运动,带伤作战,也被认为就是这项运动必不能少的风骨。

不过在伤势恢复再度上阵,大数据分析就极其重要。像曼城队长孔帕尼,肌肉拉伤休战6周,节礼日替补上场没踢几分钟,马上又受伤离场,这种打击对球队干扰极大。理查德·黑斯的分析就是:"孔帕尼属于习惯性肌肉拉伤球员,和斯图里奇类似,他过去5年所有的受伤数据,反复分析后,肯定能避免重复受伤的解决方案。科学在有些时候,会比经验更值得依赖。"

最后一课？

德国和法国，终有一战，儒弗上校在一百多年前就预计到了。他预计到了普鲁士的强大，预计到战争是解决民族矛盾的手段之一。他只是在中风之后，没有预计到，亲人传递来柏林之围的消息，其实是巴黎之围。

德法交锋，民族关系上，并没有那么多血泪交织的故事，但是透过文学作品，传递出来的民族对立关系，影响着我们对德法关系的认识。都德的两篇小说，说的还是普法关系，不过从战败的法国一方讲述，包含着强烈的法国文化气息，让我们的同情心极大偏向于法国。

至少在我的少年时代，这两篇精致的短篇小说，充满着民族主义情结，又有着欧·亨利式的结尾，不由得会联想到，哪怕不是战场，德法交手，恐怕也应该是悲壮激昂，史诗般壮丽的。

这场欧洲杯半决赛，将在马赛进行。你自然又会联想到《马赛曲》。法国文化的传播，满是民族主义、英雄主义的跃动。哪怕这只是一场足球比赛。

这也只是一场足球比赛，可是不附加家国情仇的额外内容，竞技对抗的氛围，是否会淡漠许多。足球是和平时代的战争，足球又是民族对立的文明展示。

据说在凯撒征战欧洲的时代，就有将日耳曼人和高卢人区分的手段，这两种组群，古罗马帝国都认为是不应该混同一体的。此后千余年的欧洲战争和统合，这两大组群长期在对立两方。文化上法国更值得骄傲，因为民族国家成型更早更稳定，十八十九世纪的欧洲上流社会,法语是第一语言。

而在普鲁士崛起,并且最终让德意志民族国家成型的过程中,军事化的社会塑造过程,体育扮演了十分积极的角色。俾斯麦就曾大力推广青少年体育,团体操这种带有军事化色彩的运动形式,就有着俾斯麦的影子。

德国在欧洲争霸中,后来者,图谋居上,军体是一种复合手段。法国自拿破仑后,虽然军事孱弱,但文化领先,总有不可动摇的民族主义自豪感。《最后一课》里,借韩麦尔先生之口,说出法语是世界上最美的语言——最明白,最精确的语言,不就是这种文化独立自豪的体现吗。

体育可以成为军国统合的社会武器,体育却也更是一种文化。德法在世界大赛中遭逢,有过两年前巴西世界杯的半决赛,当时法国足球才刚刚从南非世界杯的内乱最低谷攀爬而出,对抗竞争氛围难称浓烈。

两年之后,作为欧洲杯东道主,又在半决赛交手,德尚们的口吻,已经是"决心打败对手"了。德法在欧洲统合半世纪过程中,政治民族纷争淡化,体育竞技对抗,却仍然会充满玄机。

这样的比赛,你不得不期待。

德国的前队长巴拉克,在媒体表白时,依然强调德国队的"意志力"。这应该是德国队最为傲然自信的部分。中轴线上戈麦斯、赫迪拉和胡梅尔斯的缺席,让德国阵容实力严重受损,不过面对法国,他们仍然有着心理上的强大优势:法国上一次在世界大赛中对德国进球,还是对前西德于1982年世界杯半决赛的进球,那场比赛法国仍然被淘汰。

不过这一支法国队,阵容接近完美,博格巴、格里兹曼们已经成熟,帕耶、坎特更是新鲜发现。半决赛前,法国队没有德国队那样的伤病和禁赛困扰,晋级之路的难度,至少在四分之一决赛上,要比苦战意人利 120 分钟的德国远为轻松。天时地利人和,法国占尽。

而德国从来都是"东道主杀手"——自从 1966 年世界杯决赛输给东道主英格兰之后,9 次世界杯或欧洲杯遭遇东道主,德国全胜,其中更有 6 次是在半决赛淘汰东道主:1972 年对比利时、1976 年对南斯拉夫、1982 年对西班牙、1986 年对墨西哥、1992 年对瑞典、1996 年对英格兰、2002 年对韩国、2008 年对奥地利和 2014 年对巴西。

这样的数据和履历,不得不让人对德国足球生敬生畏。巴拉克仍然强调说,德国未必有世界上技艺最精巧的球员,但有着最坚强的团队。勒夫承认法国实力在意大利之上:"意大利的团队整体性,还有一些机械化战术布置的痕迹,而法国更加灵动、更具创造力。"只是在任何一种半决赛面对德国,哪怕是阵容残缺不齐的德国,半个多世纪强韧悍勇的团队战斗力,转化而成的是一座难以克服的高山。

所以法国媒体又会延用都德小说的概念,分析这会不是德尚版法国队的"最后一课"。欧洲杯之后,埃弗拉和萨尼亚的垂老防线,需要更新,德尚一直在不断尝试、不断改变阵容打法,以求激发出法国队潜在的实力,本届欧洲杯中还在 433 和 4231 阵型中转换。所有的这些努力和尝试,目的都是通过德国这样的终极考验。从法国足球重新崛起的角度看,这是德尚的"最后一课"。

法国人多创意善创造,天马行空;德国人重秩序贵执行,严谨冷静。民族纷争的矛盾敌对,已经被时光冲淡许多,然而在各自国歌高唱、国旗高扬的时候,球场上将绽放出怎样的民族性,是一个多么值得大家赏析的话题。

七月围城,这最后一课,道来的究竟是巴黎之围,抑或柏林之围?

转会伪高潮

没有联赛的夏天，转会的各种新闻流言猜测和 YY，变得无比的热闹。足球在这样的一个空窗期，变成了一种线上运动。社交媒体和移动互联网的传播，让传统媒体时代大多为版面边角余料的转会传闻，成为了堂而皇之的头条新闻。

哪怕最近日复一日的头条，都是不知道拉伊奥拉要多少佣金、博格巴到底去哪儿的重复堆砌。

20 年前的夏天，足球世界转会费短时间内两破世界纪录：19 岁的罗纳尔多由埃因霍温加盟巴萨，25 岁的希勒随即由布莱克本加盟纽卡斯尔联队，后者刷新了前者刚创下的纪录。

罗纳尔多，当时这个名字还属于巴西人，和希勒，在那一年的金球奖评选中，分列二三位，金球奖得主是德国清道夫萨默尔，德国队夺取 1996 欧洲杯，是萨默尔登顶的重要原因。从个人能力、影响力级别论，罗纳尔多和希勒刷新转会纪录，合乎情理。

而伊瓜因最近创造的世界第三身价，9000 万欧元从那不勒斯加盟尤文。他的转会身价，较 20 年前两大转会，上涨了 6 倍，这倒并不奇怪。但让人意外的是，各种社交媒体上的反应，都相当平淡。"顺理成章"或"尤文图斯就是这样"的类似评论，从 twitter、facebook 到中文社交媒体，都是如此。

似乎大家都在等待博格巴大新闻的官宣，这 9000 万欧元的转会费，只是开胃菜。伊瓜因转会的探讨中，更容易发现的话题，是："博格巴值不值那么高价？"

伊瓜因值不值这个价？类似提问好像都不应该。伊瓜因是一流射手，上季 36 个联赛进球追平意甲单个赛季进球纪录。但很少人认同他是世界顶级球员，能力地位和影响力，肯定进不了世界前十。阿根廷国家队也并非绝对主力，上赛季金球奖候选人里也没有他。

因为有需求，因为有足够的支付能力，所以这样的转会发生了，像温格这样的传统经济学信奉者，完全不能接受伊瓜因的转会价格。如果再将中超收购胡尔克、佩莱的价格，以及这些外援，包括此前特谢拉、拉米雷斯等，将他们的薪资也合计起来，我估计温格们都得发疯。

因为他们看到的是一个完全疯狂的转会市场。由此阿森纳在转会市场难有动作，就不难理解了。

而这个夏天的头条新闻仍然没有诞生，所有人都在等待博格巴的新闻。只能说"等待"，而非"期待"，博格巴身价肯定破亿欧元，但交割无法完成的原因之一，是经纪人拉伊奥拉的要价——有说法显示，得不到 2000 万英镑佣金，他不会促成这转会的发生。经纪人变得如此强大，胃口也如此之大。

这转会世界更疯狂了。

从 2015 年 10 月到 2016 年 2 月，根据曼联财报显示，他们已经为经纪人支付了 1000 万英镑佣金，这些佣金还和转会业务无关，经纪人的收费，只是因为各种球员续约……

所以有人说足球已经形成了独特的微小市场经济模式，体量不大，但通胀率极高，烧钱是常态，像温格和阿森纳那样谨慎经营的，反倒成了被讥嘲的对象——更换任何一种社会领域，他本该被尊为最优秀的职业经理人。

而在社交媒体上，竞价激发的兴奋和伪高潮，让转会的娱乐价值越来越高，转会标的球员的能力既重要、又不如以往那么重要。经纪人本来绝对是幕后隐形的人物，如今的门德斯和拉伊奥拉成为了偶像般"超级经纪人",门德斯的公司,还能得到中国巨鳄投资集团的投资。

这一切,都因为足球的深入人心,足球得到的全球化欢迎,以及过去 20 年,足球在现代传媒推动下的高度商业化。20 年前曼联作为全球最大俱乐部,单一财年收入 8800 万英镑,如今的皇马,在 2014—2015 赛季,收入超过了 4.4 亿英镑。顶级俱乐部收入 20 年间翻了 5 倍,顶级球员转会身价翻 5 倍 6 倍,其实并不是那么离谱。

但是社交媒体上疯狂刷转会、等官宣的流行,有些让人迷惑。仿佛签下一位球星,就是一场胜利,就值得追随,就是你足球段位或俱乐部忠诚度的体现。

这样的热闹未必完全无理性,只是这更像是娱乐新闻的传播,无中生有造故事。

中国资本,"中土"会战

英格兰中部的地区,一直被称之为 Midland,"中土"。看看地图,伯明翰、德比郡、考文垂这些地区,在伦敦往北、曼彻斯特以南,几乎都可以概括在内。

伯明翰应该是 Midland 的中心城市之一,不过"中土"既缺乏伦敦的繁华和国际化,也不比曼彻斯特+利物浦这些西北地区(Northwest)的鲜明地域特色,有些中而庸。

这里也曾经是足球热土,但就伯明翰及其周边,阿斯顿维拉、伯明翰、西布朗维奇、沃尔夫汉普顿都是知名俱乐部,维拉还是曾经的欧冠得主。整个 Midland 地区,诺丁汉森林更曾经蝉联欧冠,德比郡、考文垂、赫尔城等同属知名俱乐部。

只是在英超兴起后,"中土"渐渐衰落,大部分球队折堕于二三级联赛,英超形成了以伦敦和西北为中心的两核地区,"中土"与纽卡斯尔、桑德兰及米德尔斯堡等北部地区一样,有些积弱不振。

因此中资蜂拥而至,这一个夏天在"中土"收购三个俱乐部,加上早几年香港"飞发仔"杨嘉诚收购过伯明翰,夏建统、复星集团郭广昌和赖国传,成为了"中土"争雄的几位中国投资人代表。

英超联赛首轮,北京人和俱乐部的戴氏姐弟,出现在赫尔城贵宾包厢,这个英超俱乐部也可能被中国资本收购。

赖国传和夏建统履历上有些相似处,都有过园林设计的背景,只不过赖国传后来居上,直接收购的是西布朗这个能在英超保级的俱乐部。夏建统收购的维拉,上赛季在英超敬陪末座。

做园林设计的,自然和房地产相关,当然都会有"生态设计"这样的时兴概念。十年前夏建统的许多传闻说法,就被方舟子打过假,赖国传在房地产领域的基础应该更扎实。复星作为投资界巨鳄,操作一直谨慎低调,布局长远。

他们为什么同一时间都扎堆在英格兰"中土"?

这不完全是巧合,2015年秋天国家主席习近平访英,考察曼城青训基地的大事件,对整个足球及周边环境的影响,"中土"俱乐部投资热,应该是余波涟漪。之前有中资对马竞、曼城的投资,同期或之后,又对两个米兰俱乐部的收购。至于荷兰海牙、法国欧塞尔,规模略小,同样在这波政治影响带动下,中国资本也在"走出去"。

赖国传对西布朗的评价,认为这是一个运营良好、财务状况合适的俱乐部。

一个职业足球俱乐部,在欧美社会中,不仅仅是商业资产,更是能集合大量社会人望、公众影响力以及商业价值的公共事务,收购足球俱乐部,短期经营盈利可能性极低,但升值空间以及对投资者名望推升,作用巨大。

有观察者认为,赖国传对西布朗的青训体系、青训基地很感兴趣,这可能和他的房地产"生态"诉求有关,新的城镇建设里,以足球基地为亮点,会有一定的差异性。

在更广范畴上,"中土"地区的俱乐部,市价相对要更便宜。脱欧之后的英国,和中国的战略关系变得更重要,接受中国资本,对这个重商国家的阻力并不大。

复星收购狼队,更是低价购买,未来通过运营和升值的空间完全具备。

英超英冠新赛季开始后,西布朗两轮3分,排名第九。主教练普利斯在英格兰以带队从未降级闻名,只是他对目前中资战略部署仍无把握。狼队在英冠4轮2胜2平,暂列第三,阿斯顿维拉1胜2平1负,暂列第十二。"中国"(Middle Kingdom)掌控的三个俱乐部,在"中土"之地,会有一番龙争虎斗。

人离政息

　　普拉蒂尼坚持了十年的足球改革,力图在欧洲全范围内帮助足球均衡发展的思维,在新近的欧冠赛制改革中,宣布彻底破产。

　　欧洲足球的主导势力,为鲁梅尼格领衔的 ECA(欧洲俱乐部联盟)控制。富者愈富、贫者益贫的两极分化,短期内难以逆转。

　　欧冠资格赛,曾经榜上有名的豪强,如果不是来自五大联赛,日子一家比一家惨:凯尔特人新帅罗杰斯的任务,无非是进入小组赛;阿贾克斯连续两年倒在资格赛最后一轮的附加赛上;布加勒斯特星队、贝尔格莱德红星和凯尔特人、阿贾克斯一样,都曾经是欧冠得主,如今连小组赛门都摸不着。

　　未必是苏格兰、荷兰、罗马尼亚和塞尔维亚不再出产足球人才,只是在五大联赛的财力不断上升的过程中,这些本土市场规模较小的联赛,根本不可能留住本土人才,国际化人才的竞争就更缺乏购买力。

　　欧冠两年后开始的改革,保证四大联赛西德英意各有 4 支球队直接进入欧冠小组赛,这意味着欧冠小组赛 32 强已经一半座席被四大联赛拿走,理论上,欧足联剩余 51 个成员国家或地区,只能竞争剩下的 16 个席位。而在普拉蒂尼改革后的体系下,排名前三的联赛各有三支球队直接进入小组赛,第四名要打资格赛附加赛,第四的意甲,前两名直接入围,第三名参加资格赛附加赛,第四名像上季的国际米兰,只能参加欧联。

　　由于比利亚雷亚尔和罗马在附加赛被淘汰,所以四大联赛在本季欧冠,只有 13 支球队能参加欧冠正赛小组赛,其他国家和地区,能分配剩余的 19 个名额。

豪门俱乐部们,其实就是那么十来家,强烈要求从欧冠当中,获得更大收入,不论是赞助商市场收入,还是全球媒体版权收入,而确保来自更大媒体市场的俱乐部,能更稳定地出现在欧冠正赛,是满足这些俱乐部要求的直接选择。

就像马尔科蒂所言:让你买票看一场比赛,你是看拜仁 VS 皇马,拜仁 VS 卢多戈雷茨,还是卢多戈雷茨 VS 华沙列加……

当然在奖金分配上,确实出现了一些改革。欧冠总奖金以往 40% 按照媒体市场大小分配,德国和英格兰是最大的两个媒体市场,法国、意大利和西班牙规模也巨大,收入更多。尤文图斯在意甲一枝独秀,和两个米兰、罗马等无法在欧冠走得更远、甚至都进不了欧冠,无法和尤文均分意大利媒体收入相关。如今这个比例调低到 15%,意味着更多奖金按照参赛球队的成绩来分配。

即便是这样的情况,还是欧足联苦苦力争的结果。普拉蒂尼因为和布拉特争斗,竞选国际足联主席的过程中,最后关头被布拉特狠狠地摆了一道,两败俱伤。他还没来得及对欧足联的势力延续进行布局,他当初的助手,欧足联秘书长因凡蒂诺,因普拉蒂尼之祸,反倒得福,以黑马之姿入主国际足联。本来能和国际足联分庭抗礼的欧足联,权力架构坍塌,没有豪强人物顶住压力,ECA 作为当年 G14 或 G18 集团的延续,声量自然更大。

对于中国球迷而言,这些似乎都是不相干的事儿,大部分球迷当然乐意多看到皇马 VS 米兰这样的传统豪门竞赛。然而欧足联作为一个区域性足球管理机构,最重要的使命,是在欧洲范围内推动足球均衡发展。欧冠改革,本末倒置。欧冠越来越会是十来家豪门的游戏。一年前,普拉蒂尼已经在豪门压力下,暂且放弃了足球俱乐部财务公平竞争的政策。

普拉蒂尼下野,看似富甲天下、拢聚了全球大部分足球英豪的欧足联,已经找不出一个人对抗豪门俱乐部联盟、找不到对抗无限蔓延贪欲的力量。

VR重新定义足球

就在这个秋天的一个周日下午，伦敦阴雨连绵，一家专做VR技术的创业公司，在伦敦最繁华的闹市中心、摄政街，配合美国职业橄榄球联盟NFL的伦敦碗赛事，进行线下推广。

推广形式简单直接，就是邀请路人尝试VR头戴设备，在他们排队等待NFL球星签名，或者做一些抛投橄榄球抛投体验动作时，尝试一下VR场景中的美式橄榄球。最开始只有几位路人，接受邀请尝试了一下，随即人越来越多，所有头戴设备都被申请尝试，然后VR体验这边排上了长队，比NFL球星吸引力更大。

体验VR的人群非常多，组成也十分丰富，三四岁的孩子，到耄耋长者。推广者大为吃惊，根本没想到还未完全定性的VR（虚拟现实）技术，能被受众如此踊跃地接受。

在这家名为Laduma的公司线下活动之后一周，PlayStation VR在欧洲和北美市场隆重登场，而像Oculus R、三星的Gear VR以及HTC Vive，已经更早上市。资本市场，对于VR技术和应用的投入，是过去两年投资领域最时新的领域，哪怕像《纽约时报》这样的传统媒体，也会赠送出150万套硬纸壳的VR头戴设备，让读者用户粗浅体验。

一场以VR为主题的革命早已开始，资讯传播将被这样的技术手段重新定义，360度视频传播、如临其境的超真体验，就在眼前。

VR能激起全世界的热情，因为其技术影响力巨大，想象空间更是无穷。特别从体育赛事传播角度看，非现场球迷透过VR设备，能获得前所未有的观赛感受。像Laduma这样的公司，就在和美国职业足球洛杉矶银河,以及温布尔登网球公开赛合作,进行赛事 VR 直播。也许很快,你就能"身临其境"地在自家沙发上,透过 VR 设备,感受最顶级赛事现场氛围,你的感觉,就会像是坐在球场内最好的位置上。

对传播媒介而言,如果充分使用 VR 技术,特别是如何能将现场体验感实时准确传送给受众,会是一个时代挑战。因为需求完全存在。对于影响力和传播面最广的职业足球运动,尽早介入并且使用 VR,可能是稳固足球世界第一运动的关键战役。

英国足球投资 FMMI 的董事丹·弗莱彻的解释是:"大家都能看到 VR 的潜力,但真实体验,是否真能做到如临现场的效果,会是真正打动受众的地方。如果技术能尽快成熟,那么在东南亚和北美的球迷,使用 VR 技术观看一场欧冠联赛,就像坐在伯纳乌或者老特拉福德一样,我相信所有球迷都会愿意支付足够高的成本,来换取这样的观赛体验。"

职业足球的魅力,在于能融入球迷的生活方式中,而去到现场看球的球迷,和职业俱乐部的关联是最为紧密的。这种关联会形成一种情感纽带,用商业眼光去看,只要不对球迷进行过度商业化的掠夺式营销,会是最稳固的商业关系。

像皇马曼联巴萨拜仁,以及利物浦米兰国际阿森纳等等,全球球迷人数百万起,都渴望能得到现场看球、融入现场氛围,从而感受到现场足球文化,但任何一个足球场容量都有限,地缘和文化以及经济的阻隔,让现场观众往往只是一个俱乐部载体的球迷百分之几比例。VR 不可能完全解决在虚拟世界里完全进入现实足球体验境界的挑战,可绝对能极大拉进远程球迷和现场赛事的距离。

目前在足球的 VR 传播上,还是更碎片化的瞬间传播,例如让球迷在头戴设备帮助下,体验训练场感觉,或者赛前进入到更衣室的探访。这些资讯的传播,2D 技术下,能够通过视频、图片和文字传播,偶露峥嵘的 3D 曾经让资本市场略微兴奋,VR 则是完全沉浸式的进入体验。

因此真正的大挑战,是如何在完整的 VR 世界里,直播一场完整的足球比赛。目前的技术支持,已经能让一些比赛关键细节,例如一次威胁区域定位球,VR 能引导观众最近距离接近球体和比赛现场,让你"感觉"到自己那一瞬间就在现场。

然而将一场直播比赛 VR 化,现在的视频直播技术,尤其在社交媒体助推下,线上线下已经十分成熟,特别是透过视频观看赛事直播的球迷,可以呼朋唤友、聚众齐观。这样生气十足的球迷生态,VR 如果在不打破足球观赛的社交感觉前提下,提供给大家新的体验,还有很多工作细节要一点点完成。

VR 技术的开发者,普遍认为,让受众接受 VR 最大的难度,是戴上头戴设备,这样的一个举动,从行为心理学角度看,是打破坚冰的一步。走出这一步,对许多受众来说并不容易,因为一旦进入 VR,似乎就是进入到另一个世界,同样需要尝试者足够的适应时间。

而从不同联赛的管理者角度看,新的技术手段出现,既是机会,又可能是利益关联的挑战。比较而言,NFL 的态度要更开放积极,欧陆的欧冠以及最火爆的英超,反倒谨慎许多。这些顶级职业体育赛事,IP 价值巨大,经营者都是职业经理人,更是在有时限的合同关系下进行工作。VR 技术的应用和普及,哪怕头戴设备价格不断下降、对 VR 内容的需求与日俱增,不同体育 IP 的管理者,还是会从传统利益回报的角度,来衡量自己的业绩。超前一步要迈出去,势必要牺牲一些此刻的利益——传统的电视以及视频媒体版权合同,仍然在给这些体育 IP 带来巨大利益,VR 技术不完全成熟,既得利益者不会全情投入。

不过从运动训练的角度介入,越来越多的职业运动队,例如

NFL球队,已经开始用VR技术帮助自己的球员训练,足球肯定会积极采纳——在虚拟技术帮助下,让运动员360度地感受运动空间,这种体验对实战竞技帮助会非常之大。从受众、到参与者,再到市场营销者和联赛管理者,VR不再是一个潘多拉盒子,更是一个能让你向未来飞跃的月光宝盒。越早迈步者,在这个竞争激烈的世界里,越可能领先一步。

裁判就应该背黑锅……

一个主裁判引发的争议判罚，12小时内，能在社交媒体上激起超过10万条推文，麦克·迪恩，作为英超一位资深裁判，一夜之间暴得大名。

倘若迪恩是一个孤立现象，裁判话题不会如此喧嚣。连中文社交媒体上，都有了所谓"英超四大瞎"的说法，哪怕卡拉滕伯格这样国际知名度极高的当红主裁，也逃不过各种被恶搞的结果。联想到中超、足协杯决赛从裁判安排遴选就产生的种种争议，裁判这个行业，比任何时候都要压力沉重。

To be heard, but not seen. 这样一句描述，是足球传统中对优秀裁判的要求，能被听到，而不会被看到，裁判不应该成为比赛的主宰。然而裁判越来越成为比赛的主宰，原因更在于裁判的误判、争议判罚，对比赛正常走势产生了不应该有的影响。

根据twitter上的统计，从圣诞新年赛程开始，一个月时间，和英超相关的话题流量，有20%和裁判执法相关，这样的讨论热度，着实惊人。

裁判干扰了比赛！类似的争议，在中超更多，而且背后隐藏的各种潜台词似乎也更多。中超不论，在英超和欧洲顶级联赛，裁判可能干扰了部分比赛结果，但裁判成为话题焦点，也有人认为，对足球带来的争议性推动，未必完全是坏事。

很多运动竞技项目，以绝对客观事实为胜负结果，裁判性主观判断争议是不存在的。而像体操跳水等，完全是裁判主观打分的项目，很容易陷入拉帮结派、操控结果的黑幕论，因为裁判是真正决定着胜负结果。

这些项目中,裁判或者不重要,或者绝对重要,各处极端,而足球和篮球的竞技,裁判的作用处在两个极端之中。绝大部分情况下,足球篮球竞技,优者胜出。可裁判仍然可能影响到比赛结果。一次错误判罚,或者一次本应发生却没有发生的吹罚,像曼城斯特林在禁区内被热刺沃克推搡,没有摔倒反倒完成了射门,主裁判并没有对防守方犯规吹罚点球。这样的案例,足够让球迷争论不休。

这样的一次吹罚,或许能毁了你的周末,让你愤恨不已,让你充满着怒火在社交媒体上发泄。冷静下来后,你也许会想,科技介入是必须的,只有将这些错误判罚全都清除掉,这项运动才能真正的公平公正。

可关于体育竞技、关于裁判误判的讨论,理性层面上,我们行走的方向总希望能得到完美结果,感性上,足球篮球,乃至任何运动,最害怕的,其实是这种激情、这种愤怒的缺失。心理学上,愤怒带来的情绪波澜,不仅仅是一种激情宣泄,还会让人觉得很过瘾,让人欲罢不能:

人都需要发怒发泄的情绪通道。

愤怒、指责、争骂,比平静的讲述更能激发起不同受众的反馈,社交媒体的推波助澜,吸引关注的秘密,就在于撩拨人情感上的"扳机"——人的情绪起落,尤其怒意,是最能刺激及时流量的互联网营销手段。所以在互联网传播里,愤怒+争议=大流量,已经成为一种公式。

世界杯上最伟大的进球,是马拉多纳对英格兰的第二球,而世界杯上最具争议的进球之一,是"上帝之手"。世界杯上另一个争议进球,是1966年英格兰对前西德的第三球。穆里尼奥一辈子都忘不了,2005年欧冠半决赛,利物浦在主场淘汰切尔西,路易斯·加西亚那个"幽灵进球"。

这些争议，都在干扰着胜负结果，但除了裁判的判罚，一些场外因素，让球迷不再相信球员的实力和表现是胜负决定性因素，这些争议对运动本身的伤害，没有球迷在怒火中烧时情绪放大时感受那么大。争议在一定程度上，反倒能让运动得到更大范围的传播。

裁判未必完全无辜，但很多针对裁判的指责非难，未必公平。在现实功利环境下，裁判是极其孤独的，他身边的所有人，双方球员、教练、观众和媒体，都很容易将矛盾焦点集中在裁判身上，因为他是最容易背锅的选择。然而对于这项运动而言，作为一种社会公众事务，足球或者篮球，得以传播、受到社会公众重视的程度，决定着其成功。

这似乎是一种悖论，似乎会和我们从来就奉为圭臬的公平竞争不吻合，可是剔除了这些杂质，水至清后，池子里未必还有那么多鱼。

霍华德·韦伯退休的时候，有这样两条标题："裁判霍华德·韦伯退休"、"又讯：韦伯退休，老特拉福德将竖起他的铜像"。

哪个标题能传播得更广？

足球大同,个性消弭

"整个世界足坛,都缺乏好中卫……"张路老师和我说英超时,不止一次如实惋叹。他最早开始说球的时候,能欣赏到身高1.76米巴雷西的防守艺术,如今连曼加拉,身价都得超三千万英镑。

欧洲也缺乏前锋。温格到现在还一只眼盯着本泽马,另一只眼看着伊瓜因,哪怕伊瓜因美洲杯决赛上那一脚点球,依稀有了巴乔在21年前世界杯决赛上的风采——当然,伊瓜因真没有巴乔那种令人相惜的忧郁气质。温格说过,现在80%的好前锋,都来自于南美,"他们具备那种强韧、不死不休的斗志,那种从街头足球环境里磨砺出来的临场创造力,他们敢于尝试新的方式,敢于冒险……"所以从苏亚雷斯到桑切斯,温格总在找那种具备奔放特质的拉美前锋。

于是接近三旬的巴卡、杰克逊·马丁内斯以及曼朱基齐,都能卖出超两千万欧元的身价。美洲杯射手榜上,秘鲁的格雷罗、巴拉圭巴里奥斯都已年过三旬,阿奎罗也已不再年轻,智利的巴尔加斯25岁,但属于那不勒斯的他,已经三度被出租,上季更是在英超降级的QPR。

前场后场,天才们都少见,是否都集中在中场?而在世界职业足坛中心舞台的欧洲,这个夏天最多的送别,却是远赴美国的皮尔洛、杰拉德和兰帕德,以及走向中东的哈维。中场天才过剩吗?绝非如此,哪怕是他们年龄分别是36岁、35岁、37岁和35岁,只要他们愿意,留在欧洲一支欧冠球队继续厮杀,未来赛季不会有什么问题。离去的原因各不相同,但maestro类型的指挥大师,以及box—

to—box 的全能中场,以后会更加难得。

欧洲足球正在严密分工的战术框架下,一点点地挤压球员创造力和自由发挥空间。科学主义主导倾向的欧洲各国青训架构,也让青少年球员类型逐渐单一化。具备个性化技术特色的球星,短期内难得一见。

首先是战术演变带来的影响。442 阵型基本消亡,是足球战术继续细化的表象。以三条线划分足球阵容的形式,基本不复存在。十年来,主流阵型,不论欧冠还是世界杯,都从 442 变成了 4231,这意味着足球场上已经不是三条线,更是四条线的位置布局。

单前锋突前,而后腰作用日益突出,改变了中场所有位置的分工,最先消失的,便是布莱恩·罗布森那种类型的全能中场:box—to—box,两个禁区都有他,能攻善守,似乎无所不能。杰拉德在现代中场里,最接近这样的类型,但是 4231,或者简单模糊一点,单前锋战术体系里的中场,对每个中场角色,都必须要有明确的位置描述,你或者是攻击型中场,或者是防守型中场,游走于两种角色间的位置,早已不复存在。位置描述得越清晰,限制也越明显,里克尔梅一直有李广难封之憾,杰拉德和兰帕德,如果是俱乐部队友,日积月累,反倒有合作成功的可能,但这种成功前提,还是在于对两人角色更明确的区分,只是全能型的中场,已经不复存在。

贝尼特斯一直头疼如何使用杰拉德,2005 年欧冠的伊斯坦布尔奇迹,他画龙点睛的手笔,是下半场用哈曼担任防守后腰,冻结米兰中场尤其是卡卡。2009 年最接近英超冠军那一季,也是释放杰拉德为攻击中场,在他身后排列两名防守后腰——角色区分得更明显,杰拉德也没必要 box—to—box 了。

萨基在担任皇马技术总监时,厌恶 4231 的战术限制。"今天的足球都是去发挥球员个体特点,所有场上 11 人,是 11 个专家。个体压倒了团队,团队变成了个体特点的堆砌。这是足球的退步。"萨基如是说。

他在皇马很不开心,举的例子便是:"我们都知道齐达内、劳尔和菲戈是不回防的,所以我们必须在后卫线前面放一个防守专家,这其实是被动的足球。这样设置下,整体战术没有意义。我的战术体系里,regista(组织者)是要拿球完成很多创造性工作的,可马克莱莱不是干这个的。"

专家们分工明确,各司其职,那还要教练干什么?萨基在AC米兰的两个中前卫,安切洛蒂和里杰卡尔德,攻守兼备,能破坏对方进攻,也能组织本方进攻,都有足够的自由度。但21世纪的足球,分工严密得限制了球员的创造性。

萨基的批评,让人怀念足球的美学色彩,可成绩压力下,穆里尼奥的方式才是奖杯方程式。哪怕他的足球不会浪漫,也没有革命性。

皇马巴萨拜仁,各路豪门的青训体系,都能培养出大批优秀球员,优秀而非杰出,他们技术、运动素质、体能和拼劲都不缺乏,可在霍利尔看来,他们缺乏的是"如何踢球"的意识——判断力和比赛中实时的位置感和空间感。

这样的位置感和空间感,恰恰是哈维和皮尔洛能永存足球史册的基因,他们同样来自于职业俱乐部的青训体系,但是在他们成长过程中,中场角色区分和描述,还没精细到现时地步,同时他们超凡的技术能力,又让他们拥有着各自教练的信任,能够在中场从容拿球,能够允许他们冒险去尝试各种穿透性的传递。

然而未来几个赛季,欧洲足坛不会再有满场飞奔的杰拉德,也不会有举重若轻的皮尔洛和哈维。足球大同,个性却在渐次消失。

足球的九品中正

物以类聚,人以群分。欧洲文化启蒙,激起的人性觉醒,对封建时代最大的一条挑战,就是"人人生而平等"。

这其实更是一种理想化境界:我们希望能达到人人生而平等的社会程度。在平等的先决和预期下,特权阶层、豪族高门、宗教禁锢,不能阻挡财富、知识和人身的自由。

理想化境界的距离,路途之修远,至今仍未接近。在文明成熟度更高的欧洲,以及美国、澳大利亚这样的新兴国家,社会平等化,看上去更加明显。英国是否脱欧,至少这1800万选民,一人一票,是社会平等化的一种体现。

然而社会制度的平等,并不意味着社会阶层的平等,制度化的维护,很多时候,仍然只是尽可能混淆社会基层差异。按照过往政治经济学的批判,那是在"粉饰太平",是在"伪善地涂抹民主色彩"——如果"粉饰太平",也能有全民公投的模式,这太平倒也值得粉饰。只是哪怕在欧洲,社会阶层的差异,远未消失。

就像两千多年前,中国社会制度里,就有了九品中正,这样名正言顺的社会层级。上品无寒门,下品无势族。300年一次大地震,生灵涂炭,人民苦难罄竹难书,但士族寒门,转换来去,总会以各种形式存在。

中国欧洲,隐性相似,处处可见。

职业球星,同样摆脱不了这种社会阶层的属性。只是欧洲杯这样的大舞台上,各种不同国家,选择足球运动的人群不同,他们体现出来的社会参与性、知识结构和进取心,会截然不同。

英国脱欧公投结果出来后,采访欧洲杯的媒体,第一时间当然会追逐英格兰球员们,听听这些家喻户晓的球星将如何说。然而第一圈的采访,让媒体相当失落。面对镜头的哈里·凯恩,听到脱欧这个话题时,哑然失笑。"早上看到这条新闻,队里有不少人说这事来着,不过我们的注意力都集中在和冰岛的比赛,脱欧什么的,大家关注不多。"

凯恩之外,其他英格兰球员都不太愿意面对脱欧话题。他们不愿意分散注意力,还是他们压根就不关心这样的大事?英国大报媒体的分析,倾向于后者。

虽然脱欧对英超地位会有严重影响,脱欧也可能让英国本土球员更值钱,但他们真不关心政治,他们也不具备这样的知识积累。

反倒是意大利球员里,有基耶利尼这样学霸的存在。他坦承:"我阅读了好多英国脱欧的报道,我也有些困惑。由于对现状感觉不满,就公投来谋求改变,却对于将如何改进,并没有明确的计划,我想这就是英国发生的一切。"

基耶利尼的描述和概括,有些让人惊艳。捷克门神切赫,在英超效力超过十年,他对捷克媒体的评论,也很有见识:"一些不完全的归纳,说英国中产阶级以上,反对脱欧,收入更低的人群,支持脱欧,这只能说明英国人对现状的不满,找到了和欧洲复杂关系这样的理由……"

为什么吾国吾民无话可说,而他国他民,反倒能分析得头头是道?球员与球员之间,因为国别和社会环境差异,有如此之大区别吗?

事实正是如此。

《足球经济学》里,西蒙·库珀和史蒂芬·西曼斯基做过一个调查,对十多年来英格兰国脚家世背景的调查,最终发现,上世纪90年代中期开始的英格兰国脚,70余人,只有"一个半"来自中产阶级家庭,一个是兰帕德,其父为职业球员,入选过英格兰代表队,半个是乔·科尔,其父是水果杂货店店主。其余都来自劳工阶层,甚至很多来自凯特·福克斯《英国社会言行潜规则》里所描述的"中下劳工阶层"。

这样的家世背景,温饱一般不会有问题,但受教育程度、社会视野开阔性以及国际化程度,相对局促。他们饱含劳工阶层质朴勤劳的传统,也有各种劳工阶层的局限。足球是他们在英国这个隐性"九品中正"社会里向上的晋升之阶,可他们本质上,仍然没有改变。这样的人群,少了伪善、过度势利和崇利,却也会相对简单和狭隘。

足球起源,决定了"什么人,踢什么球"。现代足球源自英国公学,却繁荣于劳工阶层。但是在欧洲大陆传播开来,参与足球的社会人群,会要偏高一些。当足球由英国人传播到西班牙、德国、意大利、荷兰,是舶来品,也是更强势领先的资本主义帝国文化对外输出产品。在巴西,足球成为全社会接受、消除人群差异的工具,在欧洲大陆,最开始是海归、厂矿老板、铁路技师、城市人群接受的游戏。

意甲德甲西甲和法甲,有过太多球星,出自中产阶级以上家庭,普拉蒂尼、维亚利、克林斯曼、坎通纳、皮尔洛等等,直到八九十年代新移民第二代的出现,让法甲德甲的球员身世构成更为扁平。

欧洲社会,细细研究,仍然能找到各种"九品中正"的痕迹。而在孤悬海外的英国,虽然近在咫尺,却总保持着和欧洲的距离。这种距离感,或许能让英国人自觉更安全,但又更疏远。英格兰球员中,像勒索这样的前国脚,平时不看花边《太阳报》,更爱读知识分子看的《卫报》和《每日电讯报》,就被队友们嘲弄为"欧洲人",甚至被怀疑是同性恋。社会平等,民主制度化上,欧洲已经接近完美,可是要真正打破社会阶层区隔,英国和欧洲,仍然有着各自不同的漫长路途。

金钱足球

一份球员合同的诞生

当冬季转会窗口重开后,各种球员交易在国际转会市场上接踵而来,职业足球经理人们,在每年冬季一月,以及夏季更长时间,都需要花费大量时间处理各种转会交易,这当中特别是球员劳动合同,内容复杂,和其他社会领域有着太多不同。

一个足球经纪人的首要目标,当然是为他代理的客户,谋得可能条件下最高数额的收入,这样不同的利益立场,从一开始就形成了经纪人和足球俱乐部之间的矛盾根源。

因此许多签约谈判的第一步,都是围绕球员的基本工资,这些基本工资条件,其实透明性是很高的,因为在数据化分析越来越明细的现代足球环境里,球员的很多经济质素,可以通过量化标准进行衡量。

随后的谈判,则会更加复杂,并且越来越陷入到足球行业的"行规"当中。任何其他社会领域的离职或加盟,各种劳动合同的签订,履约之完成,都大同小异,唯有足球行业独树一帜,还由于足球行业特有的全球化规则和人才流动,将这些"行规"带到了世界各地。

例如签约谈判必然包括签字费的内容(sign-on fee),这是双方签约的良好姿态表示,数额一点都不低,大概是球员合同总额的10%到15%,不少还在这个比例之上。然后会有出场费,或者称之为出场奖励——这样的合同内容,放到其他行业的劳动合同中,匪夷所思,难道合同保证的球员基本工资以及签字费,不就是让他能正常出场比赛和训练吗?为什么一个职业球员基本义务的出场比赛和训练,还需要额外的现金奖励?

这就是足球在漫长职业化过程中遗留下来的旧俗——在1963年,英格兰足总最终废除职业球员薪金上限前,有八九十年时间,职业球员都必须受到英格兰劳工法案的周薪上限约束,在这个原则面前,再大牌的职业球星,如斯坦利·马休斯、迪克斯·迪恩、巴斯汀等,经济收入上,只是高收入劳工水平,退役之后,他们必须继续工作,否则生活无以为继。而职业俱乐部在自由市场的竞争环境下,总希望能以更优厚的待遇,吸纳并且留住最优秀的人才,所以在劳工周薪上限的法案约束下,他们另辟蹊径,通过另外给予补贴的方式,增强俱乐部的球星吸引力,这便是所谓出场费的诞生。

很长时间,出场费不可能太高,只是相对更加低廉的球员薪资之外,一种当时有违法嫌疑的津贴滋补。英格兰一直是全球足球的经营标尺,虽然世界各地国家社会、经济发展以及法律法规不同,但职业足球领域内的许多习俗,都彼此相通。半个世纪以来,职业球员,尤其是顶级联赛的职业球员,薪资数额呈几何数字级别暴涨,C罗和鲁尼们,一周动辄30万英镑或更高的薪资,是传奇前辈们一辈子都无法积攒的财富。在整体薪资架构发生革命性变革后,出场费这样的过时条款依旧保留,既不合时宜,又容易被攻击为过度贪婪。

一份合同的构成,还不止于此。一个前锋球员,合同里往往会有进球激励条款(goal bonus),每进一个球,或者联赛或者杯赛,要额外奖励多少。门将也类似,合同里有不丢球激励条款(clean sheet bonus)。这些细则,理论上应该是在降低基本工资基数情况下,鼓励球员更好发挥,可足球是一种集体团队运动项目,前锋进球,不仅仅依靠自身才华以及努力程度,门将不失球,也需要整个团队的配合。过于细分这些项目,会有隐性的负面连带效果——两个球员争罚点球的状况,在球场上不少见,别以为他们只是意气之争,这背后很可能包含合同因素。一些前锋被认为太"独",不愿意给队友传球助攻,经济学家史蒂芬·希曼斯基在《足球经济学》里,建议大家去查核一下他合同里是否有进球激励条款……

如果这是一份多年合同,所有的经纪人都希望合同金额是每年递增的——不论球员在未来两三年水平或状态是上升还是下降。这样的递增条款,还不完全是按照年份来,打满了 10 场 20 场比赛,可能就要递增一下。另外还有所谓的"忠诚奖励"(loyalty bonus),这意思就是合同期间球员没有叛逃去其他俱乐部,就有理由额外要一笔奖金。"忠诚奖励"和出场费一样,都是在职业足球传统逻辑下,遗留下来保护弱势地位球员利益的产物,于今,至少在顶级联赛的职业球员身上,已经不合时宜了。

还有赢球奖金(win bonus),这当然不是朱骏那样的土豪,拎着百万现金去到客场,比赛一结束就可能发放的赢球奖金,而是合同内规定,必须支付的。此外还有所谓的"搬家费"(relocation fee),哪怕你就是在同城转会,这也是合同标准化内容之一。

所有这些合同细节谈判完成之后,经纪人应该会用最严肃认真的眼神盯着你,缓缓地告诉你,这么多繁琐细碎的工作,都是他为你服务的内容,因此你作为俱乐部方,应该为他的辛勤劳动支付报酬,这样的经纪人费用,直接从球员身上扣取,在球员还没有为俱乐部效力的情况下,实在太不近人情了……于是你将此前那份合同所有的条款加起来,基本工资之外,累加起来的数字,大概达到了基本工资的 80%。两组数字相加,你还要再乘以 10% 或者 15%,这是经纪人的费用(agent fee)。

最后这三大组数字加起来,恭喜你,你终于签下了一名球员——根据欧洲职业足球过去 20 年转会数据分析,公认成功的转会,一直只占所有转会案例的 47%。你用至少两倍基本工资的资金,投资了一项失败几率超过 50%,而且所有失败后果都由你来承担的交易。

阿内尔卡：一手势毁掉商业赞助

因为他一个愚蠢的手势，不仅阿内尔卡本人要面临长时间停赛，他所效力的西布朗维奇俱乐部，更遭到了几乎所有赞助商的质疑。政治正确在欧美职业体育当中的重要性，从这一事件中又得到了印证。

2013年12月28日对西汉姆联的联赛中，阿内尔卡终于打入了他加盟西布朗之后的第一球，可是比这个进球更大的新闻，来自于他进球之后做出的一个被称为"La Quenelle"的手势——这个手势由阿内尔卡在法国的朋友、一个名叫姆巴拉·姆巴拉的喜剧演员所创，阿内尔卡表示说，他做这个动作是向他的朋友致敬，可是在法国，这已经是一个臭名昭著的反犹太动作。

姆巴拉·姆巴拉设计这个动作，被认为是脱胎于纳粹致敬礼，而姆巴拉·姆巴拉在各种即兴表演或者搞笑活动中，不断嘲讽犹太人，言辞甚至多次涉及对二战期间犹太人被纳粹屠杀的怀疑。这个"La Quenelle"，和很多病毒性传播的网络语言及习俗一样，流传很广，乃至一些盲目跟风的人，在不了解其动作文化背景情况下，自以为这是很酷的时尚举动。

阿内尔卡就说，他做这个动作庆祝进球，是为了向朋友致敬，也表达了一点反传统反当局的意思，毫无排犹反犹意味。可是法国公众和媒体，根本不接受这过于勉强的解释。法国体育部部长当即指斥阿内尔卡的行为"充满挑衅"。英格兰足总和英超联赛委员会同样高度敏感，没有立即对阿内尔卡进行停赛，而是特别征询种族问题和社会关系研究专家，成立了一个专门委员会来调查此事。三周过后,英格兰足总认定阿内尔卡有过失,他最低处罚会是停赛 5 场,这一处罚上升到 10 场也不奇怪。

英格兰足总的慎重,成为了西布朗维奇俱乐部的灾难。调查结果不宣布,俱乐部无法做出决定是否继续使用阿内尔卡,这是一种两难境地——不使用阿内尔卡,违反了欧美社会"被认定有罪之前都是无罪的"(Innocent Till Proven Guilty)惯例;使用阿内尔卡,又可能要承受纵容反犹分子的骂名。而西布朗维奇在过早解雇主教练史蒂夫·克拉克之后,球队战力下降,深陷保级泥潭,阿内尔卡虽然垂垂老矣,却仍然是球队需要的锋线战将。于是在犹豫和等待之中,俱乐部没有提前对阿内尔卡进行禁赛,尤其在对外传播上,采取了对阿内尔卡事件三缄其口的谨慎姿态。

可是在政治正确的高度敏感种族问题上,不表态也是一种表态。西布朗的胸前赞助商、房地产网站 Zoopla 率先对俱乐部提出质疑。这家网站的大股东,是一位名叫阿历克斯·切斯特曼的犹太商人,阿内尔卡手势丑闻发生后,他立即要求俱乐部对阿内尔卡停赛。连续两周要求没有得到回应,Zoopla 宣布本赛季结束后,将不和西布朗续约——这一胸前赞助的价格,每个赛季为 150 万英镑。

连锁反应,从 Zoopla 开始,随即西布朗的户外服装赞助商,德国品牌 Jack Wolfskin,以及西布朗的钟表赞助商 Holler,都表示说在重新评估他们和西布朗的合作关系。Jack Wolfskin 和西布朗还有 18 个月合同,该公司的声明为:"我们认为这是一桩严重事件……如果他被认定行为包含反犹色彩,我们肯定要重新考虑赞助行为……我们公司绝不容忍任何形式的歧视举动……"

和 Zoopla 相比,这并不是两个大赞助商,但一连三个赞助商都公开证明自己的清白,和阿内尔卡的行为划清界限,西布朗未来的商业赞助拓展难度之大,肯定在其争取英超保级的努力之上。

在欧美社会,种族歧视是一条最不能触碰的道德伦理底线,高度敏感，必须绝对化的政治正确。苏亚雷斯和埃弗拉冲突事件发生后，利物浦的胸前赞助商渣打银行马上表明了自己的立场——渣打银行每个赛季要赞助利物浦 2000 万英镑；利物浦另一赞助商阿迪达斯也表示说会"警告"苏亚雷斯；特里和安东·费迪南德的冲突，同样包含种族歧视的言辞，随即茵宝终止了和特里每年 400 万英镑的合作。

个人生活不检点，让"老虎"伍兹失去了数以千万计的商业赞助，兰斯·阿姆斯特朗的欺诈更让他名誉扫地、商业合作完全消失。西布朗和阿内尔卡的情况要特殊一些，因为俱乐部对于阿内尔卡的个人行为并不知情，手势做出来之后，俱乐部方面都不了解这手势的含义。然而触及底线的行为，容不得半点犹豫和观望，未来很长时间，西布朗要为阿内尔卡这一举动而买单。

球衣色彩经济学

越临近世界杯,越多的市场活动出现,其中最为活跃的,自然是各种国际性运动装备品牌,对于分别赞助的 32 支决赛圈国家队或地区代表队的球衣发布,此外各种系列的专业足球鞋,也是当下世界杯系列市场活动的重要组成部门。

不论阿迪达斯还是耐克、彪马,每一次世界杯球衣的发布,都可能是他们几年中最重要的市场形象传播行为。只是市场对于这种球衣发布,受众在认知上总需要一个适应、接受再到认可的过程。因此一个影响力巨大的国家队或地区代表队球衣发布,第一时间激发的反响,往往不会好评如潮。像阿迪达斯旗下最重要的德国国家队球衣发布,那一款白衫白裤、白衫上方有红黑大色块的球衣,在 2013 年 11 月发布时,德国媒体做的及时调查里,77% 的球迷表示不满意。

不满意是第一反应,可这样的反应是有时效性的,同时这样的"不满意",根本没有影响德国队 2014 世界杯球衣的热卖。在球迷购买球衣的基本心理反应里,总会认可那些经典款的球衣,像前西德队在 1982 年西班牙世界杯上的那一款球衣,至今仍被评选为德国球迷心目中的史上最佳,然而国家队球衣的变迁,随同耐克阿迪达斯彪马这些国际体育装备巨人的介入,变化越来越多,变化得也越来越频繁,经典款的存在,一定意义上,已经成为了国家队球衣销售的一种有效手段。

高度商业化背景下,许多国家或者代表队的球衣主色,也从单一化走向两色化甚至多色化,一切都在发生着变化。我们习惯中认知的各支著名的国家或地区代表队,一般都会有一个基本主色,辅以客场第二色,像巴西,自然是黄衫蓝裤,德国白黑、意大利蓝白、英格兰红白、荷兰橙白、阿根廷蓝白、西班牙红蓝……但这样的基本两色搭配,在变得更加丰富的同时,也变得更加混乱。

如德国国家队的客场队服中,绿色是选色之一,克林斯曼的2006年国家队里,红色也第一次进入到德国国家队球衣用色。德国队用绿色,有一种广为流传的说法,是二战之后,爱尔兰是第一支愿意和前西德队进行国际比赛的球队,所以前西德足协"感恩"地吸纳了爱尔兰主色绿,其实此为讹传,德国用绿,就因为德国足协的徽标设计,在1949年二战之后,选择了足球场上绿与白这基本两色。

两基色的国家队队服设计,就是被媒体传播手段所促使形成的。在电视成为足球赛事传播主工具之前,现场看球的观众,很少因为球衣颜色识别不清,而对球衣颜色提出要求的案例。仅有的一次,是1934年意大利世界杯,当时第三名决赛,德国对阵奥地利,双方都是白衫黑裤,观众抗议,双方只能掷币选择,最终奥地利掷币输掉,只好穿上那不勒斯当地球队蓝色球衣来上场比赛。

二战之后,电视广泛进入欧洲人生活,但电视传播的前二十多年,都是黑白电视信号,两支球队在直播比赛交手,如果只准备一套球衣的话,很可能出现白衫撞衫或者红衫蓝衫撞衫事故,让电视观众难以区分两方,于是各国家队或地区代表队球衣的双基色搭配确立,而且往往是一浅一深的选择,这样在直播比赛时,主队选择自己浅色主场队服、客队选择自己客场深色队服,哪怕在色泽混淆的黑白电视机狭小屏幕上,两支球队也好区分了。

同样的现象,同时发生在欧洲足球和美国篮球——看看今天NBA的球队,也是两基色队服搭配,主场浅客场深,并且主场主色以白色为多,也就是波士顿凯尔特人和洛杉矶湖人这样的老牌豪门,主场颜色别出机杼,分别使用绿色和黄色。

国际足联经济学

管理一项运动，未必是一项美差，这种挑战，中国足协篮协应该最有体会：工作出色，管理者不会得到任何赞美；稍有不足，就要面对成千上万球迷的詈骂。对绝大部分球迷而言，自己钟爱运动，却会厌憎这项运动的管理者，因为完美的管理者，从来都不存在。

维亚利在比较意大利和英格兰足球时，总结说，球迷和俱乐部管理者、所有者的关系，"就像意大利人和教会的关系：信仰上帝、痛恨教会。"

除非国际足联主席换成了普拉蒂尼，或者如微博上有过的鼓噪那样——中国足协主席真让郝海东来出任，否则大部分球迷不会对这些运动管理机构、管理者有多少兴趣。当然，如果管理者像布拉特或者华纳、布雷泽那般"与众不同"。

可是没有这些运动管理机构，后果不可想象，球迷都能从国际足联、国际奥委会、国际篮联、中国足协等等挑出各种毛病，然而运动项目的运营和维护，规则的制定与执行，都需要通过这些机构完成。这些机构在各自领域内，覆盖范围之广、影响力之大，只能用"超国际性组织"（Super－international）来形容。像国际足联目前总共有209个成员国家和地区，而联合国的成员，只有193个。事实上，根据2013年的数据，世界上只有8个主权地区，还不是国际足联成员。

这是一个非营利性公益机构，管理的人数，以足球运动员论，2.65亿（男女足球运动员），这已经是地球上人类人口总数的4%，如果国际足联FIFA是一个独立国家的话，那么这将是世界上第四大人口国家……而国际足联,从总部到各个大洲足联,直接雇员不足400人。人口只有6000万人的英国,公务员超过50万人。

国际足联权力之大,借助于足球这项全球第一运动,向来是凌驾于国家或地区法律之上的。如果要成为世界杯主办国,那么申办者必须让自己的财务法规"适应"国际足联要求,平时收的很 happy 的许多税款,必须取消,连带世界杯参赛的球员,也会享受在主办国各种免税的待遇。2010年南非世界杯,国际足联的官员在不同场合不断强调:"任何主办国,都必须对国际足联以及世界杯其他相应参与方,全方位的免税待遇……"总部放在瑞士苏黎世,本来就有各种免税考虑,瑞士联邦政府还要对国际足联提供超乎其国民的免税待遇。

而这个超国际性机构,各种游戏规则自己制定,不接受监管,也没有其他主权机构能对其实施监督,无法无天的境界,只有国际足联们能达到。例如机构的财务报表,是根据4年财务周期来公布的,每一个周期的最后一年,就是世界杯年。2007—2010周期,国际足联的总体收入为42.03亿美元,总支出35.57亿美元,利润6.32亿美元。倘若以一国规模看待,这并不是什么天文数字,不过2011年国际足联公布的现金储存为12.8亿美元,这恐怕是很多赤字政府无法做到的。10年前,布拉特上任不久时的国际足联,财务状况是一片赤字。单从现金储存一项,国际足联当年收入利息,就高达5100万美元。

这些钱不是捐赠所得、不是成员单位缴纳会费所得或者征收各种"足球税"所得,这些收入绝大部分来自对世界杯的经营。4年一届的世界杯,理论上应该是位居夏奥会之后的第二体育盛会,实际上奥运会的传播时长、聚敛受众和商业收入,都无法和世界杯相比。2010世界杯决赛全球收视人群7.15亿人,2014年世界杯决赛超过9亿,伦敦2012奥运会开幕式全球收视6.19亿。二战之后的夏奥会,只有1984年洛杉矶和2008年北京,报道出来的数据是盈利的,而世界杯决赛,没有过经营亏损的记录。

但这些经营盈利,又不能称之为"盈利",因为国际足联理论上还是一个非盈利性非政府性机构,所以在国际足联的财报里,没有profit这个词,而叫做surplus。这些surplus,都要用作未来的投入,而世界杯之外,国际足联组织的其他赛事,不论是联合会杯、各种青年世锦赛、女足世界杯,还是各大洲的世界杯预选赛,国际足联都要承担巨大成本。

南非世界杯,仅就媒体版权一项,收入就高达24亿美元,市场营销收入,约10亿美元。巴西和南非以及此前德国、韩日世界杯一样,所有商业经营权和媒体版权,都归国际足联所有,但东道主获益仍然极大。不仅这一个月,东道主成为世界关注中心——南非世界杯的前期投入约24亿美元,带来的直接世界杯收入达到47亿美元,对南非当年GDP的积极影响为78亿美元,提供的就业机会41.5万个,吸引的国际游客50万人次。

因此这个超国际性管理机构的核心支柱,就在于世界杯,哪怕在国际足联的章程里,维护足球的价值观,全球范围内推广足球发展,制定和维护足球规则等等,都被高置于圣殿之上。对于全球范围内的足球运动员,如果国际足联真是一个国家,他们没有承担任何"维护"或"培育"的责任。各大洲的足联大权在握,还能够通过各种途径,从国际足联的世界杯聚宝盆里分得不少油水。各大洲足联的管理者,则如同封疆大吏,代天巡狩,并不是太重视国际足联总部的管辖权力——各大洲足联的首脑,都是通过本大洲竞选上位,而非由上至下地分封任命。从这个角度看,国际足联倒是具备部分现代社会的民主色彩,却又完全不具备现代法治的监督系统。

布拉特时代行将结束,不论是普拉蒂尼以后其他人上位,都必须改变国际足联弱干强支、头轻脚重的权力架构,中央集权必须加强,否则各地贪腐无从控制。前进的基础,却又必须建立在保护世界杯、再度提升世界杯影响力的工作上。在职业足球不断侵蚀国际足球利益链条的时代,国际足联的传统经济学,也走到了一个行将被颠覆和重构的时间节点。

世界杯上必有"假球"？

在博彩业高速发展，博彩利益日益膨胀的时期，世界杯上会不会有假球？调查记者德里肯·希尔几年前出版的《FIX》一书中，竭力想证实，2006德国世界杯上的八分之一决赛、巴西3比0胜加纳的那场比赛，就是一场被泰国地下赌博集团操控的假球。2014巴西世界杯又将如何？前国际刑警（Intelpol）组织主席邱文晖（Khoo Boon Hui），已经对巴西世界杯发出了预警。

邱文晖在2008至2012年期间，担任国际刑警组织主席，其间正好是国际足联和国际刑警组织寻求合作，建立起反赌调查机构，同时开设培训课程，希望能在全球范围内控制非法赌博机构渗透足球比赛。这样的工作收到了一定成效，2009年开始，欧洲有过两波大规模的查杀操控比赛的行为，都是通过国际刑警组织得以实现。第一次发生在2009年秋天，席卷德国及众多东欧国家，并且发现许多操控比赛的行为，都与一些东欧国家的黑社会组织关联——中国大陆的打假反赌扫黑风暴，也和国际刑警组织的行动有关。第二次从2013年年底开始，到目前已经在法国、英格兰等地低级别联赛中查获大量事实和涉案人员。

在接受日本共同社采访的过程中，已经从国际刑警组织卸任的邱文晖，认为虽然国际足联有了较以往更加严格的督导系统，但世界杯吸引的关注太高、承载的商业价值也太高，哪怕国际刑警组织加大了打击力度，铤而走险者依旧会络绎不绝。

"现在要贿赂球员，会比以往更难，"邱文晖说，"因为这些国家队球员，他们在俱乐部的收入越来越高，收买他们打假球的成本也会更高。但背后的利益链条没有被打断,就总会有人去尝试。"

邱文晖的采访之前,国际体育安全中心(ICSS)和巴黎第一大学联合进行了一次跨界调查,发现足球和板球,是最容易被操控的职业赛事。对于足球行业的分析,邱文晖认为,国际刑警组织和社会公众,都聚焦于那些去渗透足球操控比赛的"黑手"以及被贿赂的球员教练或者裁判,但从这些操控比赛行为中获利最高的,是那些非法赌博集团的"庄家"。

"这些'庄家'接收各种投注,然后从中'抽水'作为自己的运营所得。这是旱涝保收的收入,'庄家'不用去赌博风险,只要彩池里资金足够,他们的'水费'按照比例来收取,就会得到保障。"邱文晖在采访中说道。根据他的判断,那些去直接操控比赛结果的人,是另一种形式上的赌徒,他们通过贿赂行为,直接影响比赛结果,从而在"庄家"的博弈中获利。

在巴黎第一大学索邦学院和 ICSS 的联合调查中显示,非法体育博彩,2013 年在全球范围内"洗钱"1400 亿美元,占据了全球体育博彩行业总量的 80%,以至于这项调查最终的报告标题,被设计为"保护体育竞技的诚信——现代的体育的最后一次投注"。在长达两年的调查过程中,调查发现几乎全球所有运动,都面临着比赛被操控的风险,背后的推手,就是非法博彩的暴利。

足球和板球被认为是最容易被攻击的对象,网球、羽毛球、赛车和篮球,同样被暴露在比赛被操控的风险之下。根据这份报告的分析,除非各国各地区政府意识到了非法博彩的威胁,并且通过跨国际组织形成国际合作,严厉打击非法博彩集团的组织性犯罪网络,否则操控比赛等黑色手段对现代体育的毒害,还将继续蔓延。

亚洲被认为是赌毒最为深重的地区,"53%的非法博彩'庄家',来自于亚洲。"

全球范围内,有超过 8000 家合法的博彩机构,注册在各种离岸岛等免税地区，回避了他们业务经营地区的大量税务责任。所以这项调查最终呼吁，必须有一种国际性协议，可以敦促全球范围内的政府组织，通过协作完成对非法体育博彩的打击，并且必须通过强力的司法手段执行。

世界杯和奥运会，是大型国际活动中，最吸引社会关注，同时也最吸引体育博彩投注的内容。世界杯上出现一场被操控的假球，早已不是天方夜谭，前国际奥委会主席罗格也在伦敦奥运会之前说过，现代体育面临的头号敌人，已经不再是禁药，而是非法博彩。只是如何面对这裹挟着巨大利益，同时又在文化、道德标准和司法体系迥异的不同国家地区之间，去搏杀这头怪兽，调查报告和邱文晖能给出的，仍然只是警告。

财富滋生足球腐败

圣保罗,世界杯揭幕战,场边硕大的 LED 广告牌上,又一次出现了"中国英利"的品牌字样。只是和 4 年前相比,世界杯场边广告牌上出现中国品牌字样,带来的新鲜和激动,没有那么强烈了,一些业内人的疑惑反倒有所流传:如今时势,新能源产业过去几年的发展,尤其是国际化市场的拓展,并不顺利,各地的屏障阻挠和质疑,早已抵消掉国家给予的支持,许多新能源产品的研发也缺乏新突破,成本居高不下,经营绩效和市场规模,都不尽理想。

如此时势,要支付赞助世界杯的巨额成本,"中国英利"如何能做到? 我听到的一种说法,是企业本身对于如此昂贵的赞助机会,早有些犹疑,生存仍然是企业面对的残酷挑战。只是和国际足联形成的两届世界杯赞助合作,协议早已签订,如果因为成本关系而违约放弃的话,既会带来各种国际市场的不良反馈,同样企业面子上也不太好看,所以勉力支撑。

不论如何,世界杯这样的传播平台,对于绝大多数品牌而言,都是梦想的舞台中央。当"中国英利"的字样再度出现在世界杯现场时,给品牌本身、给许多中国受众带来的欣慰和骄傲,还是切实存在的。

世界杯,独一无二的最大规模人类集会,时长比夏季奥运会多出一倍,举办规模,也是以国或独立地区为主办单位,波及到的人群和传播效果,也要在夏季奥运会之上——只要对比一下每届世界杯的收视数据,便是最好的市场营销依据。恰恰是因为有世界杯这样的核心产品,国际足联哪怕无法无天,几乎不受任何司法体系和机构监管,依旧能自行其是。年近八旬的布拉特依旧恋栈不去,还要谋求他在国际足联主席职位上的连任,哪怕卡塔尔贿选嫌疑激起的又一波反国际足联巨浪,如潮水般日日拍打着国际足联这个古怪超国际组织的朽腐堤岸。

世界杯是布拉特、国际足联安身立命的根本,因为世界杯确实具备着太大的商业和社会价值。商业化进程,对于国际奥林匹克运动,始终是一个敏感话题,罗格在任国际奥运会主席时,已经对前任萨马兰奇一些过度商业化的做法进行了修正,但是在足球领域内,商业化已经随着各种职业联赛的传播推广,成为世界接受的事实。

很大程度上,世界杯的商业架构,不论媒体版权销售,还是市场营销架构,都是国际体育营销领域内的先行者,国际奥委会对于奥运会改革,所谓"奥运大逆转"的许多做法,都借鉴了国际足联的做法。市场营销领域内,对于赞助商的分层分级,谨防过度销售(overselling),让世界杯的两级赞助商都能得到相对合适的传播机会——"中国英利"属于二级赞助商,可口可乐、维萨卡、索尼、阿迪达斯这些,则是一级赞助商,是为"伙伴"(partner)。

"伙伴"或者"赞助商",要想让自己的品牌和世界杯合法链接在一起,成本从英利这样每年数百万美元级别向上,到顶级伙伴每年以千万美元成本计。国际足联真正提供的服务有限,但世界杯影响力确实太大,大到店大欺客的地步——索尼、维萨卡和阿迪达斯,最近都对卡塔尔贿选2022嫌疑以及国际足联内部贪腐,表达了谨慎的抗议,只是他们能做的,也只是这样谨慎的抗议,因为短时间内,国际足联根本不担心赞助商真正退出后,自己的收入受损,每一个赞助商背后,都有一长串期待获取世界杯"合法"营销机会的品牌。

因此布拉特有恃无恐。

更何况市场营销早已不是世界杯收入构成中最重要部分,媒体版权已经占据了世界杯整体收入65%以上的比重。世界杯版权销售之贵、涨价幅度之大、新销售渠道的出现,让国际足联在商业化收入方面底气更足。新媒体的呈现,让电视等主流版权媒体压力巨大。Facebook会介入世界杯未来版权销售,youtube也有世界杯版权想法,腾讯同样也就微信和国际足联接触过。

在中国,世界杯的全媒体版权仍然只属于央视,央视给国际足联贡献的版权收入,由于中国市场的特殊,数字并不高。想要从中国市场获得更高收入,国际足联只要将这种"全媒体版权"进行分解,就能获得几倍以上的新收入。

媒体版权增长可以期待,品牌赞助商哪怕心有怨言,也在排队就范,传统收入门票和特许经营品一块,早已经不复重要。于是布拉特依然能像一个古代君王一样,只要牢牢保住他的权位,就能睥睨天下。未来如何,他其实并不关心,哪怕洪水滔天。

奖金倒挂,欧冠得主收入不比四强

虽然欧冠上季只是四强之一,但曼城在上季欧冠奖金分配中,成为了大赢家,收入超过了最终的冠亚军:皇马和马竞。

根据欧足联公布的数据,曼城上季欧冠参赛分配所得收入,高达 8390 万欧元,比冠军皇马高出 380 万欧元、比亚军马竞高出 1400 万欧元。

这是一种有些费解的现象,却和欧足联对欧冠奖金分配的模式有关——现模式,还是根据不同电视市场大小进行判定的。英国和德国是欧洲最大的两个电视市场,于是在现分配模式下,得到的收益自然高。

然而这种模式,和竞技成绩挂钩的比重不大,引发了很多欧洲豪门的不满,这当中欧冠夺冠的皇马,在上季欧冠进行过程中,已经测算出来他们最终收入不如曼城的结果,于是连同其他西甲意甲等欧冠参赛俱乐部,要求对欧冠奖金分配模式进行改革。

类似的倒挂现象,在欧联杯中同样存在。上季欧联杯亚军利物浦,最终从欧足联分得 3420 万英镑的收入,比冠军塞维利亚还要高出 160 万英镑。塞维利亚上季欧战收入构成,还包括了他们在欧冠小组赛中的收入。这样的结果,自然不合常理。

现模式下,奖金分配 60% 和成绩挂钩,40% 与电视市场挂钩。来自意大利的尤文图斯,过去几个赛季欧冠成绩不错,而意大利作为欧足联范围内一个较大的电视市场,其他意甲球队的欧冠成绩都非常糟糕,于是奖金比重高的淘汰赛阶段比赛,通常是尤文图斯一家独揽来自"意大利电视市场"的这 40% 收入分配。一定程度上,这是尤文在意甲领先优势越来越大的财力支撑。

西甲的欧战成绩,在传统五大联赛当中独占鳌头经年,可西甲三大豪强,尽管近年打进欧冠四强为寻常事,但分到的奖金,却远不如成绩不如自己的英超对手,究其原因,是西班牙的电视市场,在五大联赛所在市场当中最小。

此外欧冠参赛队,小组赛的参赛奖金几乎均等,都在1200万英镑左右,但淘汰赛阶段的分配,那40%和电视市场规模挂钩的,则要视参赛队数量多寡来进行均分。西甲4支球队具备欧冠资格,出现3支乃至4支球队进入淘汰赛的场景,一点都不奇怪,皇马巴萨和马竞的成绩,领先欧洲。竞技成绩的出色,反倒会出现这三家需要对"电视市场收入",进行均分后,本来就不大的一块蛋糕,更被三家切开、每块更小的状况。所以西甲联赛委员会的负责人,认为欧足联的分配模式存在问题,更成功的联赛,反倒因为自身成功,导致了实际收入偏低的倒挂。

新的分配模式,在2016年夏天确定,将从2018年开始启动。整个奖金池的分配将会更加均衡,而且成绩所占分配比重将有所上调,往届冠军得到的照顾也会更多。这和欧冠整体赛制体系改革,保持着同步。

英超:最富有也最负债联赛

对职业球员来说,英超是天堂——职业球员的黄金时段非常短暂,英超是最富有的联赛,能去英超踢球,在最短时间内积攒最大可能的财富收入,人之常情,除非你能去两年前的广州恒大踢球。

对于理性投资者而言,英超俱乐部折射出来的财务数据,却可能说明这里是地狱——根据《卫报》的统计,在2012—2013赛季,英超俱乐部支付给球员等的薪资人力成本,已经破纪录地超过了18亿英镑,20家俱乐部单赛季累计亏损2.91亿英镑,商业架构论,英超已经成为了成本居高不下的危险"地上河"。

十多年前,孙继海、李铁们去英超踢球,谋得一份周薪上万英镑的薪水,足够让他们满意,但这十年来,英超俱乐部的主力或者半主力球员,薪资水平大涨,三万英镑的周薪,在每个球队重要性能排进前十五名球员中,只能算起步价。在2012—2013赛季,英超20个俱乐部连带英超联赛委员会本身,总收入达到了27亿英镑,但这不能改变英超整体亏损的局面。在这个赛季,12家英超俱乐部经营出现亏损,其中像阿斯顿维拉、切尔西、利物浦、曼城和在该赛季降级的女王公园巡游者,这5家俱乐部亏损额度都超过了5000万英镑。

从收入上看,2012—2013赛季还不算英超收入的黄金赛季,主要在于媒体版权方面,这一个赛季还属于2010—2013三年媒体版权合同的最后一年。这一个三年媒体版权收入的总额为35亿英镑,而从2013—2014赛季开始,新的三年媒体版权收入大幅上涨,达到了55亿英镑。但是对于2013—2014赛季收入暴增的预期,让不少英超俱乐部在2012—2013赛季投入上升,不论是争冠、争欧冠资格还是保级,引进球员和提高薪资上,英超人力成本增幅远超其收入增幅。

于是英超用于人力成本的投入,占据其收入总额的67%,这一数字在2011—2012赛季和2012—2013赛季相同。欧足联在2010年就宣布将设立俱乐部财务公平竞争规则(Financial Fair Play):从2014—2015赛季开始,此前三个赛季累计亏损超过4500万欧元的俱乐部,将被禁止参加欧洲赛事,这一管理规定对部分英超俱乐部起到了警示作用,却也让一些有欧战热望的俱乐部别出机杼寻找解决办法。一些根本无望欧战的俱乐部,为了保级,投入起来无所顾忌。

在曼联还没被美国格雷泽家族收购,仍然作为"世界上最富有、经营最成功俱乐部"存在时,当时的控股老板马丁·爱德华兹定下过一条俱乐部成本控制原则:那就是俱乐部人力成本投入,不得超过俱乐部整体收入的50%。这条人力成本50%的红线,不仅是曼联当时经营的成功信条,也和美国职业体育NFL、NBA等联盟原则相似。

但是新国际资本的涌入,打破了英超乃至欧洲足球的严谨经营模式,2003年夏天俄罗斯寡头罗曼·阿布拉莫维奇收购切尔西,成为一个起点。此后俄罗斯资本、美国资本和中东资本乃至远东资本的蜂拥而至,不断提高英超竞争门槛,也让经营成本大幅上扬。英超的娱乐魅力、传播价值和商业潜力,被广为看好,收入也节节攀升,但新增收入,不论是媒体版权收入还是赞助收入,都旋即被更快增长的人力成本吞噬掉。

人力成本中,球员薪资以及转会费的增长,属于最快部分。俱乐部其他雇员,主教练收入增长较快,俱乐部董事以及高层管理者,收入增长也很快,最高者在2012—2013赛季为南安普顿的执行主席科尔特斯，212.9万英镑，其次是阿森纳的CEO加吉蒂斯，182.5万英镑。其他管理和服务人员，并没有大幅提高，这可能和英国足球文化相关——能在一个英超俱乐部工作，很多人都认为是球迷的福分。由是在俱乐部承担一些临时工职位的短期雇员，薪酬比每小时6.31镑的英国最低工资要求高不出太多。

整体债务方面，英超俱乐部情况仍然不理想，20个俱乐部负债总额从2011—2012赛季的24亿英镑下降到2012—2013赛季的22亿英镑，这当中通过融资拆借而完成曼联收购的格雷泽家族，依旧让曼联保持着8年来"世界负债最高俱乐部"的头衔。2005年收购时，格雷泽家族拆借资金高达5.25亿英镑，到2012—2013赛季，曼联仍为此负债3.89亿英镑，因此该赛季曼联即便获得了历史性新高的3.63亿英镑经营收入，整体经营仍然是900万英镑的亏损。

资本构成上，大部分英超俱乐部的存在，依靠的仍然是老板的直接投入，这些投入转成俱乐部股本，例如曼城过去5年得到阿布扎比超过10亿英镑的投入，或者像利物浦、纽卡斯尔联队、西汉姆联队、切尔西等，是以无息贷款的方式处理老板的直接投资。

这一个赛季的财务调查，折射出来的现实，显示职业足球至少在英国，不是能直接产生商业利润的"生意"。美国职业体育经营者那种通过经营体育产业而牟利的想法，要在职业足球获得成功，因为脱离了美国的商业和文化环境，会无比艰难。类比之下，英超对于职业足球在中国的发展，也会有太多可借鉴处。

英超版权奇迹的中超启示

只有在一个开放竞争的媒体市场上，稀缺性的媒体内容产品，才具备高度商业价值，才能以高商业收入回报联赛和运动本身。有媒体评论，认为通过限制五大联赛赛事在中国播出，就能帮助中超和中国足球更好进步，完全是闭门造车的想法。英超联赛新转播合同即将问世，收入还将继续攀升，这更是因为英国这个鼓励竞争的开放媒体市场决定的。

新的英超转播合同价格继续飙升，不知道天花板到底会有多高。足球对于英国人的重要性，是价格继续保障的原因，而过去十年，英超在国际舞台上的包装和销售成功，也让这个联赛从版权收益越来越高。

具体的英国本土市场赛事直播套餐还未明细，要到2月6日才能公布。但英超联赛节目版权仍由BBC持有，这是英国媒体的一条大新闻。Match Of The Day 的英超集锦延续3年，版权费2.04亿英镑，每个赛季英超的本土集锦节目版权就能达到6800万英镑。这一份3年版权，从2016—2017赛季启动，到2018—2019赛季结束。不仅会有周六的MOTD，周日的MOTD2，BBC体育还会新增一档周中的杂志栏目。

本赛季是MOTD50周年，如果失去英超集锦，那么MOTD的品牌价值将大大缩水。此前BT Sport正在努力勾搭MOTD主持人莱因克尔，续约英超后，莱因克尔主动发推庆祝，MOTD保住版权核心内容，当然更有希望保住王牌主持人。

较现合同，英超集锦版权的涨幅为15%，还算正常范围。ITV

曾经努力争夺集锦版权,他们曾在 2001—2004 赛季夺走过,但市场培育时间不长、收视效果和经营成绩不佳——MOTD 依旧是英国人看顶级足球联赛集锦的首选。

现合同将在 2015—2016 赛季到期,BBC 为集锦支付的成本是单赛季 6000 万英镑,周六的主打 MOTD 收视率一直走高,其强势劲头出乎许多媒体观察者预料。在一个移动互联网时代,基于开路电视播出的这种集锦节目,本质上很难被媒体和资本市场看好,然而 BBC 让这个繁荣了半世纪的节目保持强势,这和足球运动、尤其英超影响力不断提升直接相关。

MOTD 的制作质量,同样在过去十年不断进步,一方面要努力通过版权控制和新的传播方式抗争,另一方面也通过大量高科技和新媒体手段,将这档王牌足球集锦节目做得更加专业细致。主持人莱因克尔之外,嘉宾团队也一直保持着高水准,阿兰·汉森退休,不过希勒、基翁、墨菲、萨维奇、古利特等的表现,保持着评论分析的一贯高专业水准。

在现合同框架下,天空电视台仍然是直播赛事播出主体,每赛季 116 场直播比赛,BT Sport 每赛季 38 场。2016—2017 赛季开始的新合同,直播赛事如何分配还有待 2 月 6 日揭晓,不过直播赛事总场次将会继续增加,新增 14 场,其中有 10 场直播比赛将在格林威治时间周五播出,这为英超赛事提供了更多单一时间单场比赛播出的空间。

英超为什么能将自己卖出这么高的价格,最关键两个因素,一是英国人对足球、对于本土联赛极强的认同感,二是英国媒体市场的高开放性,两者缺一不可。在这样良好的基础上,职业经理人充分利用商业管理手段,来包装并且提升英超的媒体产品质量,优化其传播性,同时尊重英国社会文化传统在足球运动传播中的特质,构建起了这样一个媒体和体育营销市场上的双重奇迹。

中超和中国足球能从英超学到什么？中国媒体市场和英国完全不同，不开放竞争，就不可能有多家媒体机构围绕稀缺性优质媒体内容资源的竞价和竞争。这是先天局限。但是在培养本土化上，中超可做的事情实在太多——中国几乎所有职业俱乐部，都不是自然生成的足球俱乐部，大部分俱乐部最初都是一夜变幻大王旗，被行政指令由体工大队足球队改组为俱乐部的，既缺乏所在城市地域的认同感，此后二十余年，也缺乏扎根本土的投入和建设。北京国安的工体氛围，是有一定巧合程度，形成的目前中国足球最佳的本土化案例。

此外在联赛节目的制作包装上，中超可以提升的空间无限大。

我们没法全盘学习英国人打造英超的哲学和手段，但中超的潜力，绝不是五大联赛能比拟的。限制竞争，又是一种行政指令的保守颟顸做法，在竞争中学习对手，才是真正的上进之道。

英超,极度富有的困扰

数字永远都是枯燥的,不论这数字大或者小,而让数字活跃起来的方式,只有当这些数字与人或者事件形成了有机的结合。

51.36亿英镑,巨大的财富,但是到底有多大,能对我们的生活形成怎样的影响,未必人人都能说明白。这是英超下一份三年合同的英国国内电视转播总价值,如果对这些数字进行一些有机解读,那么答案会是:世界上第一个周薪超过50万英镑的足球运动员,将来自英超;英超在2016—2017赛季排名垫底的降级球队,单个赛季的媒体版权转播收入,将会超过过1亿英镑。

一个降级俱乐部的单个赛季媒体版权收入超过1亿英镑!

2015年的国际转会冬窗已经关闭,在纯购买支出上,中超已经成为了世界第一联赛,这要感谢广州恒大、山东鲁能们对巴西阿根廷外援的超级投入。在购买支出总量上,中超也仅次于英超,排名世界第二。"中国购买"的力量,在国际足球市场上彰显无遗。可是在财务报表的另一面,更加重要的"收入"这个板块里,中超只是英超的一个零头,不论中国市场有多大。

2014赛季,中超俱乐部全部累计收入才20亿人民币,媒体版权收入方面,2亿人民币都不到。

英超的媒体版权新合同,是在一个极高水准之上,再次出现巨幅增长——与现媒体转播合同,也就是2013—2016赛季的三年合同相比,出现了70.2%的涨幅,这不能不说是一个体育营销市场上的商业奇迹。因为现合同已经是在此前合同基础上超过60%的价格涨幅。

51.36亿英镑,涵盖的还只是英国国内电视市场的转播覆盖。过去10年,英超的全球媒体影响力扩张,是这个联赛国际形象提升、销售收入提升的主要增长点。现三年合同中,海外国际媒体版权的收入超过了20亿英镑,随着英超在美国、中国和印度等非欧洲市场上的快速落地,海外版权价格提升幅度也不会低。

英超正变得越来越有钱,未来还会比现在更有钱。一年前鲁尼和曼联续约,成为英超历史上第一位周薪突破30万英镑的球员,当未来三年媒体版权合同启动后,英超俱乐部的基本收入,至少上升70%,对这些新增收入最为敏感的,就是支撑这个联赛的职业球员,所以第一个周薪达到40万英镑、50万英镑的球员,出现的速度会越来越快,甚至未来出现一个周薪达百万英镑的球员,都不会太奇怪——按照薪资随联赛收入整体增长的速度看,第一个周薪10万英镑球员,到第一个30万英镑周薪球员的出现,用了接近10年时间,但百万英镑周薪球员的出现,耗时应该会更短。

英超版权价格暴增的主要原因,是英国的天空电视台,在实现了对英超本土转播权超过20年的垄断控制后,正遭遇着来自国内外更强烈的挑战。这些挑战不仅是传统电视机构,依托于互联网的新媒体形式挑战,让天空压力巨大。这个付费电视系统,属于默多克新闻集团控股,英超是他们安身立命的根本产业,所以哪怕支付再高的成本,他们也不能让英超流入其他媒体机构手中。

预计中,2016—2019赛季,英超三年总体的媒体版权收入应该会超过80亿英镑,现三年合同总价值为55亿英镑,世界第一富有联赛的头衔,继续保持下去毫无悬念。

连英超版权的操盘手,英超联赛委员会CEO斯库德摩尔,都对这样巨大的数字感觉有些不适应。他非常清楚,自己作为职业经理人,英超版权卖得越好,球员对于薪资的要求就会越高,而英超俱乐部内部的不统一,导致传说中的薪金上限难以实现。这样带来的复杂后果,未必都是正面形象的传播。如果新增收入中,没有很大一部分流向英国足球金字塔下端——青少年足球、草根足球这些金字塔塔基组成部分的话,那么英超的巨额收入,只会被越来越多的足球千万富翁所消化,带给英国足球整体生态的作用,反而有可能是不健康的。

斯库德摩尔承认,本赛季在英超保级压力巨大的升班马伯恩利,已经是比阿贾克斯这种欧洲传奇豪门更富有的俱乐部,也承认未来英超俱乐部的购买力,在全球范围内所向无敌,这会帮助英超巩固其世界领先地位,可这未必能帮助英格兰足球获得更大发展——一个无比富有喧嚣的职业足球平台搭建起来,依赖的是足球在英国丰厚的文化基础,以及英国人对足球难以言喻的忠诚和投入,但最终获益的,却未必是英格兰足球。

一桩事先公开的赞助案

奇货可居的国际赞助市场上,有着绝对的市场影响力,就不用顾忌多少商业规则。

在现合同结束前,提前宣布下一份合作合同,而新的合作对象,恰恰是现合作对象的死对头,这样的商业赞助行为,在职业体育球队的赞助市场活动中,表现得最为刺激——曼联和耐克的装备赞助合同,还剩一年时间到期,不过在续约谈判崩溃后,马上有了曼联将和阿迪达斯形成新的装备赞助合作关系的新闻,而且新的合作金额,将会打破全球职业体育装备赞助金额的历史纪录。

从2015—2016赛季开始,曼联的装备赞助品牌,会变更为阿迪达斯,这一份新的赞助合同,期限长达10年,总金额为7.5亿英镑,比欧洲任何足球俱乐部的商业赞助金额,都要高出两倍以上。

在世界杯之后,这是体育赞助市场上的一次重大变化,两支阿迪达斯赞助的球队,德国队和阿根廷队,会师世界杯决赛,已经被看成在体育赞助市场争霸过程中,阿迪达斯对耐克的胜利。耐克自1996年进入足球领域以来,正在经历市场争霸最为特殊的一个阶段,由于此前和阿迪达斯在足球领域的竞争,耐克总是一个显得更有进取心的后来者,这番折损市场,不知道这个美国运动品牌会如何收拾残局。

耐克丢失的不仅是曼联——这是巴西国家队之外,耐克投入最大的一个职业足球合作伙伴。在一年前,耐克和另一家英超俱乐部阿森纳的合作也宣布结束,2014—2015赛季开始,阿森纳的赞助商变成了彪马。失去曼联之后,很长时间,耐克和阿迪达斯对英超最大四家豪门各赞助两家的格局，完全被打破，阿迪达斯已经是切尔西的赞助商，重新携手曼联，是他们在体育营销市场上的一大突破。

耐克连失阿森纳和曼联两个英格兰传统豪门，另一传统豪门利物浦，也结束与阿迪达斯的合作，选择了勇士体育，耐克在英超赞助版图中，还剩下曼城一家。不过曼城作为英超传统三豪门之外的"挑战者"，和切尔西一样，是新锐实力的代表，倒也符合耐克那种以另类领先主流的市场形象。

这一份十年合作关系的诞生，前后谈判时间超过三年，最终是耐克彻底放弃和曼联续约前提下，阿迪达斯才能上位成功。更让人诧异的，是曼联刚刚经历后弗格森时代，一个成绩最为惨淡的赛季，于英超联赛排名第七，2014—2015赛季都没有欧战资格，曼联竟然还能和阿迪达斯签订这样一份破世界纪录的合同，曼联经营管理层的斡旋能力，值得称道。

此前曼联和耐克的赞助合同，单个赛季2330万英镑，已经落后于皇马每个赛季从阿迪达斯得到3100万英镑的数额，新的赞助合同，将让曼联在市场经营上，达到一个惊人的高度。

例如英超对手们，桑德兰在2012—2013赛季俱乐部整体收入才达到7600万英镑，只相当于曼联将于2015—2016赛季从阿迪达斯一家赞助商获取的收入；曼联在2015—2016赛季，将从阿迪达斯、雪佛莱和Aon三家，获取1.43亿英镑赞助收入——雪佛莱作为曼联胸前主赞助商，7年3.57亿英镑，Aon是曼联训练服及卡林顿基地赞助商，合同8年1.36亿英镑。

1.43亿英镑的赞助收入，就足以在英超联赛中排进前六，托特纳姆热刺在2012—2013赛季的全部收入，不过1.47亿英镑。

曼联在官方申明中，直接表示与阿迪达斯合作，将为俱乐部带来"至少7.5亿英镑"的收入，阿迪达斯的反馈，则是非常看好这一层合作关系。长期担任阿迪达斯CEO的赫伯特·海纳表示说："这将是一个挖掘赞助项目潜力的里程碑,"还表示说阿迪达斯"期待在合作期实现 15 亿英镑的销售额"。

这两个运动品牌巨人,在 1980 年到 1992 年之间有过合作,之后随着运动赞助市场的火热,尤其曼联全球影响力的提升,曼联成为了多家运动品牌竞价争夺的对象。耐克在 2002 年开始和曼联合作,合作条款中,有一条是耐克具备续约的优先选择权,但是双方合作关系,随着曼联越来越强的商业化举动,尤其是 2014 年上半年,在卡林顿基地出现了耐克竞品之后,曾经被认为是完美的体育商业婚姻,不可逆转地走向了破裂。

不论是耐克还是阿迪达斯,曼联都正在变成一台疯狂向前的商业机器,这跟格雷泽家族近年强化耐克市场化经营程度的政策相关。2005 年 6 月 30 日,格雷泽家族收购曼联之前,曼联的单赛季市场赞助等商业收入为 4248 万英镑,到 2012—2013 赛季结束,这一数字攀升到了 1.525 亿英镑,2013—2014 赛季数据还未能统计完毕,但肯定还会快速上涨。不断增加的商业收入,为的是让曼联的财务报表更有说服力,因为这已经是在纽约股市部分上市的一个公共公司,而格雷泽家族最早用 7.9 亿英镑收购曼联,自主资金只有 3.2 亿英镑,其余资金都是通过各种拆借融资所得,积累的债务,全部反向施加在曼联俱乐部身上,让曼联一夜之间,从全球最赚钱的俱乐部,变成了全球最负债俱乐部。

商业经营层面上,曼联在 2003 年夏天将大卫·贝克汉姆转卖给皇马俱乐部,此后 10 年,曼联在市场营销领域的收入,一直落后于皇马,后来甚至被巴萨超越,落到欧洲第三的位置。竞技层面上,弗格森的退休,导致俱乐部成绩大幅下降,这对全球股市周游了一圈、最终推动曼联三分之一股份在纽约上市的格雷泽家族而言,是相当不利的局面——格雷泽在 2005 年投资收购曼联,是典型的美国负债经营的职业体育经营手法,目的当然是超乎平均数的回报。

放弃耐克,选择阿迪达斯,最终的赞助金额数,是最大的说服力。和耐克以及阿迪达斯双线谈判过程中,可以想象到的各种技巧,格雷泽家族的代言人们使用得无比纯熟充分。是否符合商业惯例,早已不是大家考虑的前提。于是这一桩事先公开的赞助案,为曼联带来的是一个空前利好的赞助消息,对阿迪达斯来说,则是充分相信曼联号称的"全球五亿红魔球迷"的消费能力和品牌忠诚度。

曼联胸贵，专业使然

不论足球场上的奖杯是否能拿到，生意场上的奖杯，曼联从来不能落后于人。格雷泽家族9年前收购完曼联之后，曼联撤市，这个足球俱乐部也从一个"追逐荣耀的俱乐部"，深度商业化，变成了一个"追逐利润的公司化足球俱乐部"（已故英国导演，爱登堡勋爵语。爱登堡勋爵曾任切尔西俱乐部副主席）。

和范加尔率领的新曼联，在英超联赛举步维艰的状况相比，场外那一支曼联，战绩斩获要更加出色。曼联早已不再是世界上收入最高的俱乐部，这一头衔，在大卫·贝克汉姆转会皇马两年之后，就被皇马夺走，但是最赚钱的俱乐部，这个头衔始终没有对手能够撼动。格雷泽家族收购后的9个赛季，曼联夺取过1个欧冠，欧战成绩不比西班牙皇马巴萨两强，可是在吸引赞助商方面，曼联不断刷新的纪录，令全球所有职业运动机构惊诧：2015—2016赛季，曼联的装备赞助商（kit sponsor），由耐克更换为阿迪达斯，新合同时长10年，每年曼联将得到7500万英镑的赞助收入。

这样的赞助金额，只有和竞争对手相比，才更具备说服力：阿迪达斯同样赞助皇家马德里，年度金额3100万英镑，此外阿迪达斯赞助的切尔西，年度金额3000万英镑；彪马赞助阿森纳，年度金额3000万英镑。曼联终止和耐克10年合作，赞助收入类别中，仅装备赞助一项，就被主要竞争对手高出一倍以上。

而一支球队胸前的赞助空间，留给装备赞助商的，只是相对面积较小的一个logo区域，胸前最醒目的大部分区域，还是留给主赞助商(shirt sponsor)。曼联本来和美国保险金融巨头 AON 有长约,后来美国汽车巨人雪佛莱开出天价,从 2014—2021 赛季,年度赞助金额超过 5000 万英镑,由是 AON 变成了曼联训练基地冠名商和训练装备赞助商,正式比赛时,胸前变成雪佛莱。

这样的赞助金额级别和赞助商身份,哪怕放在十年前的运动赞助市场上,都是难以想象的。皇马有着足球世界里无人能及的尊贵名声,美国职业体育也有洋基、湖人这样依托巨大市场的球队,然而单以市场运作和赞助收入对比,曼联之胸,天下无敌。

英超的繁盛,是曼联胸贵的首要原因,在一个最受欢迎、商业化程度最高的联赛里,最成功的俱乐部,往往拥有着无敌的号召力。英超 22 年来,最为贴近媒介传播手段革新,从启步阶段就和付费电视 SKY 合作,在互联网传播和移动互联网、社交媒体传播兴盛过程中,始终保持着媒体化服务质量。竞技上的成功,并不是英超第一追求,观赏性和娱乐性,是英超赛事能作为一种媒体产品,在全球化市场中不断优化用户体验感的关键。

曼联恰恰又是英超中最有名气最具魅力的俱乐部。弗格森带领的球队,成长和繁荣,恰恰和英超同步,这种巧合,促成了曼联能从英超成功中借力最大。

依托于英国的综合文化优势,也是曼联作为赞助载体优势所在,这是曼联胸贵的第二原因。英语的世界传播性,足球源自英国的背景,以及国际赞助市场和规则,与英国商业文化的密切关联。目前国际赞助市场、体育营销市场上,各种经理人、管理者乃至掮客,不是英国人,就是具备英国教育或从业背景者。

曼联胸贵的第三个原因,可能也是最直接成功因素,在于场外那支高度专业化的商业运营团队。这个团队的运营总部在伦敦,于香港、纽约都有办事处,运营历史已经超过十年。目前曼联执行副主席埃德·伍德沃德,转会市场表现不佳,但销售赞助和敛财能力的出众,是他能上位曼联高管的主要原因。从 10 年前以投行顾问身份,帮助格雷泽家族收购曼联开始,伍德沃德就和这个目前已经超过百人的商业运营团队,不断更新曼联的市场化工作方式,其中最大突破,是源自格雷泽家族带来的启发:在全球范围内分区划片销售曼联各种赞助权益。这种区域性划分,主动出击销售的手段,让曼联赞助商序列轻松突破百家数字。

香港、纽约的办事处,在时间上形成了一个"不论从世界何处起飞,8 小时内你都能进入一个曼联办公室"的概念。这和球队球迷无关,对世界各地的赞助商及服务,却很重要。这样的商业架构,许多国际化大企业都难以比拟,遑论皇马巴萨。

职业足球，价格未必对等价值

商业社会中，非稀缺性的公共商品，在销售市场上的价格是具备公平和公开性的。大到原油粮食，小到你在便利店里去买的一瓶水，这些商品的价格，根据市场需求变动，却不会对单一消费者产生变动。

职业体育领域内，却会有不同的情况存在。像美国这样的统一大市场，成熟的职业体育联盟，往往会在统一的经营管理模式下，赋予了球员身价更清晰透明的特性。例如NBA球员，他们的市场价格，通常都是和他们的合同时长数额直接相关，因此在NBA的球员转会买卖过程中，很少出现"转会费"的概念，基本上都是以球员现合同数额及时长，作为其市场价格的最重要参考标准。NBA球队之间进行的球员转会，实际都是合同对合同的等量转换，不等量的情况，也会用未来选秀签位等辅助手段进行弥补——由于整个NBA联盟关于球员薪资有着统一的约定，这也就意味着球员的价值以及市场价格，有了一个可参照的统一标准，即便是初入联盟的新秀，也会因为各自的签位选秀顺序，得到相应的合同。

这是统一大市场、统一操作规范的益处，回避了"转会费"这样单独凸显的金额概念，可是在欧洲职业足球，这样一个各自为阵的分散市场当中，"转会费"变成了衡量球员价值的市场价格标准，而在不同的转会环境下，球员价格会出现很多非理性浮动的状况。

大部分情况下，一名球员转会价格最终的确定，取决于购买方。

在2014年夏季窗口，有这样一桩转会发生——事实上，几乎每个转会窗口，都会出现类似的案例：一名效力于其他联赛的球员，打出了一定名头,他的经纪人得到俱乐部授权,希望将这名球员卖给英超俱乐部,因为英超俱乐部的购买力冠绝全球。然而这份授权书对于球员转会费的价格,有一个浮动空间:理想价格是1500万欧元,但卖方俱乐部可以接受低至800万欧元的售价。经纪人通过斡旋,找到了两家有意求购的英超俱乐部,一家属于英超中下游俱乐部,购买这名球员希望加强未来赛季保级能力,这家俱乐部给出的初始报价,在600万到700万欧元间。另外一家英超俱乐部,则属于豪门级别,他们早就知道这名球员的能力,不过明确地告诉经纪人,该球员只是他们在同一位置上的第三人选,同时转会费"不是问题"。

卖方俱乐部知道了两家英超的兴趣,对于豪门,他们坐地起价,上升到2000万英镑。有趣的是,这家豪门对于卖方涨价反应并不激烈,透露给经纪人的信息是:"他不是我们的第一选择,如果我们买不到我们想要的最佳答案,那么出2000万英镑买他也没有问题。"

这桩转会案最终以豪门俱乐部买到了他们第一选择结束。这名有可能加盟那个英超中下游俱乐部的球员,最终选择了留队再战一年,因为他对英超二三线俱乐部缺乏信心。这样的一个案例,就说明了欧洲职业足球市场上,球员倘若作为商品,其市场价格的莫测。

出现这种状况,实际操作层面上,原因非常简单。首先能达到1500万欧元左右身价的职业球员,全球足球市场上人数都非常少,这就意味着潜在的购买俱乐部数量也很少。在过去三个赛季,全球足坛发生过76桩转会价格2000万欧元或者更高的转会,其中54桩,差不多70%,由欧洲最顶级的9家豪门俱乐部完成:巴塞罗那、皇家马德里、拜仁慕尼黑、巴黎圣日耳曼、曼联、曼城、切尔西、阿森纳和利物浦。剩余22桩这样超大金额的转会,由其余15个俱乐部完成,这当中包括像托特纳姆热刺、多特蒙德、那不勒斯和马德里竞技等完成的一笔超大金额转会,以及一些暴富型俱乐部偶然发力,但此后难以持续者,例如俄超的安郅和法甲的摩纳哥。

这样的转会格局,意味着欧洲职业足球在顶级人才吸纳上,购买力超强的豪门形成了核心垄断地位。这些俱乐部的价格敏感性,较10年前已经有所下降,而且由于这样强势购买集团的存在,能进入他们法眼的球员,几乎等同于被纳入了1500万欧元甚至2000万欧元这样的价格区域,而一旦具备转会可能的球员,无法被这些豪门俱乐部看中的话,他们的身价将跌入600万—700万欧元的区域。这成为了欧洲职业俱乐部转会市场上核定价格的潜规则。

豪门对价格不是那么敏感,他们巨额的收入,正不断拉大和二三线俱乐部的收入水平,德勤每年年初公布的欧洲俱乐部收入榜,前10名的俱乐部,收入都在3亿欧元之上,就由此前罗列的9豪门构成稳定主体。因此在转会市场上,豪门俱乐部一旦选定了目标球员,议价过程反倒简单,这样的俱乐部往往会拥有强势主教练,他们很难在目标选择上"退而求其次",这也导致了豪门转会往往是高身价的事实。

所以和美国职业体育市场相比,欧洲职业足球市场,呈现出来的定价、议价和交易过程中,理性色彩要淡泊一些,传统势力因袭带来的各种变化显著。如果纯粹以球员转会身价论,欧洲五大联赛以及欧冠联赛,不同对手之间形成的实力对比,会让比赛毫无悬念可言,但事实却是,西甲、意甲乃至葡萄牙和荷兰一些俱乐部,即便收入相对微小,球员身价低廉,可是在竞技中的实力,尤其在悬念更大的杯赛中,这些球队和英超豪门或准豪门交手,完全不落下风。价格不能体现价值,是欧洲职业足球的特色。

从经济学角度看,欧洲足球作为相对自由的市场,理性和效率问题,会长久存在。中超联赛在这几年得到巨额投入后,已经成长为亚洲第一联赛,转会市场购买力上,直追欧洲五大联赛,像广州恒大、山东鲁能、上海上港等俱乐部,购买力还超过了许多五大联赛对手。可中超联赛虽然身处中国大陆这样一个统一大市场,转会规则结合的却是欧洲职业足坛主导的"国际惯例",随着俱乐部投入增大,中超豪门价格敏感些也会下降,价格和价值不对等的现象会越来越突出。长远考虑,美国职业体育的许多管理经验,值得借鉴。

欧洲五大联赛生存成本

职业体育的残酷,如果从竞技眼光去看,任何一个联赛,只有一个赢家。然而在其他角度,未必所有参与者都是失败者,倘若职业体育只是简单的零和游戏,众多参与者早就被打跑了。很多时候,生存本身就意味着胜利。

一个职业俱乐部,在顶级联赛中的保级,很多时候就意味着胜利。只是这胜利的成本,抑或生存权利的获得,越来越高昂。2014赛季的河南建业保级,当时流传出了"投入两亿"的价码。两亿人民币,才有在中超继续生存的可能。2015赛季的保级战,贵州降级,从另一个侧面说明了中超保级的成本有多高——一年时间,两亿人民币的投入,未必就能绝对保证保级。生存的成本在不断上涨。

欧洲一家体育营销机构,KPMG,对欧洲五大顶级职业足球联赛,进行了经营成本的调研,调查区间为2011—2014这3个足球赛季,涵盖的成本,包括"全部人力成本",即球员薪资及转会费之外,还有和教练团队、医疗保障团队、运营和行政团队的所有人力成本。得出的结果是,欧洲顶级联赛的生存成本,也在不断上升,尽管商业市场及媒体版权收入,这些年增幅也非常大。

德甲的一些俱乐部数据,KPMG搜集的不够齐备,所以最终公布的调查数据结果,以英超西甲意甲和法甲为主。调查显示,英超是毫无疑问的最富有联赛,2013—2014赛季联赛整体收入约39亿欧元,与之相应的数据,则是英超在人力成本上的投入,也是欧洲最高的。再与之相应的数据证明,英超的生存成本,同样也是欧洲之冠——同期比较得出的结论是,在2011—2014这3个赛季,英超保级俱乐部的平均赛季成本,约7260万欧元,比意甲保级俱乐部高出40%,几乎是西甲保级俱乐部成本的5倍!

在这3个赛季过程中,英超俱乐部的薪资成本,上升的趋势十分明显,这说明英超生存游戏的价格越来越高:2011—2012赛季最后关头保级的女王公园巡游者,当个赛季人力成本为6920万欧元,到了2013—2014赛季保级的西布朗维奇,该成本上升到了7840万欧元。

英超和欧洲其他联赛,在这一项数据上的差别,还会继续拉大,因为众所周知,从2016—2017赛季开始,英超新的3年媒体版权合同将启动,这个最有钱的联赛,未来俱乐部版权收入上,还会出现近70%的增幅,每个赛季每个俱乐部的版权平均收入会接近1亿英镑(约1.41亿欧元)。俱乐部新增收入,往往会迅速地被薪资成本所消化,因此英超保级成为上亿欧元游戏,下一个赛季就会发生。

意甲在这个生存榜单上排列第二,这三个赛季,意甲保级俱乐部,平均人力成本投入达到了5140万欧元,数字上,和意甲经营水准不被看好,形成了一定反差。而且再仔细甄别这三个赛季意甲保级俱乐部的收入状况,平均每个赛季收入约5260万欧元,这意味着保级俱乐部几乎所有收入,都投入到了人力成本上。从职业体育俱乐部经营角度看,这样的经营模式有着极高风险,并且肯定不具备持续发展性。在职业体育经营层面上,以往有一条"50%红线",即一个俱乐部的薪资转会费等人力成本,不应该超过俱乐部收入的50%。中超联赛俱乐部存在的问题,是人力成本几乎达到了俱乐部收入的110%(根据过去3年《中超联赛价值报告》)。意甲保级俱乐部,这个比例超过了90%。

在2013—2014赛季,萨索洛倒是提供了一个相反的案例,和其他两家堪堪保级的意甲俱乐部相比,萨索洛的人力成本投入要少了1000万欧元,这算是性价比出色者。

法甲和西甲生存成本更低,保级俱乐部的人力投入平均每个赛季大概在1500万欧元到2500万欧元间。西甲过往经营上的问题,在于皇马巴萨两家豪门独立销售各自媒体版权,而未来的西甲版权,将会是整个联赛所有俱乐部打包统一销售,类似英超。这肯定会带来俱乐部更高的版权收入,不过观察者的担心,是西甲生存成本也会相应上升。

更高的投入,就会带来更好成绩、增加自身保级的可能性?虽然总会有一些例外,但这条基本规律,在职业体育世界里广为认同。以意甲为例,这三个赛季的调查显示,保级线上的俱乐部,人力成本投入都要超过那些降级俱乐部。英超的女王公园巡游者,则属于镜子的两面,他们有2011—2012赛季高投入换来的保级,也有2012—2013赛季高投入之后依旧降级的苦果——和堪堪保级的桑德兰相比,那一个赛季降级的QPR,人力成本高出36%。

通过对西甲法甲俱乐部的研究能够发现,在保级俱乐部当中,未必是花钱最多者能保级成功。在2011—2012赛季,格拉纳达投入只有1540万欧元,而降级的比利亚雷亚尔以及希洪,投入高出216%和52%。类似情况在法甲2012—2013赛季重现,降级的南希和布雷斯特,比保级的阿雅克肖高出22%和13%。更合理精明的管理运筹,往往能在保级之战中发挥出不低功效。场上的竞技能力,和俱乐部的薪资投入,未必总是合拍,这已经是足球运动中不规律的一条规律,精明科学的管理,更能凸显教练的能力、球队的团队性、球员的上进心和职业态度,以及应对伤病的恢复能力。

透过这一份报告的分析,欧洲五大联赛的生存成本可见一斑。德甲竞争力在逐年上升,但是德甲保级的成本,通过不完全统计,应该不会比意甲更高,因此从五大联赛整体估量,除非是英超,否则每个赛季3000万到4000万欧元的投入,应该能达到生存投入线。这样的投入,未必能保证俱乐部保级,专业知识和专业人士的管理,与资本结合,才可能实现保级。考虑到目前人民币和欧元汇率,如果在中超图谋保级,都是"投入两亿"人民币以上的价码,那么中国投资人观察欧洲联赛俱乐部时,只要不去玩英超这个最昂贵的游戏,对于其他四大联赛俱乐部的运营成本,应该有一个更清晰的认识。

足球转会经济学

足球世界的转会,在国际足联监控体系下,被分成夏窗和冬窗两个窗口:夏窗从每年6月1日到9月1日,冬窗集中在每年的1月。各种转会由此发生。英超和中超,是目前投入金额和影响力最大的两个职业足球联赛。

和美国职业体育,以及职业网球、职业高尔夫、职业赛车等相比,足球仍然是一个封闭行业——这种封闭形态,最突出的展现,就在于转会交易的信息屏蔽上:

哪怕在转会窗关闭截止日这样的疯狂一天,哪怕英超这一个夏窗的转会数字,被公布为11.65亿英镑,仍然有太多的转会交易价格,属于未知。在英文媒体报道里,时常会出现"undisclosed fee"这样的描述。大致金额可以猜度,具体内容查无实据。

这样的情况,在NBA根本不可能发生,因为NBA对于球员身价的厘定,与其合同金额时长直接相关。这是美国作为一个统一大市场的好处,也和北美职业体育联盟,多为先有联盟制定规则,再由俱乐部配合执行的组织架构相关。

欧洲则大相径庭——先有俱乐部,再有俱乐部之间组合而成的联赛。俱乐部作为转会交易主体,商业属性和社会属性混杂。英格兰俱乐部,全都被注册为有限责任公司,近年来更多是私有制企业,财务信息类似选择性公开。意甲接近英超。西甲和德甲,则有很多属于非盈利性社会机构,信息同样不完全透明。

你的俱乐部这个窗口花了多少钱?你们最近收购的这位球员身价几何?大多都是半分析半猜测。于是转会费,以及巨额转会身价的构成及成本回收的解析,形成了一个非常谜团,信息构成复杂、解析过程曲折,其中有几个概念的偏差,值得提出。

转会费的数字准确性

这个猜谜的过程,又有趣,又似乎和你我们没有切身关联,所以盯着转会截止日的球迷,都会有参与游戏的感觉。其实不然。2016年夏窗,英超刷新转会身价总和纪录,意甲在欧洲居第二,这些球员暴涨的身价和薪资,别说和中国球迷没关系。

你看英超是否付费?付费的球迷,肯定和英超转会总金额暴涨相关。因为英超联赛每三年暴涨的媒体版权收入,在英格兰本土来自天空和BT的媒体版权收入,在海外来自各个分区市场媒体版权收入。你如果购买了乐视的超级体育用户权益,或者在新英平台上购买付费场次,你花出去的钱,自涓涓溪流中,汇入到了英超和欧洲足球转会费的洪流之中。

哪怕你只看免费场次,你的观看习惯,你在网络或电视屏幕上看球留下的痕迹,都在助长着这些职业足球赛事媒体版权的涨价。

转会费这种强刺激新闻内容的产生,尤其形成了休赛期的重要体育资讯组成,在二战之后随着职业体育市场成熟而成型。最早的转会费报道,媒体都得依赖资深信源——资深记者编辑和俱乐部的关系,有可靠的新闻渠道,然后得到一些相关资讯。最开始的报道逻辑,从买方俱乐部获得,然后从卖方俱乐部核实。现在看到的一个数字,例如博格巴从尤文加盟曼联,8900万英镑的世界纪录,并不是一个严谨数字,因为转会身价里,会包含太多细列条款,例如如果曼联打入欧冠,曼联夺取欧冠和英超,博格巴赛季进球等等,都会形成一系列附加性条款(add—ons),对最终价格有各种影响。

基于人脉关联、人际关系的信息,有着非常不可靠性,毕竟这不是财务账本上的最终应收或应付款项数字。所以同样一个转会案例，各种信源报道出来的数字会各不相同，这当中既包括信息来源的变化与真实性差异，也包括对各种附加性条款识别的差异。尤其牵涉到不同联赛、不同市场之间球员的转会，还会有不同币种以及汇率参照设定标准的区分，税收政策不同的区分，差别就会更大。

球衣销售冲抵转会费？

没有任何俱乐部，能通过球衣销售，来冲抵他们收购来球星的身价。即便是在皇马时代的贝克汉姆，刷新了球衣销售的纪录，最终皇马的实际收益，也不可能冲抵贝克汉姆自曼联加盟而来时，相当低廉的2500万欧元身价。

几乎所有的欧洲一线俱乐部，都会和各种运动品牌装备提供商，签订球衣及装备赞助合作，然而球衣销售的收入，俱乐部只能从分成模式中获取10%到15%的收入——贝克汉姆在皇马的球衣，销量有说法达到500万，以单件价格50欧元计，总量2.5亿欧元，而皇马的收入分配，税后数字，也就是和贝克汉姆的转会费打平。薪资及签字费，更不可能通过球衣销售覆盖。

阿迪达斯两年前和曼联签订了10年7.5亿英镑的赞助合同，这是职业体育历史上最高金额的球衣赞助。阿迪达斯的诉求，是通过和曼联形成品牌叠加效益，对自身销售形成新的推动助力。

足球俱乐部，不论多么强大发达，品牌如皇马巴萨、商业强健如曼联阿森纳，归根到底，并不是商业公司。俱乐部并没有绝对有效的机构，来完成从设计、生产到销售、物流、分发和回款等所有商业流程的细节，因此以合作分成的方式，是俱乐部实现商业效益的根本办法。

阿迪和曼联的合作，阿迪希望10年实现15亿英镑的销售，这当中曼联能分得的销售收入，最多2亿英镑。而一个博格巴的收购，就达到8940万英镑。

有人吹嘘伊布以自由球员身份加盟曼联,能给曼联带来5000万英镑的球衣销售,这意味着伊布的曼联球衣要销售达到100万件,已经是不可思议的数字——曼联上季球衣整体销售,不到300万件。即便如此,曼联从中分取的,不过10%到15%,500万英镑左右。

伊布没有转会费,但他在曼联的年薪,在600万到700万英镑。通过球衣销售冲抵转会或薪资等人力成本,完全不可能。

球迷至上

足球流氓,社会之敌

刚去英国的时候,实体书店还能维持生计,我经常会去逛Foyles、Borders几家,逗留体育和文化区域时间总是最长的。当时最让我惊讶的,是每家大书店的体育书架群里,Hooliganism都至少会拥有一个独立书架。

Hooligan,流氓。放在体育板块中,那就是足球流氓了。很难想象,足球类的书籍,在这样一个呼吸着足球的国家里,一个超大书店里,也就是三四架书而已,足球流氓的话题,居然会如此丰富。

英国是一个虽然虚伪,却还能自省的国家,有天生自傲,也有岛国固有的内里自卑。足球流氓在20世纪后半段,不仅是英国最失颜面的社会问题,更是一个转型社会的矛盾集中爆发。那段时间发生的多次足球灾难,1985年的海塞尔惨案、布拉德福德火灾以及1989年的希尔斯堡惨案,未必都和足球流氓问题相关——例如让利物浦球迷蒙羞多年的希尔斯堡惨案,如今终于平冤昭雪,可是在英格兰俱乐部足球成绩最为骄人的时代,看台上却是另外一种景象。

对于足球流氓的各种书籍,我涉猎得不多,然而在英国报道体育,足球流氓是不能回避的存在。在"日不落帝国"日落,二战之后深度的经济萧条和社会转型过程中,再挟有大量传统产业崩溃,大量的新移民涌入,足球流氓问题在"劳工阶层"(working class)中爆发。

这并不是英国独有的现象,德国、法国、意大利和西班牙,引进世界足球的欧洲五大联赛,多少都有些足球流氓病灶。前苏联解体后的东欧、土耳其等地,足球流氓问题严重。这些场景的发生,中国人似乎可以隔岸观火。

我们不会有这样的事。也许很多人都这么想过。然而看看今天的中超,谁还能笃定地如是判断?

足球流氓就在我们身边,社会分配不公和行业管理秩序混乱,负面社会情绪郁积过多,足球流氓就会为祸。这不是危言耸听。

中超2016赛季,几乎每轮联赛都会有球迷对抗的负面新闻传播。赛季前亚冠赛场上,申花球迷在墨尔本客场打出的横幅,不是足球流氓行为,但上海德比之前,数百球迷的对打混战,放到欧洲环境,就是足球流氓现象。事件起因众说纷纭,揪出最早挑事的害群之马,球迷自发的力量值得尊敬,而这挑事的害群之马,不就是足球流氓?

重庆力帆的客场比赛,看台上打出了对王栋的侮辱性画像,粗鄙污秽。客队球迷被围攻的场景,在社交媒体上传播极广。这都不是孤立的现象,上赛季有过邰林在辽宁客场的"礼遇",江苏球迷被保安群起暴打——我没法指证那些穿着制服的保安就是足球流氓,但他们的行为比足球流氓更恶劣。

在没有秩序的盲区,在不受保护的开阔地带,在社会负面情绪,找不到其他更通畅发泄通道之前,足球场是最危险的区域。作为一个球迷,你对周末去看球,往往会充满向往,然而你要面对的,却可能是在情绪被激发后,暴戾得丧失理性的狂徒,你完全无法指望保安维持秩序,你听到的满耳都是污言秽语,这样的地方,就是地狱。

欧美的昨天,可能就会是中国的今天,但欧美的今天,未必会是中国的明天。除非我们能未雨绸缪,能重建球场的秩序,重建看台上的秩序。

解决社会分配不公,根本不是任何一届政府能完成的。可完善球场和看台秩序,欧美的经验,是司法力量进入的管理、对职业足球中产阶级运动包装。现在英超见不到足球流氓,一种原因,是英超太贵,足球流氓们买不起球票了……

　　这仍然不是根本解决之道。足球流氓的出现,是社会综合性问题,足球因为太受欢迎而沦为受害者。然而当局者如果有责任感和前瞻性,防患于未然并非不可能。

我们都是伪球迷?

罗德·利德尔(Rod Liddle)是一个标准的英国专栏作家,思维敏锐、视角独特,字里行间那种浓厚的自嘲和讥讽,更是标准的英国 snobbish 口吻。

我信手翻起一本闲书,马上觉得,他给这本书作序,再合适不过。

"以前是海布里图书馆,现在是酋长停尸房(morgue)。""巨大的球场,球员和球迷的距离,就是现在足球关系的缩写。""球场上这十一个人,只有一个英国人……他们和俱乐部的关系,除了雇佣合同以及巨额工资外,没有其他关联。"

最有代表性的,应该是他和这本《寂静剧场》(Theatre of Silence)作者马休·巴扎尔之间的呼应——那种对新球迷的鄙夷和不屑:

"你偶尔或许能买得起球票,但你肯定买不到球票……足球已经成为了一种流行生活时尚,所以很多和他们自己声称支持俱乐部没有任何关系的球迷出现了……他们追逐荣耀而来,欧冠那场切尔西和罗森堡的比赛(穆里尼奥第一次在切尔西下课前最后一战),有多少人到现场看球? 25000 人! 因为这样的比赛不重要、不够炫……他们给我热爱的这项运动带来了太多改变,太多对足球没有任何好处的改变……"

利德尔为巴扎尔作序,因为作者出现在了利德尔为之挣扎痛苦 40 年的米尔沃尔主场。两个对足球现实,尤其是英超极度不满的球迷,找到了共同话题。

看到书名时，我就知道这不是 Nick Honrby 那种顾影自怜文风的 Fever Pitch，而更是在凭吊一段失去的生活。足球在改变，生活也连带发生改变，利德尔和巴扎尔这样的老球迷，有太多失落和失望的地方。像利德尔回顾 40 年来他对米尔沃尔这个声望不佳俱乐部的支持，"连败是常态，偶尔赢一场诺里奇，我们会在南伦敦庆祝欢歌达旦……我不知道这样细腻微妙的情感关联，这些所谓的新球迷是否能理解……"

绝对的真实感触，却也是绝对的 snobbish，那种你永远无法战胜他的自傲，哪怕你在肉体上消灭了他、在精神上摧毁了他，他仍然要比你强。北京的一些地道爷们，多少也有点这习气，其实这是满清旗人的流毒。哪怕清末民国之初，没落的旗人，早没有当初征讨天下的锐气和学习能力。

新球迷，就是伪球迷。伪球迷进入足球，带来了职业足球 20 年的繁荣，带来了巨额商业收入，带来了浮华和喧嚣，却让真球迷永远失去了质朴的快乐。这种描述文学性够了，足球性和社会性却太差。这是非常自负又自私的论断，热爱足球，将足球视为自己的禁脔，情感上可以理解，可是这样的狭隘，正是对足球的误解。

谁又不是伪球迷？

比较起英国人这种高高在上的 snobbish 调调，我更厌恶这种自以为是的真伪球迷之说。足球的意义，就在于不断影响到更多人群，吸纳更多伪球迷，然后用足球这项美丽运动，构筑新的生活方式，团聚起所有人。不论在世界上任何一个角落，没有伪球迷，就不会有真球迷，真球迷都是伪球迷而来的。

足球是一种世界性的，跨阶层性的语言。不同的人看到的体验到的足球不同，但大家语言还是一样的，只是口音有别而已。

我们喜欢上足球，追逐荣耀有什么不对？就像你最初或许是为J罗的笑容、巴神的胡混、苏牙的咬人而关注足球一样，这都是正常的起源。难道成为足球,也需要根正苗红的正宗背景? 只有英国人才能是球迷? 抑或只有广州人才能支持恒大,四九城里的北京人,才可以国安?

幸运的是,足球永远不会如此狭隘。

解说，说解

拉丁人对于足球的欣赏，有着与众不同的口味，一些约定俗成的剧情，如果不表演出来，他们肯定不答应。

就像满座的比赛，一场下来，巴西球迷肯定要玩一两次墨西哥人浪。墨西哥人浪的出现，往往是比赛场面沉闷，球迷们看比赛看烦了，自娱自乐的集体无意识行为。但是习俗也会随着不同乡土而发生改变，尤其在南美洲这片神奇的土壤上。

拉丁人以热情闻名，主动参与性强烈，场上球员是主角，场边观众同样也要参与比赛，这样的世界杯氛围才足够浓烈。球场之外的观众，也不会因为自己远离赛场而自我隔离，他们需要将比赛氛围，透过屏幕和声音，传递到自己身边。

所以资深南美足球专家蒂姆·维克里告诉我，比赛进球之后，大声长喊"Goal……"喊到声嘶力竭，喊到山无棱天地合，这是南美足球解说员，在比赛发生进球时，是绝对必须完成的规定动作，哪怕当时还有很多发生进球的信息需要及时介绍，但球迷的基本要求，就一定得有这一声无穷无尽的Goal，否则拉丁球迷会极其不爽，会觉得自己的看球体验不完整。

约定俗成，狂放得有些不讲道理的Goal声，便是拉美解说的必修基本课。久而久之，这也成了拉美足球特色之一。

央视的段暄老师，在几场小组赛的前期解说时，曾经尝试过借鉴这种南美解说的风格。对于中国受众，了解拉美足球特点的，听到段老师开嗓，自然能会心一笑，这样新鲜的表达，对世界杯的中文传播，也是很有趣的尝试。

可是在社交媒体平台上,央视这次派驻前方的四位解说,以及作为多场比赛的解说嘉宾朱广沪,每一位都会遭到不同程度的批评和质疑,甚至可能被恶搞,与其说这是赛事解说过程的缺憾,不如说这更是社交媒体的一种属性体现——观点和意见表达,先于对事实的了解和沉淀。

世界杯赛事转播,央视具有中国大陆地区的独家转播权,这是一种排他性媒体独家版权的体现。而社交媒体平台,最不能接受的,就是这种毋庸置疑的独家性。互联网打破了太多隔膜和障碍,移动互联网,更让每一个个体有了发声和表达的机会,但互联网有一种自然而然的无政府主义状态,权威与威权,最容易在社交媒体平台上遭遇挑战。社会心理学的深度分析,用英国社会学者凯特·福克斯的概括,便是:"……野蛮生态下的社交媒体,最大的本能,便是不断推翻各种秩序和架构……"

世界杯的传播,在大部分国家和地区,长久以来都是一种声音或方式的传播,这和电视媒体长久占据主流媒体地位相关。这种惯性传播,其实是对绝大部分球迷的世界杯乃至足球启蒙,然而社交媒体的蓬勃生长,令主流地位不断遭遇挑战。挑战的表层体现,是对这种声音或者方式的反抗,于是不论个性化的表达,例如引经据典的赛事概括,还是热情澎湃的瞬间描述,都会遭遇大量的质疑声——当那些挑战的个体,从一开始就将自己放置在主流声音的对立面时,任何讲述与表达,对他们来说,都是糟糕的表达。

解说过程中,不同的性格体现,也会在社交媒体上激起不同反响。加里·内维尔退役后,在天空电视台评球,语言风格和他做人一样,直率明朗,单刀直入。这种性格,在社交媒体上很受欢迎。他的弟弟菲尔·内维尔这次世界杯在 BBC 说球,评论话语不多,相当谨慎小心,反倒在社交媒体上被狂嘘,因为"平淡中庸"。BBC 作为英国的世界杯主播电视网络,也被大肆指骂。

荷兰的解说,在荷兰大胜西班牙比赛中,激动得不能自已,语无伦次,却得到了荷兰球迷交口称赞,主观性表达反倒比客观性陈述更受欢迎,但这只是一时一场的状况。场场都有野兽派表现的嘶喊者,赛事本身不值得嘶喊,这样的解说又会遭到质疑。温格在世界杯现场为法国电视台说球,风格中正平和,不少法国球迷就觉得"乏味无趣","他干嘛不多花些时间去研究阿森纳转会问题……"

移动互联网的世界杯传播,因社交媒体而变得更加复杂。主流与另类,主观与客观,各种表达与讲述风格,都可能遭遇莫名挑战,一如朱广沪的巴葡读音。究其根本,作为赛事的报道和讲述者,解说仍然是媒体矩阵当中一环,娱乐性很重要,可解说到底不是娱乐艺人。

我,我,我

我们生活中新增的一根棍子,最可能是什么?

这是一个提问回答的小游戏,我不知道如何回答,以为是在伦敦英王十字站里哈里·伯特专卖店里,能买到的批量生产的魔法棒。

正确答案是:自拍杆。

要给"自拍"(selfie)找一个代言人,非巴洛特利莫属。这个在利物浦自我感觉不适、就能主动放弃比赛机会的人,是社交媒体意义上的一只金丝雀,他当年那件著名 T 恤 "Why Always Me?",简直就是"自拍"最好的宣传词——如果"自拍"这样的社会行为,还需要任何宣传词。

牛津大学出版社,对 2013 年进行概括时,年度关键词就是"自拍",selfie 已经成为了一种社会风尚。这个生造出来的词,同样来自社交媒体起源的初期,据说最早是 2002 年澳大利亚一哥们喝醉酒,在社交媒体上吐槽生成的一个词。我去追溯"自拍"起源,发现最早的自拍者,居然是 1839 年美国的摄影师罗伯特·科利留斯,摄影技术刚出现的时候,他做的无非是定格延时自我拍摄,这和 selfie 有着本质上的区别。

没有社交媒体,没有智能手机,不会有 selfie。selfie 最重要的元素,就在"self","自拍"当中的"自"字。不自拍不社交,自拍好处多多,由此癖好的人,肯定是觉得好玩,也许有点自恋,才会形成习惯。如果没有社交媒体平台,自己上传图片之后,不能引起社交群赞或者群槽,不会有 selfie 的风行。Selfie 不风行,不会有社会心理学家等专业人士,来专门研究这样的社会行为,以及这种社会行为背后,将给你我未来生活带来的影响。

我不懂这样的社会风尚背后,隐藏的长远社会心理暗示是什么,不过我知道,华为似乎创造了一个"群拍"概念,还让 groufie 成为了一个专有词汇。只是这样附着于商业品牌之上的文化概念推出,流传程度不太确定,groufie 这个词儿也不像 selfie 那么别致好看,稍微打错,就成为 groupie。就像当年苹果出 ipad,有德国公司出了个 wepad,意思是"苹果只和自己玩,我们要大家一起玩……"其实是东施效颦。

不论如何,这么去做推广,棍子和手机都能更好卖。

Selfie 无所不在,今天的竞技场上,如果没有 selfie,简直就不成样子。托蒂进球之后,也会来一张现场自拍。自拍蔓延成风,尤其这根棍子,遭受了越来越多的敌视。美国各种媒体研究调查,统计结果总是越低龄人群,自拍爱好越强烈,自拍图片里性暗示的内容越多,自拍者都有着深度自恋倾向,于是对自拍得出越来越多的否定判断。

这样的分析,我仍然不敢坦然接受。因为自拍确实能给喜好者带来愉悦感,能凸显自我的存在,这和传统意识形态,尤其中国,无限放大集体、骨子里要灭人伦的理念相悖。年少不轻狂,晚景不照样也会凄凉?自恋难以为公众接受,可一个自恋者,至少会尊重自己。尊重自己的人,也更有可能尊重他人。

然而足球场上的 selfie 行为,与这项运动的存在,有一定本质背离。托蒂进球自拍发生后,意大利媒体上争议纷纷,我也觉得有些不妥。足球运动是集体至上的,Why Always Me? 这是巴洛特利一个错误的提问。并没有谁真把你当成了神,你自己太重视自己,太把自己当回事,所以只有 me, me, me。

就像自拍或群拍时举的那根棍子,这已经被意大利许多博物馆禁止了。就像自拍你就自拍吧,可还要美图秀秀,甚至还有"向AV摄影学习自拍技巧"的H5推广。自拍就是一种流行风尚,阵风刮过,各自柴米油盐罢了。

足球从社区走来

有一年去伦敦拍摄切尔西,住在肯辛顿,事了突然想起好久没去过富勒姆了,克拉文农场那些木制看台座椅,让我记忆犹新,这天正好有空,就叫上我在英国念书的外甥,一道沿着泰晤士河溜达。

经过主教公园,绕着克拉文农场球场走了几圈,我突然想起附近有一个叫 Olympia 的地方,虽然和奥运会没什么关系,但总想着过去看看。

我在位置方向感上,向来白痴。秋天的伦敦,很适合散步,穿过 King Street,莫名其妙走错了路,但这座城市,几乎每一处地方,都有些故事掌故。经过牧羊人丛林(Shepherd's Bush),我想起老牌谍战片《锅匠裁缝士兵间谍》,出现过几次这里的场景,在往前里军情五处(MI5)所在的白城不远了。

于是继续向前走。穿街过巷。突然眼前出现了一座球场。

这样的描述,一点都不夸张,因为洛夫特斯路球场,就是你正常行走于街区之间,"突然"凸显在你眼前的。一点都不开阔,四周全都是有些古旧衰颓的民居,这座球场就硬生生地从民居中陡立着。

在英国行走,时间长了,你总会意外地遭遇一些球场,如果你有心地记忆、分析和总结一番,你会发现,举世闻名的老特拉福德、安菲尔德、斯坦福桥、古迪逊公园、维拉公园、圣詹姆斯公园、埃兰路以及近年来启用的酋长、伊蒂哈德和伦敦球场,都多少符合我们中国人一直以来,对"大球场"的概念——所处位置相对开阔、造型雄阔,和这些俱乐部的江湖地位、历史名望相对符合。然而这并不是英格兰足球场的全貌。

甚至从整体上来看，这可能是一种假象，因为大多数英格兰俱乐部球场，都像洛夫特斯路球场这样，就夹杂于民居之间、扎根于社区之内、存活于人心之中。

英格兰四级职业联赛，一共有 92 个俱乐部，这是被认知为具备 league 身份的"联赛俱乐部"。但这 92 个俱乐部之外，英格兰还有 20 多家俱乐部，虽然挣扎于国家联赛（conference），性质仍然是职业属性，或至少是半职业属性。这些俱乐部，都有自己的"家"——自己的主场。如此之多的职业俱乐部，能在英格兰这并不广袤的土地上生存，就因为他们生于斯长于斯，从社区萌生，代表的是劳工阶层质朴而浓烈的生活热情，传播的，是符合劳工阶层志趣的运动和足球梦想。

只剩下只鳞片爪的海布里，就是在北伦敦吉莱斯皮路民居当中矗立的一座球场。白鹿巷格局也比较相似。离开伦敦，伯明翰的圣安德鲁斯球场如此，曼城的老主场缅因路如此。布莱克本的伊伍德球场，上世纪 90 年代初"钢铁大王"杰克·沃克翻修，和周边民居拆迁发生的矛盾，成为了当时的社会话题。

我们很容易掌握一座球场的纸面历史，以及彪炳战绩，但是真正了解这座球场活的历史，需要真正去到这座球场，并且在球场周边走访，真正知道为什么这座球场于此建造，谁是这座球场、这个俱乐部的球迷。大部分英格兰球场，都和英格兰足球萌芽发祥的轨迹一样，来自社区，成长于社区，与社区的血脉和文化，彼此交融关联，不可久绝。

希尔斯堡惨案之后，《泰勒法案》的推行，让英格兰在过去 20 多年经历了一番球场兴建的浪潮。新兴球场，本是为了给球迷提供更安全的看球环境，很快就和商业化浪潮合流。新球场都更现代化，设置也更人性，可是许多当地球迷都觉得，新球场魂魄没了，哪怕从厄普顿公园去到伦敦球场，距离不远，哪怕海布里和酋长球场之间，步行只要 10 分钟。

这 10 分钟,也许是足球伟大社区传统,和新兴商业环境的一道鸿沟。不过我们从隔绝于世的鸟巢走来,我们本不知足球和社区的文化脉络。

爱人如你,Someone Like You

人生如白驹过隙,变化太多,而我们似乎永远都在追逐新鲜。

新鲜太多,新鲜本身变得陈旧枯闷。没有静下来,清茶一杯,独自凭栏的情境,太多的新鲜,会将你卷入到无穷漩涡里。或许在这无穷漩涡里翻滚的,就是你,或许不是你,但只要被卷入进去,你肯定不是原来的你。

我时常孤独,却未必寂寞。我想孤独是一种美好的景致,哪怕年轻时体会不全孤独的美好。孤独势必清冷,小时候读到"千山鸟飞绝,万径人踪灭",只觉得有画意,却不解其诗情。后来才渐渐觉得柳宗元眼中世界的清冷,在一个鸟飞绝、人踪灭的天地间,独钓寒江的孤舟蓑笠翁,孤独到了何等地步。李白也有过孤独诗意,但要比柳宗元更暖,"众鸟高飞尽,孤云独去闲。"他可以和敬亭山,相看两不厌。

孤独的伴侣,就是寂寞。孤独是一种状态,寂寞是一种情绪。孤独未必能让你失落,寂寞却会使你崩溃。寂寞是精神上的孤独。

孤独却不寂寞,我觉得这应该是一种人生追求。我们不能如孟轲那样豪言壮语地占据精神高地,至少能在享受孤清过程中,找到自己心灵的皈依。这一年来,跑步成为了时尚,跑步成为了生活方式,其实在都市熙攘人群中,跑步不正是主动去寻找一种孤独,一种和自己心灵对话的机会?

跑步的时候,如果你聆听的音乐里,包含了阿黛尔的歌曲,那会是一种充满着风险的体验。

阿黛尔的歌曲,有着一种深深的悖论和危险,她嗓音和肺腑里传递出的力量，具备撕心裂肺的穿透力。她可以在雨中点火，set fire to the rain，最让我震撼的，还是那首看似平易得不能再平易的 someone like you。其中一句 Sometimes it lasts in love but sometimes it hurts instead，情可隽永，情亦伤神，在阿黛尔的演唱中，你可曾感受到半分隽永，你很容易被那如潮水般不断汹涌的悲伤淹没。

爱人如你，情何以堪。

在孤独之中，聆听这样的声音，聆听那一句 I beg 吟唱时，隐隐传出的破音，没有谁不被真情打动。这样情绪狂澜的掀起，会将你推向寂寞。

孤独不可畏，寂寞很可耻。

在这一年行将结束的时候，我回首这一年，总会想起那个乌迪内斯的球迷阿里戈·布罗韦达尼（Arrigo Brovedani），那个在热那亚球场里，当乌迪内斯造访桑普多利亚时，看台上唯一的客队球迷。他的孤独，让他成为了唯一，也让这个世界拥抱了他。布罗韦达尼那一天并不是专程去支持乌迪内斯的，但他是个球迷，每次到热那亚，终会要到球场边走一走，如同他去到任何一个足球城市。他支持的球队来到了热那亚，布罗韦达尼不在乎有没有同伴，不在乎球场里有多少风险、桑普多利亚的 Ultras 有多么可怕。他毫不犹豫地走上客队看台，还找到了一面乌迪内斯的队旗。他孤独而渺小，但他绝不寂寞，因为他心中有爱。

媒体的传播，总会要分析意大利足球环境如何恶劣，意大利球迷如何不愿意去客场支持自己的球队，这些其实并不重要。布罗韦达尼的出现，如同一抹曙光，照亮了那个球场，照暖了无数人心。支持自己喜爱的球队，热爱自己所爱，这是一个可爱的人，他没有经过精心策划的率性而为，折射出了足球的伟大。这是我们爱足球的原因，哪怕爱，从来都不需要原因。

我想起了年初那个从西安跑去贵阳的出租车小伙子,我想起了那么多伤心的西安球迷。这一年足球留下的辉煌与荣耀,肯定是媒体乐此不疲赘述频繁的内容,梅西、西班牙国家队、切尔西、科林蒂安……但在我看来,这些都不如布罗韦达尼和西安球迷真实,甚至不如他们可爱。我们很容易被伟大所征服,被奇迹所震撼,可是真正让我们动情的,是那平凡却又真情实意、丝丝缕缕传递到我们内心深处的情感。

　　足球就是情感,再多的理性也不能剥夺足球给我们带来的情感冲动。阿黛尔的歌,是在诉说着自己的心痛,诉说能降低她的痛楚,她的诉说却又感动了一个世界,这是阿黛尔成为阿黛尔的原因。柳宗元和李白的孤独中,却没有怅惘踟蹰的寂寞,因为他们高洁。足球不能让我们避免孤独,例如布罗韦达尼的形单影只,然而足球不会让我们寂寞。因为足球,我们有了爱。

You Are Beautiful

马洛卡的海边悬崖上,白雪飞舞,海鸥低翔。詹姆斯·布伦特,脱掉鞋袜、除掉上衣,整整齐齐地将口袋中物件平放在地上,舒缓干净的动作。最后纵身一跃,投向茫茫沧海。

倘若没有音乐的伴奏,那首令人心碎的歌曲作为背景,这样一段画面,有些像是模仿日本武士自尽的仪式过程,神秘而诡异。可是配上这首《You Are Beautiful》,一段 mtv 成为了一首诗,不胜凄婉,余音绕梁、回环反复,挥之不去。

布伦特是一个摇滚歌手,一个在科索沃驻扎过,身历生死垂亡的战士。在那段 mtv 上,乍一眼,布伦特有些像史蒂夫·纳什,披散碎发,不羁中带有诗意。英伦摇滚,有 Coldplay 那样去英格兰化的传承者,有 Blue 那样昙花一现,却能留下几首经典曲目的商业组合。布伦特似乎更传统,听听那首《Three Wisemen》或许能感受到一些。我不懂摇滚,声嘶力竭的重金属令我疲惫,但布伦特却似乎能深入人心。

奇怪的是,摇滚也需要以商业 pop 的方式借尸还魂。在他第一张专辑里,《You Are Beautiful》让布伦特闻名天下,最早听到这首歌,我不记得是哪一个商业广告,只觉得旋律独特、歌者声线高亢激昂,充满了力量,却似乎是一种绝望的力量。孤独的时候,认真地去听这首歌,你发现人间凄苦,恐怕个中道尽无数,犹如歌中最后一句:But it's time to face the truth, I will never be with you.

布伦特说,在他第一张专辑里,这可能是最不重要、最不能说明歌者自我主张的一首,结果却红遍天下。这首歌的起源,似乎都说是布伦特写给前女友的,他也在一次访谈中说过,有一回在伦敦地铁里见到了前女友,她和另外一个他在一起。布伦特和前女友对视一眼,"无数的人生在对视中闪现。"然而闪现终究只是闪现,火车到达,各奔东西,永不相见。

他还有不少优秀作品,但在各类 billboard 上,难望《You Are Beautiful》之项背。真是造化弄人。没有这首歌曲的商业流行,布伦特不可能摆脱俗世拘束全心做音乐,然而没有俗世拘束,我只怕布伦特不再会是布伦特——这个姓氏 Blunt,就英文词意,也有"迟钝""愚鲁"含义。不迟钝不愚鲁,练不成左右互搏,恐怕也写不出最好的摇滚。

没有绝望的惋叹,音乐也不会达到直指人心的震撼。

体育似乎也是如此,用一种奇诡的线索,牵动着所有人的感情。爱上一项运动,爱上一项运动中的某一个个体,或许只因为他的一个动作,一段眼神,一种发型。这样的爱自然肤浅,清风拂过不留踪迹,而人生百世的众多情感,大多不都是肤浅世俗的。正因为如此,我们才更渴望刻骨铭心,我们才会更珍惜冥冥中或有或无的那一缕情愫。

这应该就是一种移情吧,我想。我们这些凡夫俗子,将情感寄托在那些能在球场上为超凡之事的天才们,任由自己的情感,随同这些偶像起伏颠簸。我想这也是我们从来都喜欢看武侠小说,以及现在穿越文字和作品大行其道的原因。现实总是不堪的,日常总是凡俗的,都有一颗超越、穿越之心,默默地向往着柏拉图式的解脱。

我不知道是否人人都会如此,我自己多少有点这个意思。我不知道这是否也能称为赤子之心的一种,但隔空的向往和梦蹈,再不实际和痴人说梦,我们恐怕都会有一点。

于是寄托和信念,在虚无中显得无比重要。即便我们都不说,都不敢说,却都会在心灵的某一个角落,暗暗地隐藏着这些从孩童时代就无比珍贵却又不能示之于人的痴心妄想。这一周,我看到对温格执教阿森纳十五周年的纪念文章,我也看到对特维斯拒绝替补上场的各种报道,其实这些文字里,流动的不是新闻,更是各种不同的情绪,情绪传达的是各种情感。

因为情感,足球从而伟大。没有情感,足球只不过是一种普通游戏。因为情感,足球成为了我们彼此生活中不能剥离的内容,因为我们的信仰,我们的寄托,我们卑微却无限的情感,都找到了一种能永久靠港的皈依。

这样的情感,卑微却又高尚,因为这样的皈依,并不需要荣耀和胜利来提升。多年前,因为《足球报》上一段对巴乔的特写,让我仰慕起当时的意大利少年,1994年他踢飞点球的那一瞬间,我觉得我比以往任何时刻都更爱他。

哪怕没有辉煌加冕,有过真情的付出,就是无比的美丽。凄婉的结局,如歌中唱罢,But it's time to face the truth, I will never be with you,足够打碎所有心灵。可是有过真情的流动,破碎又如何?

主队永恒

十年不变的巴萨故事

苏亚雷斯疯狂地冲过底线、跃过广告牌，冲向看台的方向。他奔跑的轨迹，恰恰经过尤文图斯球门后，一片巨大的巴萨俱乐部logo图标区域。

这会是未来巴萨传播中，完美的一个场景。在意大利人经历了残酷的上半场，紧咬牙关，一点点扳回局面，并且扳平比分后，梅西的突破和射门，迫使布冯扑救脱手。苏亚雷斯从埃弗拉身后启动，补射得分。巴萨再度领先，第五个欧冠的希望重燃。

苏亚雷斯以一道弧线的奔跑，掠过巴萨logo，掠过历史。梅西再度创造机会，苏亚雷斯完成致命一击。这也是MSN本赛季的第121球——赛前英国记者开玩笑说，MSN带给对手的痛苦，应该是SNM，一种难言之虐。这一虐并没有打垮尤文图斯，但是比赛的最后一脚，是内马尔的低射，MSN本赛季第122球。

这是不可思议的一个巴萨赛季，一种浴火重生的劫争，一个苏亚雷斯个人经历特别能定义的赛季。这个赛季开始时，他加盟了巴萨，却身处长期停赛。他是一个国际足球的恶人标签，这个标签直到今年夏天的美洲杯，还会贴在他身上。但这个欧冠进球，让苏亚雷斯再度重生。

2014年圣诞节前，解禁复出的苏亚雷斯只有3个进球，那之后他完成了22个进球。在巴萨的9个月时间，他赢得了自己在欧洲9年未能赢得的一切。这也是巴萨6年来的第二个三冠王，欧洲找不到第二支能获得两个三冠王的球队，而10年4夺欧冠，更是一个时代的统治性表现。

然而这支新的巴萨,苏亚雷斯只是优秀团队中的一个新加盟者。

梅西仍然是梅西,甚至更是梅西。巴萨永远都会是梅西的巴萨,哪怕这决赛用数据说话。梅西是0传0射,梅西的表现,能让数据也撒谎、也无法描述他的伟大杰出。前两个进球,都是梅西创造的机会:第一个进球,他如同一个标准十号,在中场中路左脚斜长传找到阿拉巴;第二个进球,梅西发挥的是盘带和直线突破的杀伤力。

内马尔打进最后一球,而第一个进球恰好是他巧妙横穿后插上的伊涅斯塔——伊涅斯塔获选决赛当场最佳,因为他助攻了拉基蒂奇的首开纪录——拉基蒂奇本赛季5度为巴萨首开纪录,在MSN都面对严密防守时,他的前插弥足珍贵。还有在尤文强韧地试图逆转局势时哈维的替补上场,这是哈维职业生涯的第900次登场,伊涅斯塔将队长袖标戴在哈维臂膀上,耳语似乎是鼓励老队长稳住局势,这位西班牙足球史上最伟大的中场,也确实不辱使命。

这一个赛季的转折,对于开局不利、梅西和恩里克矛盾被暴炒的巴萨来说,同样是团队力量的体现。哈维对梅西的劝诫,在更衣室依旧发挥着老队长的作用,肯定不是数据能说明的。

集体的氛围,让MSN能够成型,让梅西能不管是右路还是中路,都能充分施展自己的才华,能让梅西改变饮食和休息作息,恢复巅峰状态。就像对尤文图斯的第一个进球,门将之外所有球员都参与其中,每一颗明星都在闪耀,而所有闪耀的明星,汇聚成了一道无比亮丽的彩虹。这可能是一道绝世彩虹。

这十年的巴萨,讲述的其实都是一个故事,集体至上的团队足球故事,哪怕故事的呈现形式,有小罗时代的惊才绝艳,有瓜迪奥拉的绝对控制,也有恩里克这半个赛季展现出来的更加快速和高效的攻击。不同形式背后,都是集体力量的体现。尤文图斯作为一个优秀对手,成为了巴萨最好的试金石。

生于巴萨

如果你有自由主义的倾向——这在一个社交媒体时代,已经是越来越主流化的趋向,同时你还有一点雅皮趣味的话,支持巴塞罗那是一个不错的选择。在欧洲大陆上,详加推究,会发现太多俱乐部有着过于沉重的历史负累,或者和极权主义相关,或者天生排外。对于非本地球迷而言,要让他们支持排外甚至有着种族主义色彩的俱乐部,是不可能的事。西方社会,明面上最不能触碰的几条底线,种族主义便是其一。

因此在美国这样自由主义还能有一点生存空间的社会,巴萨是一种能填补中产阶级球迷真空的存在。在这个俱乐部历史上,有着太多细节,渗透着自由主义的魅力,某种意义上,巴萨应该是全球化的代表。走进巴萨博物馆,在达利和米罗作品陪衬下,这样的特质体现得非常明显。

红蓝的俱乐部主色,被认为和法国大革命三色旗有关联,虽然还缺乏确凿实证。20 世纪 30 年代,无政府主义盛行时,巴萨就是这座重商城市里,劳工阶层的聚合地,这样的传统流传至今,红蓝之色,也暗合着劳工阶层传统。佛朗哥独裁时代,坎帕诺成为加泰罗尼亚人发出反抗之声的唯一领地,更凸显了这"不仅仅是一个俱乐部"的集体意识。蒙塔尔班对巴萨的概括,是"一个没有政府的国家、手中史诗般的武器……巴萨的胜利,就是雅典对斯巴达的胜利"。自由战胜武力独裁。

佛朗哥之后的这半个世纪,加泰罗尼亚独立风潮时起时伏,在 2008 年金融危机对西班牙经济形成沉重打击之后,这个民族的独立意识持续抬头。地方政府官员,对于巴萨俱乐部事务的关注,几乎超出他们对政务的关注,加泰罗尼亚当地政府首脑,当众点评巴萨阵容打法,从来都是理所应当的事。政客们都有必要和俱乐部保持良好关系,这样他们每个主场都能坐在荣耀看台上,拉紧和加泰罗尼亚选民的关系。拉波尔塔领导过球迷组织,反对努内兹对俱乐部的控制,完全演变成为了一场政治运动,作为律师的拉波尔塔,积极参与俱乐部事务,他的目的众所周知,是为了图谋在加泰罗尼亚政坛的地位,巴萨成为了一条终南捷径。

政治总是肮脏的,然而为了吸引选民,政客势必要亲善,哪怕是道德表象。在出售胸前广告问题上,巴萨在所有欧洲豪门行列中,支撑到了最后,即便阻挡不了商业化大潮,也是先用联合国儿童基金会来过渡。现场球迷大多是会员,他们对俱乐部的要求,不是一般球迷那样的看客关系,当马拉多纳、罗纳尔多和里瓦尔多们心有旁骛时,球迷的批评直接而尖锐。教练必须遵从巴萨足球的哲学原则,唯胜利论的教练,在这里很难立足。常驻巴萨的记者格拉汉姆·亨特和我说过:"穆里尼奥起步于巴萨,却是巴萨最大的敌人,因为他和卡佩罗那种足球,和巴萨的基因天生背离。"所有球迷都渴望胜利,但是失去了浪漫主义和想象空间的胜利,巴萨不接受。

只是这样的原则,这些远远超出一个足球俱乐部的哲学,很多其他俱乐部支持者未必接受。白衣贵族的皇马,最为商业化的曼联,是巴萨天然的敌人。就以 Mas que un club 这一句口号,足够让很多敌对球迷生厌,"不仅仅是一个俱乐部!"透露出了语意间的高傲和区隔,和艺术与民族自由的结合,更可能让人觉得这个俱乐部太过复杂。足球,在其原生地,总是和啤酒热狗汉堡为伍的,为什么到了这座地中海港口城市,不缺乏劳工阶层特色,可是又会那样的布尔乔亚?足球之外,巴萨很容易形成两极化印象。

然而在一个更广的社会范围内,巴萨有值得所有人起立鼓掌的理由,不是因为克鲁伊夫—瓜迪奥拉这一脉相承的足球理念,经典的足球场面,总会是过眼云烟。巴萨的独特,在于一个看似个体空间被放大、实际上美国式全球化又在挤压人类自由的时代里,巴萨始终以他独特的全球化方式独立着。他吸纳四面八方的来客,他又恪守着加泰罗尼亚的血脉。他一直在发出自由和独立的呐喊,但他从不诉诸暴力和颠覆。

很少有这样一个俱乐部,在特立独行的同时,不带多少暴力色彩。这并不是赞美巴萨球迷都是谦谦君子,他们也会对菲戈扔上猪头,但是那条狂热和暴力之间微弱的界线,巴萨球迷极少跨越。在欧洲豪门俱乐部中,坎帕诺的女性球迷和少儿球迷,比例是最高的,非加泰罗尼亚人的巴萨球迷,比例同样极高。这是一个重新定义着民族主义的社会载体,这也是一个用自己的方式,温和应对着仇视者、批评者的社会存在。

拉玛西亚

出租车经过坎帕诺,绕行而过时,出租车司机指向一幢昏暗夜色中小房子,"La Matia."他说道。

然而第二天的拜访,并不是在坎帕诺,而是在 8 公里之外的巴塞罗那体育俱乐部训练中心。拉玛西亚在国际语境的传播中,已经成为了一个半神化的名称,一种足球哲学的代表。但是在加泰罗尼亚语中,Matia 只是小农舍的意思。当初修建坎帕诺的时候,旁边有一幢小农舍,俱乐部存留了下来,用作青训的办公室,简单而朴素。

今天的这幢农舍,在坎帕诺用围栏圈了起来,连上周边区域,巴萨俱乐部的朋友介绍说。在我们看来有些神秘的所在,也不过是堂前燕,参差百姓家,没有那么神奇。当地的孩子,喜欢足球,热爱自己的俱乐部,通过各种选拔竞赛和被观察,最终能进入到俱乐部的青训体系,于是有了拉玛西亚。

这个训练中心,不仅有足球。巴萨是一个综合性体育俱乐部,职业球队,足球之外,还有篮球、曲棍球、手球和室内足球,业余球队就更多了。中心位置是以维拉诺瓦命名的足球一队训练基地,这一块区域用各种绿植围栏,和周边区隔开,保持着视觉隔断。其他训练场地,一目了然。虽然外人不可能进入到这个训练中心,但身处实地,面纱被拉开后,看到身边轻松来去的年轻身影,这当中或许隐藏着一个未来的普约尔、皮克或布斯克茨,甚至梅西,只是你不会再因为那层神秘而产生其他奇幻想法。

青训的老大佩普·塞古拉(Pep Seguara),是个大学教师背景的足球教练,以前在希腊执教奥林匹亚科斯夺取过两个联赛冠军,前几年在利物浦负责整个俱乐部青训体系。他向我介绍起拉玛西亚时，用的是非常概念化的描述：position, possession 和 pressure——位置、控球和压力。这就是巴萨对自己足球风格的简述。拉玛西亚从 10 岁开始向上，每一岁都有一个年龄梯队，每个年龄梯队都遵循这样的足球培训理念，每个球员对自己的场上位置所要求的技术以及战术执行，都会得到清晰的讲述和培训；足球的对抗，控球既是最好的进攻基础，也是最好的防守依赖；不断给对手施加压力，在施加压力过程中，寻找打败对手的机会。

拉玛西亚就是在这样的培训中成型的。看似简单，但一以贯之，从 10 岁到 18 岁，都在这样的体系中进行培养，小球员逐渐成长为巴萨 B 队可用之才，优异者，又从 B 队晋升到一队。每个年龄梯队一正一副两位教练，再配以体能教练和整个巴萨运动恢复体系的照看。在这样的一个熔炉中，拉玛西亚从小农舍走到了今天。

成功的体系，听起来并不复杂，复杂的是每一位教练，每一位球员，都要在这样的体系里，日积月累地锤炼，不断接受打磨和淬火。每一个环节的培训，都和整体足球风格乃至哲学吻合。

我问塞古拉，他手下总共有多少教练。塞古拉犹豫了一下，说 30 人左右。我又问他拉玛西亚的模式，能否得到复制、能否在海外例如中国，成立一个新的拉玛西亚吗？

回答是绝对否定的。完全不可能。

因为这样的足球定位和风格，是在这座城市和这里的人群以及当地文化结合才产生的。这个青训体系，是在半个世纪的磨砺中逐渐成型。拉玛西亚也只有这么多青训教练，这是巴萨的核心竞争力，何以复制？

在海外开足校，那是传播和普及足球，拉玛西亚却是为最顶尖精英足球培育人才的，规模只有 150 名左右的球员。

不能复制的，才是经典。

蓝衣三千士

那三千人的声音,全场 90 分钟都在高亢而震撼着。其中大概有那么几十秒,其余五万人在狂吼"fuck off Mourinho……"稍微压制了三千人的呐喊,然而阿森纳和切尔西的整场联赛,能让我耳膜震荡的,还是那三千人的声音。

他们一刻都没有休止,他们一直在呐喊,在战斗,在享受。

零平之后,我和俱乐部的几位朋友去到会员区喝点东西,首长球场硕大的落地窗外,是通向阿森纳地铁站的外平台。不少阿森纳会员围在玻璃窗前,观看外面平台上的情景:大概一两百名蓝色球迷,面对着这一片巨大的玻璃窗,载歌载舞、举蹈庆祝并且挑衅着。

又过了半小时,我去到距离地铁站更近的俱乐部办公室入口,等候几位朋友。这时那两百切尔西球迷从面前走过,继续在歌舞、在呼喊、在肆无忌惮地庆贺和嘲讽。

这场比赛,如果赛后透过媒体,大家获悉的,无非是"boring, boring, Chelsea"的球迷呼喊,以及穆里尼奥赛后"十年无联赛冠军"之 boring 的嘲讽回应。我在现场看到的,是这三千客队球迷,嚣张甚至跋扈,但绝对激情澎湃的鼓舞和庆祝。

"这比赛都不骂人,看台上都不对抗,还叫什么比赛啊?"我的兄弟张静同学在比赛之中,和我抱怨过两三次。他和我多年前就是同事,也为这本杂志工作过。张静不是阿森纳球迷,只是过来参与商务谈判的。他真正支持的,我估计只有北京国安。但是那三千人的喧闹,始终刺激着这个只是来看热闹的看客。下半场比赛,当三千人鼓噪得实在太刺耳夺目时,张静突然站起来,冲着那遥远的三千人,大骂了一声:"SB!"

他会厌憎切尔西球迷吗?肯定不会。可如此举动,他在现场做出,是自然的行为,哪怕作为一个俱乐部邀请的客人,这样的做法不合适。不合适而自然,因为温文尔雅的中产阶级掩饰、循规蹈矩的商业规则约束,在那一刹那间,变得没有约束力。

我在想,如果不骂这一声粗口,张同学恐怕都不认为自己来伦敦看了一场传说中应该很带劲的德比。

为什么这么安静?为什么这么温文?为什么这么缺乏激情?因为足球变了,足球变得更好接受,变得更加社会主流化,变得更干净,也变得更贵了。

这个球场所销售的季票价格,应该是全球职业足球俱乐部最高的,最低联赛季票超过一千英镑。这个球队踢出的足球风格,在温格执教之后,以细腻流畅、充满创造力闻名。这个球场应该是目前世界上最好的专业足球场之一,六万座席全无视觉阻挡,配套设施舒适而人性化。然而这个球场,至少在这一场比赛,激情属于那蓝衣三千人。

一种粗犷豪迈奔放夹杂有点任性肮脏的激情。一种追根溯源,或许要在 working class 属性里,才能找到的足球激情。这种激情,是另外那些并非沉默,却对比起来感觉有气无力的五万七千人,发散不出来的。可能我坐的位置,距离传统死忠北看台不够近,听不明白他们的声音,然而这个球场里的声浪起伏,那三千人始终在浪尖跳跃。

足球变了,足球流氓消失了,球场里的脏话、随地小便的情形,不会在这种顶级联赛豪门大战中出现了。足球变得更加电视友善、赞助商友善、投资人友善了。足球的现场观众也在变,年龄越来越大;现场球迷的社会层级,在英国这样一个潜意识里最九品中正制的社会里,变得越来越高了;现场球迷的购买力,也越来越强了。

但是这个巨大的剧场里,声音和文化也变了。

张静同学走出球场时,和我说了一句:"这比赛真没劲。"

莱斯特城:浪漫与丑恶

整个足球世界都为"狐狸城"着迷。这是正在发生的浪漫足球故事,莱斯特城,一个上赛季还在为英超保级而苦苦挣扎的小俱乐部,此刻正不可阻挡地接近着俱乐部132年历史上第一个顶级联赛冠军。

这是黄金铺地的英超时代,莱斯特城面对的切尔西、曼城、阿森纳、曼联和利物浦们,不论俱乐部规模、阵容投资,都在其至少十倍以上。几乎所有的中立球迷,都会支持莱斯特城,支持一段不可思议的、似乎能诠释体育意义的伟大浪漫。

谁都不能否认这支平民球队的战斗精神、集体至上的团队品质。然而总有调查记者,不会为现象所迷惑,总会在孤独甚至周遭充满白眼和愤恨的环境中,沿着自己选定的方向工作。大卫·科恩,一位以足球财经调查闻名的英国同行,就是这样一个犯众怒之人。

他的调查,最近果然引发了一连串疑问。

第一个问号,是关于莱斯特城在2013—2014赛季,由英冠升级英超过程中,存在的严重商业经营违规行为。

泰国富豪维猜·斯里瓦塔那布拉帕(Vichai Srivaddhanaprabha)在2010年收购莱斯特城,此后投入上亿英镑,帮助莱斯特城升级,并且赢得今天的世界尊重。莱斯特城在这个神奇赛季中,已经成为了泰国最受欢迎的足球品牌。不过在科恩们的调查中,2014年1月发生的一桩赞助,充满疑点:当时在奋力冲超的莱斯特城俱乐部,和一家名叫Trestellar的公司,签署了一份市场赞助合同，Trestellar 以每年 1100 万英镑的高价，得到莱斯特城在英国及东南亚地区的市场营销权益。

对于一个英冠俱乐部，1100 万英镑的市场营销收入，简直是天文数字。

此前一个赛季，莱斯特城亏损 3400 万英镑，这笔及时的赞助，帮助俱乐部缓解了财务压力，更重要的是，帮助莱斯特城规避了英格兰联赛委员会 (Football League) 的俱乐部公平竞争财务约束惩罚——在英冠，公约治下，每个俱乐部亏损额度有严格约束（新规定是单个赛季只允许亏损 800 万英镑）。财务公平竞争约定，是为了避免俱乐部谋求竞技成绩而不计成本地投入球员薪资和转会费，最终形成利兹联、朴茨茅斯这样的俱乐部黑洞。

规定要求很严格，禁止俱乐部老板如曼城切尔西般直接给俱乐部现金注资，也禁止俱乐部以违背市场价值的方式、通过关联交易等变相手段来增加市场营销收入、以平衡债务表——温格曾经批评过曼城和切尔西的"财务禁药"行为 (financial doping)。

和 Trestellar 的营销委托合同，让莱斯特城财务报表立即好看许多，没有这 1100 万英镑，莱斯特城肯定会因为亏损过高，而被联赛委员会处以千万英镑级别重罚。这样的亏损，完全是球员薪资和转会费增加带来的人力成本过高后果——2013—2014 赛季，莱斯特城球员薪资成本 3600 万英镑，比俱乐部整体收入还要高出 500 万英镑。

Trestellar 如何"营销"莱斯特城，看不到任何举动，更奇怪的是，2014—2015 赛季，莱斯特城升超成功，代理方居然将球队胸前广告位置，卖给了 King Power 免税店——King Power，恰恰是俱乐部泰国老板的产业。

英冠的竞争对手俱乐部，对莱斯特城这笔交易有所耳闻，各种投诉上报至英格兰联赛委员会，但是审核和处理的过程，拖沓漫长，至今没有结论。调查记者的嗅觉,让科恩开始研究Trestellar这个神秘公司,结果一无所获——或者说,调查大有收获。

名字奇怪的这家公司,注册在谢菲尔德,所有者是著名的大卫·理查兹爵士(Sir Dave Richards),前英超联赛委员会主席,英国足球界长袖善舞的关系专家。理查兹和维猜关系密切,和此前曼城的泰国老板他信,也有过紧密过从。他来代理莱斯特城俱乐部的"营销业务",说得过去。

但更有趣的新闻线索,是2013年6月,理查兹就已经是莱斯特城俱乐部的"特别顾问",所顾问之事,正是如何帮助莱斯特城屏蔽财务公平竞争风险。

这家他名下的公司,没有网址,没有电话,注册地址,和理查兹之子所拥有的一家媒体和市场营销公司为同一地址。

如果说这还不是关联交易,那只怕这世界上就没有关联交易了。

在其他英冠俱乐部眼中,莱斯特城的这一系列做法,完全是"法外之法",为了尽早升级成功,老板不惜成本地投入,所以在冲超赛季里,他们就能拥有像瓦尔迪、队长摩根、门将小施梅切尔、中场"喝水哥"德林柯沃特这些优秀球员,莱斯特城支付的薪资,当时就是英冠最高的。马赫雷斯,也是在2014年年初买下的。"我们都在财务公平竞争公约下,量入为出、循规蹈矩,有些俱乐部的做法,却是迂回之后,寻找到了其他通道,这完全不是公平竞争。"米德尔斯堡俱乐部老板史蒂夫·吉布森曾如是批评莱斯特城,如今身处冲超序列中的米堡,也被指控有"财务禁药"的违规行为。

对于这桩离奇赞助案,莱斯特城俱乐部当然不会有任何公开应对,Trestellar公司,既然连电话号码都没有,也就更成了断了的线索,哪怕线索断裂之前,指向无比的清晰。

英格兰联赛委员会,是负责英格兰下三级联赛:英冠、英甲和英乙管理事务的机构,还在"继续调查"莱斯特城两年前的这桩事件。调查记者提出了一个极有价值的问题,但是这条符合媒体职业素养的调查线索,有可能给一段完美的浪漫故事,填上丑恶的黑影。

如果你还相信这世上的完美。

为什么是阿森纳

考文垂大学进行的这项调研,让很多体育迷跌破眼镜,因为这个在 2000 名中国球迷当中,对英超俱乐部受欢迎程度进行的调查结果显示,阿森纳排名曼联之前,位居第一。于是一个顺理成章的结论,透过媒体广为传播:阿森纳是在中国大陆地区,最受欢迎的英超俱乐部……

这是 2014 年 2 月初的一个调查结果。10 年前,有过一个更大规模的调查,CCTV 体育频道也有参与,关于哪一个欧洲俱乐部,在中国大陆地区得到的支持率最高。结果为国际米兰,同样是眼镜跌破的结果。

10 年前的国际米兰,处于一个历史性的低谷,2014 年 2 月的阿森纳,正行进在周期性的赛季崩溃期。调查取样的数据,应该发生在结果宣布前 3 个月,那时的阿森纳,依旧是 8 年无冠的晦涩中,总有一些少年才俊的涌现,总有一些赛季末只能为英超第四和未来的欧冠资格赛身份而争夺的无奈。

这样的一个枪法并不精准的"枪手",装备总不齐全的"兵工厂",凭什么能压倒同为英格兰传统三豪门的红魔红军?凭什么能压倒 10 年来蹿红欧洲的蓝狮蓝月亮?

这样的现象,或许只能在中国大陆发生,尤其是 5 年来社交媒体从新生到极度活跃、社会意识形态去主流化明显的时代里。

在足球资讯过度传播,足球赛事转播到超饱和境况,大路新闻正变得越来越廉价。欧洲某地发生的一件小事,刹那间就能在中国的社交媒体上激起涟漪,这是技术手段对媒体传播变革发生的作用。只是信息无阻隔,并不意味着认知无阻隔。隔岸观火,很多时候,隔岸者看到的火影,包含有主观想象和自我情感投入,这火影,和实际火影并不一样。

因此阿森纳的中国枪迷,不会为世界上最昂贵的球票痛苦,却会为自己支持一个主流当中的非主流、功利群落里带点理想主义、残酷现实中杂有浪漫幻想的载体,而产生了一种自我迷幻般的满足。因为这就是阿森纳,尤其是 10 年来,在国际资本冲击下,金钱和商业帷幄日渐汹涌的足球世界里,阿森纳这样一个特殊俱乐部的形象。

阿森纳不是非主流,温格执教以来的完整赛季,他们始终征战欧冠,在英格兰,阿森纳是传统豪门,二战之后甚至被称为"英格兰银行俱乐部"。但在切尔西曼城出现后,阿森纳信守温格倚重年轻新秀、控制投入的低成本运营原则,让他们在主流中非主流。

阿森纳很成功,温格很成功。如果没有他执教前 8 年,两次"双冠王"的成就,温格不可能成为弗格森之后,在英超同一俱乐部执教时间最长的教练,可阿森纳远远不够成功——欧冠缘悭一面,连年领先英超然后崩盘。

阿森纳很浪漫,风格上与大开大合、硬桥硬马的传统英式球队区分井然,这是温格足球的特点。这样的浪漫,总在残酷现实前被击溃,像 2 比 8,像 1 比 5、0 比 6……可浪漫入骨,就会有超乎胜负的自得:我们踢不过你们,但我们有风骨……

他们总会出现在最高舞台,但他们总在焦点中心区域若隐若现。他们没有大跌大起,距离成功却总差一步。去听听那首 Por Una Cabeza 的曲子,就是《真实的谎言》《闻香识女人》里出现过的拉丁舞曲,对,那就是阿森纳。

我不知道英超俱乐部的球迷,在中国是否支持阿森纳的最多,这种判断,再广众的调查,也难以得出服众的结论,至少我怀疑"在中国大陆阿森纳球迷比曼联球迷多"这样的陈述,可是在社交媒体上,微博微信,枪手们的活跃程度,是欧洲球迷之冠。因为温格和主流中另类的阿森纳,实在太符合社交媒体交流发声的属性——总有话题产生,总有向往存在,总有讨论空间,总有自黑余地,总难达成梦想……

或许有没有梦想这件事,对于枪手球迷而言,都不是那么重要了,因为大家需要一种羁绊,需要一种联通彼此的链接,需要一种彼此认同又各有差异的松散群落。我们可以自说自话,可以享受着胜利的华丽,更可以在被失败蹂躏的过程中,自恋自惜。胜利的享受,如过眼烟云,失败的沉痛,反倒会让人深沉。

这就是生活的本真。梦想遥不可及,人与人之间,总要牵手相伴。

与我同行，Stand By Me

　　总有一首歌，会让你在疲惫不堪、孤独踟蹰的时候，心情激荡。哪怕那一瞬间，你仍然无法挣脱肌体的束缚，你依旧睁不开困顿的双眼，心脏在异于平常地悸动，你却会感觉，有一缕亮光，穿破层层雾霭而来。你终于可以平静地闭上双眼，你可以松弛紧张的神经和肌肉，你知道苏醒之后，你会有更强的体魄和意志，去面对那或许寂寞，却不再孤独的漫漫长路。

　　音乐具备平抚心灵伤痛的奇效，音乐能激发平庸头脑的灵感，音乐也具备超乎各种睚眦必报文化部落主义对立的高蹈。很多时候，你寻找的，只是一首歌的慰藉。

　　阴差阳错中，我又解说了一场阿森纳的比赛。本来想看看曼城拜仁的热闹，但周三夜晚有约，只能提前对付一场，这次赶上了一场奥林匹亚科斯主场对阿森纳的小组赛。我不需要楼坚老师的提醒，自觉地开始犹豫。然而拒绝朋友从来不是我所擅长，已有的约定，我必须履行。同时这场比赛，对已经获得小组头名的阿森纳来说，无非是一场青年队训练比赛。于是我拍案而起，貌似慷慨，悍然赴约。

　　这场比赛我准备得不够职业。生活中总有更重要的事情，让你偶尔把工作或喜好抛诸脑后。你时不时要犯些小规，或阳春白雪，或风花雪月，而不是像马德兴老师那样兀兀穷年。倘若有人，将自己全部热情都奉献给一种事业，我会钦佩其事业性忠诚，却会对这样的人生充满怀疑。

　　所以我没有赛前充足的睡眠，我也没有带着太多期待去等候比赛。事实证明,这样的比赛不会让你失眠,更不值得期待。然而我延续了自己对阿森纳一黑至此的传统,以及文艺老清新的名声。

比赛最后5分钟,我觉得自己睡着了,也许嘴里还在支吾。小师弟刘嘉远的博闻多识,帮我分担了压力。言不及文,文不及思,思不如不思,恐怕是我的职业素养总结,所以这第四流的解说水平,名副其实。唯独让我郁郁的,是逢说阿森纳则难胜的诅咒,一往无前地继续,滔滔江水,连绵不绝。

我感到孤独。我已经谢绝了不少解说机会,个中乐趣,让你时而会忘乎所以,不能置身局外的痛苦,也会让你感觉黑云压城。鲁迅说他有虽万人吾往矣的决绝,但背后投枪,却是他无法面对的。

我不会认为,个人喜好也可以上升到铁肩担正义的高度,可为什么总是我?所以我一反常态,找到Umbro朋友,索要了件巴神T恤:Why Always Me?

这T恤还是小号的,我显然穿不上。中号的我可以勉强对付,大号的,楼坚老师可以凑合……他将不捋直舌头,都无往而不利。我必须继续潜水,未必是修炼。我隐隐中觉得,将情感过多寄托在一个logo、一支球队上,多么愚蠢。从小我们受的教育,都是不能玩物丧志。不能平天下不能治国,也得修身养性,自扫其屋吧。足球,乃至体育,有那么重要吗?为什么我们都要陷入这样的部落文化陷阱?

我看到了《足球之夜》这一期,对于西安仁和搬迁主场的报道,同行王涛做的采访真切实在,西安球迷的伤悲和愤懑,令人痛心。足球有这么重要吗?足球因其不重要,而无比重要。足球不关乎国计民生,但足球却会是每个人童真的梦想,能牵动每个人的情感。在一个没有信仰,在一个真伪难辨,在一个连情感都未必真挚的时代,真球迷,却能保存着纯真的心。

所以说,足球信仰,比婚姻更忠诚。这是真正的爱情,这里没有欺诈和虚妄。这里能让你寻找到一条回避不堪现实的逃道。那个从西安追到昆明去的小伙子,开出租车为生,平常不过的普通人。然而在球场里,在支持自己的球队过程中,他可以宣泄自己的激情,他可以找到有着共同信仰的知音。他不再孤独。

只是这样一个俱乐部的无情离去,却让他和数以万计的西安球迷无比孤独。这样的背叛,不就是最残酷的爱情背叛?你爱上了她,她抛弃了你,你的爱无边蔓延,却再也找不到心的归宿。

我们需要的,是自己站起身来,拥抱自己的足球,彼此携手,不祈求怜悯,不卑微守望,不无奈惋叹,而应该创造我们自己的命运。让我们听听那首歌,Stand By Me:当夜幕降临、大地黑沉,月是唯一光明;不,我不害怕,只要你与我同行;亲爱的,亲爱的,请与我同行……

阳光掩盖的阴影
——全球职业球员生态调查

涉及到五大联赛,抑或中超中甲的球员报道,天价薪资和转会费,是永恒的主题。可是在全球范围内,职业足球运动员,并不是一个吃着高薪青春饭、物质财富无忧的特殊人群。事实上,光鲜的亮色外,有着巨大乃至恐怖的黑暗阴影。

根据 Fifpro 这个国际性足球运动员机构公布的调查,全球范围内,大部分球员收入低下,合同得不到保证,对自己的职业生涯发展不能主动控制。不安全感和贫穷,依旧在世界上太多地区,侵蚀着这项看似美轮美奂的美丽运动。

这份报告叫做 The Fifpro Global Employment Report,涵盖的范围不包括英格兰、德国和西班牙,也不包括亚洲,针对欧洲、南北美洲和非洲的国家和地区,征集回了近 14000 多份直达球员的调查问卷。报告在结论中指出,足球行业普遍存在各种不稳定因素,例如行业规则和监管的空缺,例如最基本雇佣关系的混乱。在调查问卷中,有 41% 的球员表示,过去两个赛季经历过薪资拖欠的问题。这些球员的每月净收入,平均下来,在 1000 到 2000 美元之间。

这些调查对象,分布在欧美非 54 个不同国家和地区,是对于职业体育从业者收入最大规模的一次调查。不包括英格兰、德国和西班牙,反映的正是调查者回避最高收入联赛地区的原则,Fifpro 认为这倒更能呈现最发达联赛地区之外的现实存在,得出分析结果之一,就是职业足球运动对参与者存在的巨大风险。

Fifpro 的秘书长西奥·范塞格伦指出:"这些调查是整个全球

足球产业的真相。我们会发现,并不是所有职业球员都拥有三辆不同颜色的车。我们真诚地认为,这个报告是带来一些紧急改变的契机,因为我们再也不能接受这样的现实情况。报告证实了许多我们熟知的情况,然而存在的问题比我想象的还要尖锐艰巨。我真希望很多俱乐部对这样的现状感到羞耻。"

调查尤其担心的,是对许多职业球员薪资支付的拖延。根据国际足联的规定,俱乐部薪资支付的限期,是合同约定时间之后的 90 天。倘若拖延超过了 90 天,那么球员是有权利单方面解除合同的,然而转会窗口的硬性存在,让这种对球员权益的保护几乎不存在。

报告显示,收回的调查问卷里,78%的球员薪资拖延时间在 90 天内,此外有 10%的球员,薪资支持拖延时间超过了 80 天。Fifpro 将这种现象比喻为"赌博经济学",意指许多俱乐部在赛季初的转会窗期间,大手大脚,对于未来赛季的薪资报酬支付,没有足够的预估,于是各种拖延随即出现。

回收的调查问卷里,只有 5%的球员年龄在 33 岁以上,大部分个人财富积累并不多,薪资一旦出现拖延,对生活质量的影响显而易见。

一位罗马尼亚的职业球员,在问卷调查中写道:"上赛季我在两家俱乐部效力 12 个月时间,但得到的薪酬只有 9 个月。第一家俱乐部直接说自己没钱,到了 1 月我得到机会加盟另外一家俱乐部,而原俱乐部表示说,只有我放弃掉 3 个月未支付薪资的权益,我才能走人。我没有其他选择,只能选择放弃。"

在罗马尼亚,74%的问卷回复显示存在严重薪资拖欠。

这名回复的罗马尼亚球员还表示,他效力的第二家俱乐部,6 个月之后就倒闭了,他的许多应得薪资仍在拖欠中。"我得依赖父母,为我买球鞋,为我提供吃住。父母还得照顾自己和我的孪生弟妹……"

所以Fifpro坚持,所谓90天期限,应该减短到1个月,同时要求国际足联以及各大洲足联,对那些薪资支付拖延的联赛国家和地区,采取更严厉的制裁手段,以保护球员权益。"一定的授权体系应该建立起来,足球管理机构的权威,应该照顾到职业球员基本生存权益上,"范塞格伦说,"倘若薪资拖延严重,那么禁止该国或地区的国家队、代表队参加国际比赛,是行之有效的制裁手段。或者直接罚款等。"

调查还显示,很多球员是各自俱乐部的受害者。超过6%的调查问卷显示,他们曾经被勒令单独训练——这些受罚球员中,外援的比例要远高于本土球员。这样的惩处,虽然和俱乐部各种管理规定的执行相关,但有很大比例,是俱乐部巧立名目进行各种惩罚,以达到降低薪资支付,或者胁迫球员接受在合同中对俱乐部有利条款的目的。

自从博斯曼法案在1994年确立之后,国际足联将这种准则,逐渐推行到欧洲之外的各大洲足联,然而法案通行20年后,球员的自由流动这种权益,并没有得到很好的维护。问卷中29%的回答,承认即便在合同未到期情况下,球员都得加盟一个与自身意愿相悖的俱乐部,往往是在俱乐部、经纪人和第三方持有者胁迫下。这当中有47%的球员回复,表示自己未从转会中收得合同约定的相关报酬。来自塞尔维亚的问卷,82%的球员表示,他们的转会都属于受迫性转会。

Fifpro希望问卷提供的数据和案例,能促成欧盟在2016年9月通过的一条法案,对转会市场能有更具透明度的约束。这份调查报告已经提交给欧盟的劳工委员会。

调查报告还显示,在收到的13876份回复中,10%的球员在职业生涯中被球迷、俱乐部管理层和同业人士进行各种威胁,直接影响到自己的职业选择和表现。来自苏格兰的回复,有 34% 承认在比赛日被球迷威胁,而民主刚果的球员,受球迷威胁程度,比苏格兰还高。这些球迷威胁,大多数原因都和不同宗教信仰有关。

足球是一层壳

人总需要各种马甲外衣，各种壳。生活在套中的人，会被契科夫嘲弄，会被路人甲乙讥讽，但不生活在套里，你会被雾霾毒死、被司机坑死。

人生识字忧患始，识字就是给本真无瑕的你，戴上各种伦常面具。你不给自己准备几个套或壳，你会死得很惨。

足球是我，是你，是很多人的一种壳。我们用这层壳罩住了很多连自己都不记得的本真，我们也用这层壳彼此识别，彼此认同。这层壳未必是你我，这层壳却能映照你我。

8年前有过一个夜晚，守望阿森纳的欧冠决赛，那一个24小时，我在焦虑和纠结中挣扎，几至虚脱。最后剩下的，是一种空荡荡的失落。8年前，我的女儿还咿咿呀呀地说话不够流利。8年之后，小姑娘已经能言会道，开始用自己的眼睛看世界了。我也少了很多躁动，同样少了很多激情。

这一个夜晚，我早早地和她阴谋策划，安排她早早上床睡觉，然后在比赛开始前我叫醒她。一年多前，也有过一次她和我一起看球的经历，当时阿森纳主场在欧冠被拜仁打爆。这一次，北京电视台的决赛直播没有安排我解说，我实在不想安安静静看球，但我的这点小心思隐瞒了女儿。她乐于有这样一次小小的逾矩——年龄越小，越向往冒险，哪怕只是小得不能再小的逾矩。

各种规矩，就是伦常，就是规范，就是束缚。圣人或者神人，其实没有几个循规蹈矩的。离经叛道的快乐，哪怕再小，也是快乐。挟女儿以避免独自看球，我给两个人都装上了壳。

8年前煎熬的24小时，没有重复。什么8年无冠9年无冠的说法，我都感觉有些平淡。因为这已经不是一个成功的赛季，足总杯再悠久，也不能修补一个习惯性崩溃、习惯性疲软的赛季。比赛之前的下午，我去跑了个10公里，静默而孤独。平静而释然。跑步是健身，跑步更是嘈杂生活中，难得的一种静处，你若想和自己的心灵有一点点对话机会，跑步是一种方式。

这场足总杯决赛，熟悉得如老生常谈的开局，简直令人哑然失笑，8分钟丢两球，大热的阿森纳球员们面面相觑。

还好我没有和女儿面面相觑，她对电视画面上赫尔城球迷的张狂庆祝镜头更感兴趣，对我不绝口咒骂吉鲁的各种说辞感觉好笑，对阿森纳的颓败开局没有太失落。我心里有了些庆幸：倘若一直就是这样了，至少她不会太难过。她也是一个"阿森纳球迷"，但这种标签，是我主观乃至霸道给她贴上的——各种球衣围巾小饰物的包围，各种颜色logo名宿传奇的讲述，各种价值观非价值观的输出。

其实她还挺喜欢切尔西，理由很简单，"因为那个名字好听。"安排她和一个小朋友去看过一场北京国安和广州恒大的比赛，在工体，周边都是北京国安球迷，她却坚定地选择了"喜欢恒大"。我担心身边有了一头black sheep。

至少这不是一个孤独的夜晚，也不是一个工作的夜晚。过去几年，我对去电视台解说比赛更有动力，之前有几年，当天盛独霸英超版权时，我没有继续在电视台解说比赛。在演播室说球，在于那是一种严格的工作状况，哪怕这个赛季我解说过的阿森纳比赛，遇上了安菲尔德利物浦的大胜，斯坦福桥切尔西的大胜，哪怕讲述过程中，对面的魏翊东时不时，会用同情又不敢表露同情的眼神瞄向我，我基本能做到平静讲述。状态未必总能很好，但情绪起伏不会太大。

这样的工作是一种壳，一种能隐藏你内心情感流动、能让你少说人话、能让你貌似平静如水的壳。

独自看球,如果比赛和工作没有直接关系,我的注意力难以像10年前那样长久集中。说各种社交网络、移动媒体的干扰,只是寻找借口,自己内心的躁动才是本因。这个足总杯夜晚,我没能去工作,没能通过工作这层壳来迷失自己、麻醉自己。女儿成为了我另外一种壳。

"这是第一百三十三届足总杯,你说上次阿森纳输给曼联的比赛,是光绪多少年以来最高纪录来着……"她有些认真地问我。我实在不记得自己什么时候和她说过这些数字,她这个年龄,对"光绪二十二年"不会有太强烈的感知,哪怕历史故事我和她分享过不少。

我突然有了些怀疑,给她贴上这样一个球队的标签,让失败不断袭扰她,是否合适?

"我们学校有个傻子,每天换穿一件球衣上学,拜仁、巴萨、皇马,昨天是曼联……"她嘟囔着。我继续怀疑,是否只让她穿阿森纳,又是我剥夺了她自由选择的权利?

孩子的体验,是和父亲一起看球的经历,忠诚于某队某色,并不重要。我的主观控制,是我内心深处需要寻找到一个分享者,甚至是一个聆听者。这个夜晚,她成为了保护我的另外一层壳。

阿森纳夺冠的时候,欢庆的场面,让她找到了看中国好声音的乐趣,温格的庆祝动作,布鲁斯沮丧的表情,都是卸掉表面那层壳的瞬间释放。孩子对这样的镜头,捕捉得非常到位,乐在其中,不断地模仿,极尽地夸张。我想如果我坐在演播室里,只会淡然地看着这些镜头飘过,重复一点所谓有营养的资讯和观点。

褪掉壳之后,人是否会显得更可爱?

我总会有机会去掉层层壳护,暴露出完整而丑陋的自我。我们也总需要各种壳护,保存好小小卑微的自我。过于浓烈的情感,是美丽炫目的烟火,能照亮夜空,也会灼伤双眼。然而飞蛾扑火,不也是一种人生境界？足球给予我们的,不在于胜负,不在于几年几冠,更在于我们给自己穿戴的,是一种我们能卸下的壳。

运动化生活方式

如果说影视业是"假人秀",那么体育赛事这样的"真人秀",市场价值会有何不同?

在"假人秀"和"真人秀"概念范畴里,言必称美国当然不对,但美国这片最成熟的市场,所产生的数字,却很有借鉴意义:2013 年,美国本土电影票房总数为 110 亿美元,而被认为是"真人秀"的美国职业体育,同一时间范畴内,票房总收入超过了 170 亿美元。

类似的数字,如果到同样成熟发达的欧洲和日本市场去进行对比,至少在票房收入这一项上,比例类似,体育赛事的票房收入,都在电影票房的 1.6 倍到 2 倍之间。而整个行业收入对比,体育产业体量远在娱乐产业之上,因为票房收入只是体育赛事三大收入来源之一,另外两大收入来源,分别是职业体育赛事的媒体版权收入,以及体育赛事项目的市场经营收入。后两大收入类别,更是近 30 年来迅猛增长的部分。

体育不能等同于娱乐,体育产业和娱乐产业也是不同的概念,因为体育在商业属性之外,更有着提高社会成员素质和生活质量的属性。然而单就票房收入,中国体育赛事未来的潜力巨大:

同比 2013 年,中国体育赛事的票房收入是多少,没有人能给出准确的答案。我们能统计的数据,只是来自中超、CBA、中网及其他网球赛事、部分高尔夫和赛车赛事等等。欧迅体育营销公司 CEO 朱晓东先生和我交流时,认为这部分收入恐怕连 3 亿美元都到不了。

起点低并不是坏事,因为对比美国电影票房,中国电影票房

2013年的官方数字,已经达到了217.69亿人民币,大约在36亿美元上下,相当于美国本土电影票房的三分之一。倘若电影票房和体育赛事票房的比例,在一个经济相对成熟发达的市场,是1:1.6的大致比例,那么中国体育赛事未来的票房前景,将相当可观。

有很多基础性的因素,会让画面不那么完美:中国体育要期待短期内年度票房收入达到36亿美元,都是过于乐观的估量,因为社会进步和富裕程度,定义着社会成员对于运动化生活方式的重视,只有更多人参与运动,市场才可能产生更多运动相关的消费。同样的逻辑顺序下,更多的消费才可能出现在体育赛事上。

所以中国体育赛事的票房收入,呈几何数字增长,会很快成为事实——国务院于2014年9月2日的常务会议上,部署加快发展体育产业,促进体育消费推动大众健身,这便是宏观大局上,对体育赛事发展的极大促进。总理在会议上的讲话,涉及到体育产业多个层面,赛事申办流程松绑,势必会帮助更多赛事的萌芽生根。

然而过于乐观期待体育产业一夜之间成为金矿,会不够务实。运动化生活方式,不是大部分发展中国家社会能够普遍接受的,即便有了政府大力推导,也有公众舆论的呼吁引导,进入到另一种新的生活方式,需要时间,也需要生活方式的积累。在现代社会中,体育更接近于传统儒家所言之"礼",这不是一种礼节,而是一种在满足了基本温饱之后,通过肌体投入和实践,实现精神层面上的超越。一个刚刚"仓廪实"的社会,马上就要转入"知礼节"的模式,殊为不易。美国社会真正进入普遍性的运动化生活模式,也是在二战之后,北美四大体育联盟,就是在这样优化了的大环境中,于20世纪50年代真正起步。欧洲情况和美国相比,大同小异。

国务院常务会议上的精神,更是一种环境优化,以及发展方向的指引。具体操作环节上,简化易化流程,是帮助赛事发展的加速配方。只是各种不同赛事的成功,仍然需要与政府的密切配合。在中国的实际情况便是如此,任何一项赛事,不论老龄钓鱼,还是亲子趣味游戏,稍有规模,必须要得到公安等诸多部门支持允许,体育主管部门的批准以及报备,未必是最重要的。

由是对于赛事经营者而言,成功与否的关键,还是在于赛事的品质,对于中国体育人群的吸引力,能否深度结合中国体育人群的参与可能。只有这样的赛事,才具备快速起步、长久成功的基因。票房一旦具备规模,媒体版权和市场经营,都会进入良性循环。从这个角度看,国务院的指引,面向的是一个运动生活方式的广阔未来。

穿红的总会赢?

就在裁判眼皮底下,他们将球不断地往前移、往前移,几乎要移出角球区了,放稳足球,然后才会后退几步,助跑罚出角球。

这样的场景在每一个联赛中都能见到,甚至每一场联赛。我能理解职业球员谨慎小心地放稳球,在草皮上踩踏几脚,为球留出一个更稳当的罚球点。可是越来越多球员不断将球往角球区半圆弧线上放,往半圆弧线外放,恨不得都放到角球区外了——边裁不阻止的话,他们真会越来越向前,让罚球点继续接近对方大门。

这样的举动,在摄像机镜头的关注下,最初很让我有些焦躁烦恼。这样毫厘之间的细微差别,真能对你这个角球有多少帮助吗?你本来就是个任意球高手,指哪儿打哪儿的功夫,在乎这么点距离吗?大家都把球往角球区外放了,是否以后鹰眼技术也得用在这儿,和射门得分规则一样:沾一点线可不行,必须球的整体都在角球区内。

见得多了,逐渐释然——大部分球员,真不是为了那几毫米几厘米的优势而斤斤计较的,因为在训练中,这样罚角球的比例要明显更低。比赛上的行为,更是一种毫厘必争的心理状态体现,胜负如此重要的职业足球世界里,每一毫米的有利条件,都是必须争取的。

竞争带来的积极心理暗示,转化成为球场行为,稍有过度,就会被看作是迷信。乔丹第一次复出,穿45号球衣打得不够好,换成23号球衣,哪怕联盟重罚,也在所不惜。一换号码,马上就回复到了"飞人"状态。这种积极心理暗示或者迷信,只要对竞技争先有所帮助,运动者都会坚持。

只是从旁观者角度,这些球场行为,一些潜意识中的心理暗示,实在是难以用量化的方法进行分析,哪怕是数字崇拜成瘾的美国人。因此只有结合一些其他学科知识,从一个更广角的视野去分析竞技行为,才能帮助我们挖掘出更深的规律。

泰格·伍兹在他还是"老虎"时,每次大赛最后一天,必定身穿那件酱红色T恤。他说那是妈妈的要求:"我周日比赛穿红恤,妈妈觉得那是我的力量颜色,你必须得听妈妈的话吧?"由于他穿这件"得胜恤",很多高球爱好者都纷纷效仿,这成了一件经典高尔夫恤衫。

一位高中同学,对体育没什么兴趣的年轻教授,看到另一位高球爱好者同学身穿伍兹恤时,说了一句:"红色应该是运动的胜利色吧,我印象中穿红的总会赢……"

这句话给我留下极其深刻的印象。几年之后,剑桥大学塞切尔博士的分析,经媒体流传后,更让我找到了一点科学依据:非洲猿猴中,那些肤色带明显红色者,有着更大的交配优势。塞切尔博士的调查结果确认了红色是最能展现统治力和控制力颜色的认知。

华容道上,红脸的关公,分分钟能秒杀白脸的曹操,当然,狡猾的曹操还是溜了……红色是侵略性、是破坏、是革命……却也真带有胜利色彩。2012年伦敦奥运会上,自由式摔跤比赛,红色或者蓝色背心,是参赛者随机抽取的,和选手实力无关,因此在这种随机性极大的偶然中,赛后得分表现论,红色明显高于蓝色。类似现象,在随机抽取标色的跆拳道、拳击、古典式摔跤中,都重复着。

如果再将视线转向足球——二战之后英格兰顶级联赛诞生的75个冠军,45个球衣主色为红色。曼联、利物浦和阿森纳,是英格兰传统三强。欧陆豪门中,拜仁、AC米兰、本菲卡……国家队当中的西班牙。中超联赛序列里,广州恒大是红色,山东鲁能橙红,当然,中国国家队主色也是红色……

英超一直是红蓝之争,只是过去 10 年,蓝色的切尔西曼城,压到了红色传统豪强。颜色的心理暗示,会否发生变化？卡迪夫城更换主色之争,折射的更深心理为何？由角球区到球衣主色,足球内涵太过丰富。

十年

我们的创造力和学习能力,旺盛的状态能维持多少年?

老龄化是一个谁都不能逃避的命题,哪怕你现在依旧年轻,或者像我这样,依旧恬不知耻地自我感觉年轻。中国乃至国际社会,经济高速长期发展的一个后遗症,就是老龄化程度越来越严重。年龄的老化,未必代表着肌体,尤其心智的绝对老化,但创造力、学习能力、挑战未知的勇气,多半会随着人的越来越社会化成熟而下降。

这是最普遍、恐怕也最可怕的老化。

穆里尼奥在遭受职业生涯最大挑战的时候,说了一句:"到我这样的职业阶段,要从别人那儿学到新东西,是很难的。"这不是他的自负吹嘘,而是实话实说。这个世界上,很难找到成绩比他更出色的职业体育教练,他去向谁学习?如果学习是帮助他和切尔西走出困境的出路。

他从事职业教练,15年时间。赛季初展望时,穆里尼奥希望他还有15年。不过他走上国际舞台,至今10年有余。对比一下成功的前辈,站立在巅峰的时间,也差不多都是10年。

范加尔最黄金的一段时间,从阿贾克斯到巴塞罗那,1992—1999年,8个冠军,此后10年,他在荷兰和德国仍然成功,但创造力似乎下降。卡佩罗的黄金十年,在1992年—2001年。里皮最黄金的阶段,也是在1995年到2006年。仍然是一线执教者,安切洛蒂生命力超强,不过他的职业履历,还难以找出一段成绩喷薄而出的鲜明10年。

并不是说这些顶级教练,在黄金十年之后,便无甚产出。弗格森有着恐怖的黄金20年。执教生涯更长寿的特拉帕托尼,在1977年带领尤文图斯夺取第一个意甲冠军,30年后还能在奥地利带萨尔斯堡,但他的黄金期上世纪90年代已经结束。温格在阿森纳执教19年,1996年9月到任,至2006年杀入欧冠决赛,这10年是他的黄金期。此后成绩,不论客观原因如何,奖杯数和竞争力,都无法和前10年对比。

除了弗格森这样的"怪物"一般的存在,还有多少教练能打破这种10年黄金期规律的?再往前的名帅们,香克利在利物浦黄金期,10年略多。二战之前的波佐、赫伯特·查普曼,成绩彪炳的阶段,也在10年。

这样的时间规律,其实和其他职场成就、人生阅历基本吻合。足球教练,是一个技术性加管理性的复合特殊职业,没有足够积累,初出茅庐即能登顶,只有瓜迪奥拉这样主观准备和客观环境条件都接近完美的异数。离开巴萨之后,瓜迪奥拉的欧冠成绩,至今仍在考验中,穆里尼奥却是带领不同球队在欧冠中都实现了登顶。所以40岁之前就能跃升到欧冠王者境界的,可遇不可求,更多教练真正成熟,往往从40开始。40岁到50岁,创造力和学习能力,以及经验积累、个体精力,都能保持最佳状态,在这样的年龄阶段,保持优秀成绩,应该是顶级职业足球教练的基本规律。

这种职业的消耗之大,只要看看教练们赛时期间在场边的举动,就能明白。那样90分钟的付出,不是常人可以承受的。穆里尼奥的各种离奇、克洛普的狂热,连温格也会踢水瓶、和对手争执。10年这样的生活,你过往再多积累和准备,消耗的速度远超想象。而越成功的人,越会有优秀明确的成功模式,模式越成功,却又越难改变——最难的革命,就是革自己的命。

穆里尼奥很孤独。他再难找到解答疑难的老师,他的10年成功模式,逐渐为对手所熟悉。他的未来 10 年,如果还要保持过往 10 年的高度,可能得从重塑自己做起——一个已经如此成功的教练,重塑谈何容易?

"假人"无法控制的真人秀

当假人秀成为媒体介质中传播最迅速的内容时,真正的真人秀也有了向假人秀变移的趋势。

娱乐都是假人秀,哪怕打上的推广标签,"真人秀"历时近20年而不衰;体育竞技,尤其职业赛事,除非WWF,都是真人秀——这指的当然不是世界自然基金WWF,而是美国人的World Wrestling Entertainment。体育赛事的不可莫测性,看似必然的竞技结果中,总会存在的偶然性,是体育赛事的独特魅力。

这样的真人秀性质,不会改变,不能改变,然而管理、推广和传播体育赛事的制片们,却集中在2015年发生着深度的变化。变化或许早已有之,只是我们以前不知,从而不会有真伪辨析。在2015年,一个又一个的潘多拉盒子被打开,不知道什么时候,这些盒子才会被关上,更不知道,盒子被关上之后,体育的秩序是否还会同样。

至少体育和运动的概念,在这一年被分解得更加明显:体育赛事在政治化、娱乐化和商业化的道路上,无法回头;运动正变得越来越个人化、社会化和垂直化。

有很多场赛前就能被标榜为"伟大"的比赛,在这一年被呈现,只是尘埃落定时,意味会有一些变化。梅威瑟和帕奎奥,上演了一场让全球停步瞩目的"世纪之战",博尔特和加特林,在鸟巢进行了一次"正邪之战"。

那场拳赛的过程难言精彩,不如前瞻预热时的各种剧情铺陈和想象,但是在亿万美金奖额刺激下,这一战上升到了社会轰动性话题高度,你不关注不知情,彻底out。所以帕奎奥即便有伤,知道不是在最佳竞技状态,他也得硬着头皮上,社交媒体上的关注和热议,让他这样一个民族英雄般的人物没有退路。赛后的分析,中文媒体和社交平台上,都是对能将一场拳赛包装烘托到如此高度的 NB 感叹和艳羡,竞技本身,甚至两个拳台上的主角,都要让位于事件营销本身。

我多次开车经过朝阳大悦城,每次都会注意到巨大户外广告牌上 007 最新一部电影的广告。电影广告牌下,梵高展览被压制。我偶尔会联想起那场拳赛,已经记不清楚多少精彩回合和画面,但我们都记得有一场拳赛,被拔高到这样的轰动高度。

未必是体育,肯定是娱乐和商业。

体育就是娱乐? 职业体育有充分的娱乐性,职业体育赛事经营,更需要娱乐性和商业性手段。然而体育是一种独立存在的文化,是一种生活方式。

在鸟巢站上百米赛道的博尔特,有些憔悴疲惫,半决赛表现也一般。他被放大为正义的化身,加特林解禁复出后,状态扶摇直上,极有可能威胁到博尔特第一飞人的地位。田径跑道上的层层迷雾,真伪难辨。和泳池一样,这是最基础的运动项目,绝对的真人秀,可是利益驱动下的禁药阴影,太多为利益绑架的"假人"在侵蚀着这些最本真的运动,以至于一场飞人大战,都要被贴上"正义 VS 邪恶"的标签。

博尔特赢了,随后他被踩着 segway 的摄影记者宋涛撞倒,那一幕在社交媒体上的传播,要比 10 秒内决胜的飞人大战还迅疾。只是田径世界并没有因为"正义"的胜利和谐趣花絮,变得雾霾尽散。2015 年,世界体育最大的丑闻,还是田径——前国际田联主席涉嫌受贿乃至索贿,帮助掩盖各种禁药丑闻;俄罗斯体育官员销毁上千件药检样品,以掩盖"体制化服食禁药"的罪证;现国际田联主席塞巴斯蒂安·科勋爵,傲慢敷衍媒体、姑息养奸,并且在担任国际田联主席之后,仍然不放弃有严重利益冲突的个人商业赞助合同……

如果说阿姆斯特朗的真相被揭露,是自行车项目和国际自行车联合会的灭顶之灾,那么2015年田径的秩序性崩塌,让人难以相信竞技是否还具备真人秀真相。这一年还有国际足联的大震荡,美国司法介入后,大量拉美足球高官因贪腐而被捕起诉。只是和田径相比,国际足联的贪腐,还比不上前国际田联主席迪亚克,监守自盗,为了自身利益,罔顾项目生死。罗雪娟当年说过,不知道这一池子水,有多干净。如果行业管理者、守护者,都是如此,这样的田径赛场,还能有多少真人在跃跑?

国际足球的问题,不是禁药,而是行业性腐化。《星期日泰晤士报》调查记者,将他们2014年揭黑的过程,写成了一本《The Ugly Game》的大书,上亿封邮件的调查,证据翔实无比。然而这些证据,媒体多次亮出来,都不可能让国际足联架构发生动摇。国际足联比国际田联更牛,他们不怕丑闻,因为超国际性组织,往往存活和繁荣在无法无天的司法真空地带。2015年似乎是布拉特们再也撑不过去的坎,只是这样的艰难,不是媒体或者公众良知,焕发出了多少革命性的力量。国际足联的崩塌,是因为美国介入了。而美国介入的原因,是因为2022年世界杯主办权争夺,输给卡塔尔后,美国人终于不爽了。他们伸手来揭盖子,于是"假人"们被暴露原形。过程很简单,却又无比复杂。

体育竞技在这一年,留下的美好画面不少,但塞尔维亚人德约科维奇仍然不是所谓主流世界接受的英雄,汉密尔顿泡夜场和罗斯伯格撕逼的新闻,要高于他夺冠的流量,伍兹再也受不了自己归于平庸,梅西金球奖探囊取物,可总也不能带领阿根廷队拿一个冠军,C罗眼看拿不到金球奖,于是给自己拍部电影,"权当是他今年预先领取的金球奖"(英国媒体评论)……

这一年最大的体育英雄,或者真人偶像,我个人认为就是库里,一个未来能在很长时间、激励青少年参与运动、享受这场真人秀的人物。他和金州勇士队,以接近常人的身形,达到了常人难以企及的巅峰。这是伟大真人秀的本质,也是体育的意义。"假人"们,无法操控这样的真人秀。

为什么支持一支烂队？

过去一年的记忆，我忘不掉那一个孤身在天河体育中心，支持客队的唯一上海申鑫球迷。身着黄衫，始终要陪伴他那令人绝望的主队。

就像三年前那个孤身在热那亚支持客队的乌迪内斯球迷，这样的场景总容易打动我。我曾用《足球周刊》的封底，写过很感性的记忆，作为对于一年看球的总结。

支持你的主队，感性当中必有理性原因。这几年，我始终在寻找一些理性的解释。

为什么成绩差的球队，同样会有那么多支持者？我们能听到"支持一支总在赢球的强队并不难……"的说法，如同"幸福的家庭都是相似的，不幸的家庭，各有各的不幸……"

因为地缘关系？因为大众分群？因为被周围人所裹挟？还是因为感性到自然无理的地步，那一抹颜色，那一个帅气或者独特的身影，这样就能让你含着泪去加油？

如果比赛的结果总是那样固定，如果整个过程总是那样无趣，你从不动摇？

我是中国队球迷，这永远变不了。但如果阿森纳不是阿森纳，而是像纽卡斯尔联队或者上海申鑫，我还能如此心安理得地表明自己的主见？

美国人喜欢用超理性的方式，去分析一切，他们得出的一种结论，是球迷的忠诚度，属于"多重复杂的心理泥潭"（multifarious, psychological quagmire）。2001年，有两个美国心理学家，建立了一个"心理延续模型",来分析不同个体和支持球队的情感关联。十多年来的数据和调研,让他们得出了球迷心理的四个层次:感知、吸引、关联和忠诚。

这被认为是球迷晋阶的四个阶段,一跃而上的忠诚,在球迷成长过程里,其实很难发生。最开始的感知,往往和地缘关系相关,本乡本土的球队,总会得到充分支持。这种"感知"倘要发生改变,往往会因为在地域关联上和被支持者分离——你在广州生长,但长期在北京工作,你由一个广东球迷,渐渐成为了北京球迷。类似经历,似乎并不罕见。

球迷很容易因为成绩和荣耀而被"吸引",所以中国有过各种调查,两支米兰,皇马巴萨曼联,都号称自己在中国粉丝最多,广州恒大也会笑傲中超。这并没有什么不对,向往美好是本性。而在美国人的调研统计中,很多忠诚于那些未必成功的球队或俱乐部,有另一种都市生活心理的吸引:排解现实压力。

"我可能这一天都感觉无比糟糕,但是走进球场去看一场比赛,立即就会和我的生活区隔开。"一位取样采访中的纽约大都会球迷说道,她的说法被认为很有代表性。

至于家族传承和大众裹挟,调查中并没有发现能绝对强化球迷和球队的"关联"——发自内心的认同是最强的驱动。

在球迷晋阶的心理阶梯上,不同人递进的速度和时间,会因为各自性格和成长经历不同而不同。分析者塞尔比博士的比喻,是一个大家族里,不同的孩子对于家庭和族群的认同,总会有异,有那种热爱群居的好事者,也会有离群索居的高蹈者。一支球队,一个俱乐部,对于一个地域覆盖中的社群吸引性,往往是许多潜在球迷在社会生活中所需要的:这支球队可能不够成功,但是否关心关注自己的球迷,往往能绽放出不同的吸引力,形成独特的情感关联纽带。

和相同的人定期看相同的球队比赛,这又会在球迷彼此间,形成一种更亲切的纽带关系。在球场或者酒吧或者其他共同看球的环境中,现实暂时被隔离,人心暂时被放空,所观看的比赛,结果胜或负,反倒不是最重要的吸引。

很多时候,球迷其实是被彼此所吸引,因为大家都有偶尔聚众的需求,却又不想承担太重责任的负累。

最终转化成"忠诚",其实并不是那么容易。美国人的调查里,只有 20% 的体育迷,是有忠诚归属的,而大部分"体育消费者"并不忠诚。

为什么支持失败者?为什么在你球队降级时,你还坚持那种颜色和那个 logo?因为失败有时候更能强化这种"临时聚众"的族群关系。

"胜也爱你,败也爱你"?美国人的解读,你爱的最是你自己。

集体无意识

如何判断一支球队成功或者不够成功？越来越多新知识和新科技涌入体育领域后，评判的方式也越来越丰富。

布拉德利·布施在欧洲多家顶级联赛俱乐部工作过，他的判断是"情绪波动幅度"(Emotional Volitility)——和其他团队运动项目最不同之处，在于足球团队的集体意识，在球队情绪上影响非常明显：胜则欢天喜地，败则如丧考妣。集体情绪的起伏，随同球队成绩一道，起起落落，几乎没有中间过渡阶段。

顶级联赛里的职业球员，不论英超西甲，还是中超，很容易被理解为生活在金钱过于富足的奢华环境里。你看看中国国家队出征，媒体报道的新闻，不是"郑智黑超抢镜"，就是"豪车接送某国脚"。他们和日夜稻粱谋的凡夫俗子，似乎生活在不同的世界。然而竞技世界的残酷，越走向顶层，越为剧烈。所有这些职业竞技者，或许书本知识的积累有些缺乏，但他们都是从金字塔最底层一步步攀爬上来，他们是通过战胜了无数对手，才获得今天的地位与奢运，胜负成败，对他们情绪和心理的影响，要比我们这些在野球局中，时不时也要挥拳相向的庸人，更加深刻。

很多时候，去一个俱乐部采访，你都不用接近训练场，就能感觉到球队的成绩：停车场里保安的态度，办公楼前门卫的眼神，媒体新闻官的语气和步幅……这样的集体意识，折射出来的，就是职业竞技的真相。金钱并不是万能的，金钱从来不能带来心理上的平宁喜乐。

布施就认为，越成熟越成功的团队，越能保持着情绪上的平稳，

"因为情绪起伏稍大,人的精力和能量损耗,都会加大。医生会劝诫所有人,一定要保持情绪平稳,就是这种生理和心理互相影响的原因。竞技体育从业者,情绪波动越大,竞技场外能量消耗就越大,以致于你不得不用其他手段,例如饮酒,例如刺激性的娱乐,来调整情绪和心理,结果对生理影响又在加大,最终恶性循环"。

一位在中超老牌俱乐部工作的朋友,近来辞职,原因就是"俱乐部氛围起伏太大"。她的工作并不对球队负责,而是对外的商务和公关,"但是俱乐部里可能有两周欢快愉悦,随后一个月又是十分压抑,不少人都感觉自己朝不保夕。"这样的情绪氛围,确实刺激而且具备挑战性,但这不是一般人能承受的。哪怕你是伊娃·卡内罗那样出色的专业人士,球队境况糟糕时,居然会遭到自己主教练粗言秽语的侮辱,情绪上下不定间的落差,云霄飞车般的跌宕,会消耗掉你太多能量。

成熟而成功的球队,能让"平常心"成为自己的情绪常态,习惯失败而无心作为的球队,会进入到另一种情绪平台期:胜不欣然,败亦不悲,得过且过。这种集体意识,或者"集体无意识",对周边环境形成的感染影响,难以估量。英超记者们,近来在纽卡斯尔联队和桑德兰两个俱乐部,几乎连篇累牍地报道,这两个老牌俱乐部,是如何的不思进取,队内有多少"坏苹果",西塞、迪奥特、奥谢们都列名其间。几年前,他们不可能如此习惯性消沉,是环境使然,还是自甘堕落?

即便是利物浦、阿森纳、北京国安,似乎在各自联赛,距离巅峰只有一步之遥,过得算是不错的球队,这长久迈不过去的"一步之遥",是否也形成了一种稳定的"集体无意识"?

穆里尼奥说现在是他职业生涯"最差的阶段"。你能感觉到他的焦虑和愤怒,这样的情绪,肯定会传染全队。但这种消耗能量的"集体意识",会否比那些无所谓的"集体无意识",更真实,也更必要?

图书在版编目（CIP）数据

无关枯荣　永不凋谢：颜强足球随笔 / 颜强著. —
南京：江苏凤凰文艺出版社，2017.8
ISBN 978-7-5594-0387-2

Ⅰ.①无… Ⅱ.①颜… Ⅲ.①随笔－作品集－中国－
当代 Ⅳ.①I267.1

中国版本图书馆 CIP 数据核字(2017)第 108679 号

书　　　名	无关枯荣　永不凋谢：颜强足球随笔
著　　　者	颜　强
责 任 编 辑	李　黎
出 版 发 行	江苏凤凰文艺出版社
出版社地址	南京市中央路 165 号，邮编：210009
出版社网址	http://www.jswenyi.com
印　　　刷	南京新华泰实业有限责任公司印刷厂
开　　　本	880×1230 毫米 1/32
印　　　张	9.875
字　　　数	175 千字
版　　　次	2017 年 7 月第 1 版　2017 年 7 月第 1 次印刷
标 准 书 号	ISBN 978-7-5594-0387-2
定　　　价	35.00 元

（江苏凤凰文艺版图书凡印刷、装订错误可随时向承印厂调换）